KB210042

인생은 짧으니
빨리 말할게

〈길모어 걸스〉
로런 그레이엄의
인생 스케치

인생은 짧으니 빨리 말할게

Talking as Fast as I Can

로런 그레이엄 지음
장현희 옮김

싱긋

엄마와 아빠에게.

일러두기

— 이 책은 원저작사의 요청으로 가사를 번역하지 않고 본문에 영문으로 표기했다.
— 본문의 모든 각주는 옮긴이의 것이다.
— 도서는 『 』, 영화, 드라마, 연극, 노래 등은 〈 〉으로 표시했다.

차례

들어가며

배우 일을 시작할 무렵의 내게 십오 년 만에 연기했던 역할을 다시 맡게 된다면 그 인물이 누가 될 것 같으냐고 물었다면, 답은 오직 하나뿐이었을 것이다. 대본을 처음 읽는 순간부터, 나는 아주 특별한 배역을 맡았다는 것을 직감했다. 아마 누군가 돈을 걸라고 했다면 주머니를 다 털었을 것이다. 물론 기억에 남는 배역이 많기도 하고, 내가 맡은 캐릭터 하나하나에 아주 진심어리고 깊은 애정이 있기는 하지만, 가장 특별한 교감을 느낀 배역은 단 하나뿐이다. 사람들은 인생을 살아갈 때와 마찬가지로 연기할 때도 특별히 마음에 드는 것이 없는 척하지만, 사실은 그렇지 않다. 그렇지 않다는 것이 대체로 티가 나기도 하고 말이다. 감사하게도 내가 가장 좋아했던 캐릭터는 팬들에게 사랑받았을 뿐 아니라 스스

로 배우로서 최고였다고 생각하는 시기를 대표하는 배역이 되었고, 덕분에 나는 이 책을 쓰게 되었다.

아마 내 배우 인생에서 위 사진 속의 배역을 연기했던 때가 최고의 전성기였고 대중 또한 가장 깊은 감명을 받았다는 사실은 누구나 동의할 수 있을 것이다.

비평가의 말에 따르면…. 아니, 1980년대 후반 랠리고등학교의 극장에 비평가가 있었는지는 잘 모르겠다. 하지만 〈헬로, 돌리!〉의 돌리 갤러거 리바이로서의 내 연기가 팬(이라고 쓰고 우리 할머니라고 읽는다)의 사랑을 받았다는 사실에는 반박의 여지가 없다. 할머니의 말을 그대로 인용하자면, 내 연기는 이런 칭찬을 받았다.

"의상을 참 많이도 갈아입는구나."

그리고 자랑하려는 건 아니지만 우리 아빠도 내 연기를 아낌없이 칭찬했다.

"와, 모자에 깃털을 많이도 꽂았네."

그러니 고등학교 3학년 시절의 나는 배우로서 잘해내야 하는 거의 모든 일을 제대로 다 해냈다고 볼 수 있다. 그래서 브로드웨이에서도, 그에 둘째가는 무대인 랭리고등학교 강당에서도 나를 다시 부르지 않았다는 사실에 어이가 없을 따름이다. 주연은 따 놓은 당상인 양 굴려는 것은 아니지만, 사실 꽤 실망했다. 수년이 지난 후 또다시 늙어 보이는 화장을 (아마 좀더 옅게) 한 내 모습을 사람들이(아빠가) 봐야만 하는데 말이다! 벤 브랜틀리[1]한테 전화 좀 걸어볼 사람 없나? 캐럴 채닝[2], 긴장하라고! 내가 당신의 역할을 뺏어올 테니까.

좀 진지하게 얘기하자면, 사실 이 책을 쓴 진짜 이유는 무지하게 말이 빠른 로렐라이 길모어를 다시 연기하게 되니 처음으로 그 역할을 맡았을 때의 기분이 떠올랐기 때문이다. 그러다보니 어떻게 여기까지 올 수 있었는지 생각하게 되었고, 처음 로렐라이를 연기했을 때부터 다시 로렐라이를 연기하게 되기까지 내 삶에 많은 변화가 있었다는 사실을 깨닫게 되었다. 이 책은 내 과거에 관한 내용이자, 현재(에 거의 가까운 시기)에 관한 내용이며, 나는 여기에 〈길모어 걸스: 한 해의 스케치〉를 촬영하며 썼던 일기 일부를 공유하려 한다.

---

1 미국의 뮤지컬 전문 비평가

2 〈헬로, 돌리!〉의 주인공 돌리를 맡아 가장 잘 알려진 배우

또 미래를 예지하는 내 능력 덕분에 알게 된 사실을 독자와 각국가 수령에게 공유하고자 한다. 사실 내게 그런 능력 따위는 없으니 내가 전달하는 사실은 진실이 아닐 테지만, 여기서 내가 무슨 말을 하든 막을 사람이 어디 있겠는가? 내 책인데! 크, 권력의 맛에 취한다!

이 책은 성장과 시작, 발이 닳도록 오디션을 보러 다녀야 했던 시기에 관한 것이다. 꿈을 좇기 위해 거쳐야만 했던 온갖 이상한 아르바이트, 엇나갔던 패션 감각, 그리고 내가 시도한 셀 수 없이 많은 다이어트에 관한 것이기도 하다. 효율적인 글쓰기에 어떤 배움이 도움이 되었는지, 내게 심사위원의 자질은 없다는 사실과 시상식에서 남자를 만나는 것이 연애를 시작하는 좋은 방법이 아니라는 사실을 어떻게 알게 되었는지도 소개하겠다.

너무나도 사랑했던 배역을 내려놓고 산 지 팔 년 만에 다시 그 배역을 맡는다는 것은 어떤 기분일까 궁금했다. 〈길모어 걸스〉를 다시 제작하는 기분이 처음 시리즈를 시작했을 때만큼 기쁠까, 예전처럼 시리즈가 새롭고 기발하며 재치 있고 빠를까 궁금했다. 또 그렇게 많은 시간이 흐른 후에 스타즈 할로우로 돌아가는 기분이 기대한 것만큼 좋을까 궁금했다.

결말을 미리 밝히자면, 그랬다.

빨리 감기

내 인생에서 가장 신났던 일 중 몇 가지는 내가 여섯 살이 되기 전에 일어났다. 나는 하와이 호놀룰루에서 태어났다. 그것만으로도 아주 훌륭하지 않은가? 거기에 더해 우리 가족은 내가 태어난 지 삼 주 만에, 그것도 태닝이란 게 뭔지 제대로 알아보기도 전에 일본으로 이사했다. 내가 좋아하는 음식 중 하나인 으깬 콩의 고향, 일본 말이다. 그때 당시에는 그게 내가 가장 좋아하는 음식이었다. 와사비를 잔뜩 얹은 매운 참치 롤을 먹을 수도 있었는데 어지간히도 헛짓거리한 셈이다. 어린 시절의 나야, 넌 왜 그리 입맛이 아기 같았니! 하긴 내가 아기가 맞기는 했네. 소리질러서 미안하다.

우리는 도쿄에서 한동안 할머니와 함께 살았다. 내게는 '우바'

라는 일본인 유모도 있었는데, '우바'란 직역하자면 '젖을 주는 엄마'다. 방금 찾아보고 알았다. (아무래도 내 심리 치료사에게 상담해야 할 것 같으니 잠깐 쉬어가자.) 우바의 이름은 사토 상이었고, 나는 그녀를 아주 좋아했다. 그래서 내가 처음으로 입을 뗐을 때 말한 것도 일본어였는데, '오헤소'라는 단어였다. 일본어로 '엄마'나 '아빠'일 것이라고 짐작했겠지만 틀렸다. 오헤소란 일본어로 배꼽이라는 뜻이다. 그것만으로도 내가 굉장히 독특하며, 생각이 깊고, 사색적인 사람이라는 것이 증명되는 것 같으니 더는 할 말이 없다. 책을 구매한 독자에게 무한한 감사를 표하며 이만 줄인다.

잠깐, 몇 가지 할 말이 더 있다. 선교사의 딸인 우리 엄마는 일본에서 자랐으며 능숙한 일본어를 구사했다. 엄마는 매우 똑똑하며 아름다운 사람이었고, 그 덕에 이런 사진이 탄생했다.

이건 내 할머니와 그 품에 안겨 있는 내가 무려 텔레비전에 출연한 엄마를 보고 있는 사진이다. 미국 방송 채널이 겨우 세 개였던 시절이었고, 도쿄에서라면 아마 그 수가 더욱 적었을 텐데 말이다. 게다가 나 자신을 중심으로 한 리얼리티 쇼를 우연히라도 보게 되지 않을 확률이 매우 낮은 지금과는 달리 방송 자체가 미스터리에 싸여 있는 시절이었는데 말이다. 텔레비전이 나온 지 얼마 안 됐던 시절에 우리 엄마는 텔레비전에 출연했다. 하지만 나는 워낙 어렸기에 아마 그저 또 으깬 콩을 생각하고 있었을 것이다. 아니면 내가 가장 좋아하는 배꼽이나.

관련 기사에 따르면, 나와 관련된 일종의 위키 페이지에 실린 내 인용구 중에도 이런 말이 있다고 한다.

"배꼽은 중요하다."

물론 생명에 필수적인 것들을 운반하는 탯줄을 고려했을 때 의학적으로 사실인 말이기는 하나, 당연하게도 농담이다. 하지만 내가 그토록 좋아하는 '정곡을 찔러주겠다'는 듯 엄숙한 표정을 한 기자가 진지한 듯 눈을 찌푸린 채 '정말 배꼽이 중요하다고 생각하시는지' 질문한 적이 얼마나 많았는지 모른다. 마지막으로 한 번만 더 명확히 하고 넘어가겠다. 그렇게 생각하지 않는다. 물론 이 책의 분량이 아직 그렇게 많지 않은 데 비해 이미 배꼽 얘기의 비중이 너무 큰 것 같기도 하다만. 에이, 짜증나는 타블로이드 기자들 같으니! 똑똑한 진실의 수호자 납셨네! 다시 한번 사과하겠다. 소리지르는 건 그만해야겠다.

어쨌든 우리 엄마는 그 당시 가장 큰, 다시 말하면 루빅스 큐

브와 비슷한 크기의 텔레비전 화면에 등장하고 있었다. 게다가 1960년대의 프리실라 프레슬리를 닮은 엄마의 외모는 금상첨화 아니었겠는가! 엄마처럼 외국인이 일본어를 구사할 수 있었던 건 당시 워낙 흔치 않은 일이었기에 엄마는 일본의 주간 토크쇼에 출연할 수 있었다.

부모님은 결혼생활을 오래 유지하지 않았다. 결혼을 결심하셨을 당시 두 분은 서로를 잘 몰랐고, 엄마는 결혼 직후 나를 임신하셨다. 부모님 두 분 다 갓 스물두 살이 됐을 때였다. 이 정도만으로도 설명이 된다고 본다. 두 분은 아주 어렸다. 당시 엄마가 가수로 활동하기 위한 노력을 하고 계시기도 했기 때문에 나는 아빠와 살게 됐다. 두 분은 이혼 후에도 친구로 지냈고, 아빠의 다음 선택은 당연했다. 그런 상황에 놓이면 누구라도 그렇게 했을 것이다. 바로 버진 아일랜드의 선상 가옥으로 이사하는 것이었다. 나는 부엌으로 쓰이기도 한 일종의 벙커 침대에서 잤다. 어린이집에 갈 때는 버스가 데리러 왔는데, 사실 버스가 아니라 모터보트였다. 우리가 거기로 이사한 이유는…. 잠깐, 정확히 기억이 안 난다. 아빠에게 전화해서 물어봐야겠다. 아빠는 동부에 살고 있고, 지금은 봄인데다 오늘은 토요일이니 비가 퍼붓고 있지만 않는다면 밖에서 골프를 치고 계실 테고, 그렇다면 전화를 받지 않으실 것 같지만 말이다. 어쨌든, 고향의 아빠에게 전화하기 놀이에 동참하고 싶은 독자가 있을지도 모르니 여기에 사진을 넣어두겠다.

우리 두 사람에게 닮은 구석이라곤 하나도 없는 거, 나도 안다. 그래서 참 아쉽다. 어쨌든 아빠가 집에 있는지 알아보자.

뚜루루, 뚜루루, 뚜루루.

이럴 줄 알았다. 아빠는 아마….

아빠 여보세요?

나 어, 여보세요? 집에 계실 줄 몰랐어요.

아빠 비가 오고 있어서.

나 그래서구나. 저기, 그때 우리 왜 선상 가옥에서 살았던 거예요?

아빠 누구시죠?

나 아빠랑 선상 가옥에서 살았던 다른 자식도 있어요?

아빠 더 자주 전화하는 다른 자식은 있지.

나 아빠도 참, 항상 전화 드리는데 왜 그러세요. 저 책 쓰는 것 때문에 그러는데요….

아빠 전에 썼던 책처럼, 정신없는 아빠 캐릭터 등장시키려고 그러는 거니?

나 전 그 캐릭터를 정신없다고 표현하진 않을 거 같은데요. 그냥 첨단 기술 때문에 혼란스러워하는 거죠.

아빠 잠깐, 뭐라고? 안 들렸어. 방금 망할 전화기 버튼을 잘못 눌렀거든.

나 랜덤 하우스의 밸런타인 북스에서 출간했고 〈뉴욕 타임스〉 베스트셀러로 선정된 제 첫 소설로 현재 페이퍼백으로 구매할 수 있는 『언젠가는 아마도』[3]에 등장한 아빠 캐릭터를 정신없다고만 표현하기엔 좀 그래요. 게다가 그 캐릭터에게 아빠와 닮은 점은 조금밖에 없고요.

아빠 왜 그런 식으로 얘기하는 거니?

나 그런 식이라뇨? 곧 크리스마스라는 사실이 떠올라서 그래요. 게다가 연휴를 보내는 방식이야 사람마다 다를 수 있겠지만, 연휴를 기념하는 선물로는 책이 딱이잖아요.

아빠 방금도 그래. 누구한테 뭐 팔아먹니? 지금 〈엘런 쇼〉에 나가 있는 거야?

나 제가 〈엘런 쇼〉 촬영장에서 왜 아빠한테 전화를 하겠어요.

아빠 아이고 그러시겠죠, 고급진 따님이 사는 할리우드에선 〈엘런 쇼〉 촬영장에서 아빠한테 전화하는 것 따위는 용납이 안 되겠죠.

나 아빠, 좀! 우리 그때 왜 선상 가옥에서 산 거냐니까요?

3 원제는 'Someday, Someday, Maybe'로, 한국어로는 아직 번역되지 않음

아빠 그게, 그때는 내가 국회의원 밑에서 일하고 있었고, 업무 시간이 길었거든. 그래서 아침에 널 어린이집에 데려다주고 나면 저녁 여섯시까지 널 볼 수 없었지. 그게 죄책감이 들더라. 내가 맞는 경력을 쌓고 있는지에 대한 확신도 없었고. 그리고 그때 그 여자랑 사귀고 있었거든. 말 한 마리 갖고 있던 그 여자 말이야. 그 여자가 거기 살다가 말다가 했거든. 그래서 나도 거기 가서 글도 쓰고….

아무래도 여기에서 아빠 말을 끊어야겠다(사실 아직도 얘기하고 계신다. 쉿, 아빠한테는 비밀이다). 설명하고 넘어갈 게 있기 때문이다. 나는 어렸을 적 나는 아빠가 새엄마를 만나 결혼할 때까지 아무와도 사귀지 않은 줄 알았다. 수년이 지나서야 나는 가끔 우리를 방문하곤 했던 젊은 여자들이 단순히 '고양이를 봐주는 사람'이나 '아빠와 테니스를 치는 좋은 분'이나 '말 한 마리 갖고 있던

여자' 이상이었을 수도 있다는 사실을 깨달았다. 그 여자들을 비난할 생각은 없다. 이런 남자를 위해 고양이를 봐주고 싶지 않을 여자가 있겠는가?

그건 그렇고, 1970년대의 아동용 벨트는 왜 그렇게 쓸데없이 폭이 넓었을까? 지금 이 사진을 보니까 말인데…. 아차, 나 아빠랑 통화중이었지!

아빠 …어쨌든 그 여자가 세인트 토마스 정박지에 있는 사람들과 알고 지냈거든.

나 그래서 배 타고 섬 주변을 돌아다니고 그랬던 거예요?

아빠 아니, 우리가 살았던 배는 시동이 안 걸렸어.

나 시동이 안 걸…. 그럼 우리가 아무데도 못 가는, 그냥 물에 떠 있는 거대한 욕조에 살았다는 거예요?

아빠 나도 그 정박지가 이상한 곳이었다고는 생각해. 그래도 사람들은 친절했어. 아주 자유분방했고. 거기 사람들은 다들 어느 정도 사회의 쓴맛을 보고 떨어져나온 사람들이었는데, 우리도 어느 정도는 그랬어. 워싱턴 D.C.를 떠난 후 몇 주가 되도록 네 할머니는 내가 여전히 캐피톨 힐[4]에서 일한다고 생각했을 거야. 그래도 덕분에 너랑 더 많은 시간을 보낼 수 있었고, 나도 그걸 원하기도 했어. 우리는 자주 드라이브를 했고 해변에도 들렀지. 너한테는 이상할 수도 있겠지만 1970년대에는 그런 게 일상이었어. 재미있기도 했고.

4 워싱턴 D.C. 내 각 정부 기관이 모여 있는 곳

(우리 두 사람 다 회상에 잠겨 정적이 흘렀다.)

나 아빠가 저 때문에 고생 많으셨네요. 사랑해요.

아빠 나도 사랑한다, 딸.

(또 정적이 흘렀다.)

아빠 그런데 누구라고 하셨죠?

내가 다섯 살이었을 때쯤, 우리는 뉴욕 사우샘프턴으로 이사했다. 짐작건대 외출하려면 물속으로 다이빙하지 않아도 되는 집에서 살기 위해서였을 것이다. 그리고 나는 유치원에 다니기 시작했다. 어느 날, 학기가 시작한 지 몇 주 되지 않았을 때, 선생님은 잠시 교실 밖으로 나간 적이 있었다(어린 애들을 뚜껑이 열린 잼 따위와 함께 놔두고 자리를 비우는 것은 1970년대에 흔한 일이었다). 선생님이 교실로 돌아왔을 때, 나는 교실의 아이들에게 책을 읽어주고 있었다. 선생님은 처음에 내가 집에서 부모님이 읽어준 이야기를 듣고 외운 것 아닐까 생각했다. 하지만 다른 책을 무심하게 낭독해서 친구들을 놀라게 하고 나자, 사람들은 내가 정말로 책을 읽을 수 있다는 사실을 인정해야 했다. (쌤통이다, 『녹색 달걀과 햄』아!) 내 기억에 아빠는 매일 밤 내게 책을 읽어줬다. 그래서 아마 어느 순간부터는 어찌어찌 읽는 법을 깨친 모양이었다. 하지만 선생님과 학교는 혼란스러워했다. 내가 본의 아니게 그들의 일 년 치 계획을 무산시켰기 때문이었다. 내가 유치원에 다니는 이유가 읽는 법을 배우기 위해서가 아니라면, 일 년치의 포괄적인 커리큘럼의 주제로 친구에게 양보하기와 손가락으로 그림 그리기를 정말 당당히 내세울 수 있을까? 아니라면, 나를 어찌하면 좋단 말인가?

나는 마이크라는 이름의 근사한 남자가 일하는 사무실로 불려 갔다. 마이크가 유치원에서 하는 일이 정확히 뭐였는지는 모르겠지만, 마이크의 사무실에 앉아 내 감정에 대해서, 또는 다른 아무 주제나 가지고 그림을 그렸던 기억이 난다(70년대란!). 그러는 동안 마이크는 책상에 두 발을 올린 채 의자에 기대어 앉아 있었다. 난 그걸 보고 마이크가 근사하다는 사실을 알았다. 며칠 동안 그런 일상이 계속됐고, 마이크는 계속해서 내게 유치원이 지겨운지 물었다. 그다지 그렇지도 않아요, 마이크. 저기 끝내주는 책이 많던데 봤어요? 그게 내가 기억하는 거의 전부다. 하지만 주말이 다가왔을 때쯤, 나는 1학년으로 월반하게 됐다. 아무래도 마이크가 일 년 내내 골판지로 고리를 만드는 것이 내 지적 능력보다 낮은 활동이라는 사실을 납득한 모양이었다.

새로운 반에서의 첫날, 선생님은 가상 선거를 진행했고 학생 한 명 한 명을 칠판 앞으로 불러 다음 대통령으로 누구를 뽑고 싶은지 표시해보라고 했다. 후보는 조지 맥거번 대 리처드 닉슨이었다(70년대란!). 맥거번이 압도적인 승리를 거뒀고(실제로는 반대였지만, 교실에서만큼은 그랬다) 나는 닉슨Nixon에게 투표한 얼마 안 되는 학생 중 한 명이었고, 그래서 마음이 불편했다. 두 후보에 관해서 아는 게 전혀 없었고, '후보'라는 단어가 무슨 의미인지조차도 몰랐지만, 내가 다수에 속하지 않는다는 사실은 알았던 만큼 나는 내가 잘못된 선택을 했다고 믿었다. 아이들이 닉슨에게 투표하지 않은 이유를 좀처럼 이해할 수도 없었다. 'x'가 들어간 이름이 얼마나 멋진데 말이다. 내게 깊은 감명을 준 그런 독특한 특징이 다른 모두에게 비슷한 감명을 주지 않았다는 사실을 도저히 감당할 수 없었다.

처음에는 내가 월반했다는 사실이 일종의 성과로 느껴졌다. 하지만 가장 기억나는 건 얼마나 당황하고 불편했는지였다. 특히나 첫 몇 주는 더했다. 어디에서든 그리 못 어울린 적이 없었는데, 특별하거나 재능이 있는 느낌 대신 어색하고 어울리지 않는다는 느낌밖에 들지 않았다. 나를 돋보이게 하고 주변인 몇 명은 감명까지 받게 했던 좋은 일이 갑자기 날 아웃사이더로 만든 거다.

하지만 한편으로 월반은 내 어린 시절에서 일 년을 더 벌었다는 기분을 느끼게 하기도 했다. 그 느낌은 내 마음속 행운의 동전이 됐고, 나는 그 느낌을 최대한 오래 간직하고 싶었다. 정말 그 동전을 써야 할 일이 있는 날이 올 때까지 말이다. 정확한 이유는 알 수 없었지만, 나는 인생이 일종의 결승선으로 향하는 거대한 경기라고 생각했다. 마치 아주 긴 〈어메이징 레이스〉[5]처럼 말이다. 월반을 한 덕에, 나는 궁극의 빨리 감기[6]를 얻은 셈이었다. 뉴질랜드의 격렬한 레이스에 준하는 단계를 건너뛰고, 트위니스나 아프가니멀스 같은 강력한 우승 후보팀보다 먼저 사랑스러운 석상을 만나고, 〈어메이징 레이스〉의 진행자인 필에게서 백만 달러라

5 미국의 리얼리티 예능으로, 일종의 전 세계 일주 마라톤 경쟁 프로그램

6 〈어메이징 레이스〉에서 선수 팀에게 주어지는 혜택 중 하나로, 스테이지를 건너뛸 수 있음

는 우승 금액이 적힌 거대한 판지와 공짜 여행을 받을 기회를 거머쥔 거나 마찬가지였다.

몇 년간은 내가 월반을 했다는 사실을 거의 잊어버린 적도 있었다. 나는 초등학교와 중학교 시절 주말마다 승마를 했고, 가끔 방과후에 마구간에서 일했으며, 한밤중에 잠옷을 입은 채 몰래 나와 파자마 생일파티를 하기도 했다. (잠옷을 입고 동네를 뛴다니, 그 짜릿함이란!) 그 외에도 나는 사람들의 집을 휴지로 도배하거나 (우리 사이에서 그건 딱히 나쁜 짓이 아니었다. 오히려 집을 휴지로 도배할 정도의 정성을 보인다는 건 좋은 일이었다. 우리집이 더 자주 휴지 테러를 당하기를 기도했던 기억도 있다), 트롤 인형과 정교한 상황극을 연기하거나, 말 피규어 서른일곱 마리를 위한 이불을 만들거나, 텔레비전에 나오는 주디 갈런드의 영화를 빨간 플라스틱으로 된 라디오섁 카세트테이프에 녹화하는 등의 여흥을 즐겼다. 나는 녹음한 카세트테이프를 반복해서 들으며 밤이 늦도록 잠들지 않곤 했다. 지금 당장이라도 누군가 부탁한다면 주디 갈런드의 〈트롤리 노래〉를 부를 수 있는 것도 그 덕이다.

With my high starched collar,
And my high-top shoes,
And my hair piled high upon—

뭐라고? 아, 그렇지. 그래, 지금은 이럴 때가 아닌 것 같다.

어쨌든 아빠는 이맘때쯤 새엄마를 만났고 결혼을 했다. 그후 우리는 버지니아의 더 먼 근교로 이사했다. 내가 승마를 즐겼던 마구간과 더 가까워지기 위해서도 있었다. 역설적이게도 얼마 지나지 않아 마구간에서 지내던 시간은 곧 학교 연극부에서 보내는 시간으로 바뀌었지만 말이다.

고등학교 2학년이 되자 월반을 했던 과거가 다시 도마 위에 올랐다. 나를 제외한 모두가 운전면허 시험 준비를 시작했기 때문이었다. 나는 학교 버스가 너무나 싫었고, 단순히 글을 더 일찍 뗐다고 해서 다른 사람들과 같은 시기에 운전을 할 수 없는 건 불공평하다고 생각했다.

버지니아에서는 스물한 살부터 음주가 가능했지만, 다리 한 번만 건너면 갈 수 있는 워싱턴 D.C.에서는 열여덟 살부터 가능했다. 게다가 우리는 위조 신분증이 놀랍도록 꽤 높은 확률로 먹힌다는 사실을 전해들었다. 우리가 조지타운의 바에 들어가고 싶었던 가장 큰 이유는 교외의 집 지하실에서는 할 수 없었던 것을 하고 싶어서였다. 음악을 크게 틀어놓고 몇 시간이고 춤을 추는 것 말이다. 춤이 유행이었던 고등학교 시절이었다. 어느 날 갑자기 춤이 사라지고, 더는 춤추기가 멋지지 않게 된 시대가 왔다. 하지만 왜인지 모르게 그 시절만 해도 춤추기가 괜찮은 일로 여겨졌다. 우리는 별 이유도 없이 미친 사람처럼 행복한 얼굴로 뛰어다녔다. 텔레비전에서 마이클 잭슨이 문워크를 하던 시절이었다. 그건 누구도 듣도 보도 못한 광경이었다. 버지니아 로완과 나는 그애 아빠 소유인 컨버터블 폭스바겐 골프 차량의 뚜껑을 열어젖힌 채 왬!과 모리세이부터 마돈나라는 신인 가수의 노래까지 전부 따라 불렀다. 브루스 스프링스틴이 모든 걸 휘어잡던 시절이었다. 내 친구인 캐서린 도넬리는 자주 테이블 위로 올라가 빗자루 손잡이를 마이크인 척 잡고서 브루스의 〈본 투 런〉을 처음부터 끝까지 부르곤 했다. 음악적으로는 십대로 살기 완벽한 시절이었다.

그 시절 나는 음주에 관심이 없었지만, 몇몇 친구들은 술에 관심이 있었다. 그리고 다들 혼자만 빠져야 하는 상황을 극도로 두려워했다. 그래서 운전면허도 없던 열다섯 살의 나는 조이스 안토니오의 아빠가 몰던 메르세데스를 운전하는 역할을 맡았다. 다른 모두보다 한 살 어린 부당함을 견뎌야만 하는 데에 대한 보상으로는 완벽했다. 술을 마시고 싶었던 친구들도 덕분에 편했다. 누이 좋고 매부 좋은 일이었다.

하하하, 어찌나 끔찍한 잔꾀였던지. 말 그대로 '경험을 통해 배우기'의 가장 안 좋은 예였다. 하지만 우리는 모두 현명하고 어른스러운 선택을 했다고 믿었고, 불법적으로 술을 마시며 춤을 추고 싶어했던 우리의 욕망을 해결할 천재적인 방법을 찾아낸 스스로를 자랑스럽게 여겼다. 애초에 법이라는 건 사실상 귀찮은 제안 정도가 아닌가? 열다섯이면 알 거 다 아는 나이인데! 좋은 소식은 음주 운전을 하지 말자는 공익 광고를 우리가 진지하게 받아들였다는 사실이고, 나쁜 소식은 면허 없이 운전하지 말자는 공익 광고는 그다지 우리의 귀에 들어오지 않았다는 사실이다. 하긴 면허 없이 운전하기란 아주 멍청한 생각이라는 건 워낙 자명한 사실이다보니, 그게 멍청하다는 걸 알리는 공익 광고를 할 생각을 누가 했을까 싶다.

우리는 기적적으로 죽지 않았다. 그리고 결국 나는 면허를 땄다. 주행 시험을 볼 때는 첫 시도에 평행 주차를 너무 잘해서 의심받을까봐 걱정됐다. 감독관이 나를 쳐다보며 "운전을 너무 잘하는데. 혹시 매번 몰래 윈스턴 바까지 가서 위조 신분증 보여주고 밤새도록 〈P.Y.T〉에 맞춰 춤추고 그런 거 아니죠?"라고 말할까봐 말이다. 하지만 다행히도 그런 일은 없었다.

이런 모든 일을 거치는 동안, 나는 여전히 공짜로 얻은 일 년을 생각했다. 그걸 '적절한' 때에 활용하겠다는 집착 때문에 그게 정말 도움이 됐을 만한 기회를 놓친 것 같다. 대학교 1학년 시절, 나는 뉴욕대학교 산하 티시예술대학의 학부 연기 프로그램에 등록했다. 프로그램도 훌륭했고, 선생님도 좋았지만, 겨우 열일곱 살이었던 나는 길을 잃은 것 같았다. 몇 시간이고 의자에 앉아 '춥다'나 '덥다' 따위의 느낌을 소환하는 노력을 하는 건 내가 꿈꾸던 대학 생활과 거리가 멀었다. 나는 더 학구적인 다른 프로그램에 등록한 친구들을 사귀게 됐고 그러면서 내가 뒤처지고 있는 것은 아닐까 걱정됐다. 그래서 연말에 바너드대학교의 영문학과로 편입했다. 당연하게도, 내가 수강했던 온도 표현 방법론 따위는 새로운 학교에서 그다지 가치가 없었기에 학점 이전은 거의 불가능했다. 다시 1학년을 시작할 최고의 타이밍이었겠지만, 나는 아직 내 행운의 동전을 쓸 준비가 되어 있지 않았다. 그래서 제때 졸업을 하기 위해 학기마다 강의를 꽉 채워 들었다. 거기에 연기와 뮤지컬을 더했고, 아카펠라 그룹인 '메트로톤'을 추가해 거의 매주 주말 다른 대학교로 공연을 하러 다녔다. 나는 완전히 압도당했고, 삼 년 내내 내 공부는 뒤처졌다. 바너드대학교는 내게 아주 친절했고, 나도 그곳에 연설을 하러 가거나 이유 없이 그곳을 방문하는 것을 좋아하지만, 바너드대학교는 분명 내 성적 증명서를 116번가와 브로드웨이가 만나는 교차로의 1호선 지하철 아래 어딘가에 묻어놨을 것이다(그럴 만하다).

대학 졸업 일 년 후는 결국 행운의 동전을 내려놓는 시기가 됐다. 대부분의 사람은 그걸 그저 '대학 졸업 일 년 후'라고만 생각하겠지만, 내게는 머릿속 은행에 보관해뒀던 시간을 출금하는 셈이었다.

내 학창 시절 절친 대부분은 해외로 갔거나, 뉴욕이 아닌 다른 지역에 직장을 얻었거나, 졸업까지 일 년을 남겨두고 있었다. 그래서 룸메이트를 구할 수 없었던 나는 미음 자 건물 가운데의 통풍기둥을 마주보고 있는 작은 방에서 살았다. 몇 벌 없는 옷조차 화려하지 않았던 시절에 어떻게 가능했는지는 모르겠지만 나는 옷가게에 일자리를 얻었고, 낮에는 그곳에서 일했다. 밤에는 칵테일 웨이트리스로 일했다. 내 하루는 대체로 오전 여덟시 전에 시작했고, 집에는 새벽 두시가 넘어 돌아갔다. 발이 아파 죽을 것 같아도 다음 날이 되면 같은 일과를 마주해야 했다. 그런데도 집세를 내고 나면 제대로 먹고살 수 있을 만큼의 여윳돈이 없었다.

그 와중에 대부분의 시간을 학교에서 보내고 여름에는 일종의 공연 예술에 참여했던 내가 이제는 그런 걸 전혀 하지 않는 삶을 살고 있다는 사실이 내 뇌리에 꽂혔다. 대학을 다니는 동안에는 항상 돈에 쪼들렸어도 수백만 개의 작품에서 연기를 하거나 노래를 불렀다. 연극이나 뮤지컬을 볼 기회도 언제나 많았다. 좌석 안내원에 지원한다든가, 학생 전용 구매처에서 할인된 티켓을 산다든가. 지금의 내게는 작품을 감상하기는커녕 작품에 참여할 시간도 돈도 없었다. 감을 잃을까봐 두려웠던 나는 새벽 세시에 거실이나 부엌, 아니면 침실에서 통풍 기둥을 마주보고 선 채로 발성 연습을 해야 했다.

그러니까 생각난다.

Iiiiiiii went to lose a jolly
Hour on the trolley
And lost my heart ins—[7]

진심인가? 여전히 듣기 싫다고? 그 시절 내가 살던 뉴욕 아파트의 이웃이 걱정되는가? 흠. 한 번도 만난 적은 없지만, 위층에 살던 사람들은 〈리버댄스〉[8] 연습을 하면서 고양이 호텔을 운영했었던 걸로 기억하는데. 그래, 좋다, 노래를 참겠다.

몇 개월이 째깍째깍 지나갔고, 내 걱정은 점점 더 심각해졌다. 공짜로 얻은 일 년이 내 손에서 미끄러져 빠져나가는 듯한 느낌은 둘째치고, 더 나쁜 생각이 떠오르기 시작했다. 만약 이런 일 년이 이 년이 되고, 이 년이 "빌리야, 멜바 이모는 올해 크리스마스에

---

7 〈트롤리 노래〉 가사의 일부
8 아일랜드 전통 탭댄스를 활용한 뮤지컬

못 오신대. 또 2교대로 일하셔야 한다네."가 되어버리면 어떡하지? 이 부정적인 상상 속에서 내 이름이 왜 '멜바'로 바뀐 건지는 모르겠지만 돌아가는 상황을 봐선 무슨 일이 일어나든 충분히 가능성이 있을 것 같았다.

나는 덫에 걸린 것 같았다. 스스로가 멍청하게 느껴졌다. 내 행운의 동전을 제대로 쓰지도 못했을뿐더러 이제 내게는 유리한 입지조차 없었다. 뉴욕의 다른 아등바등하는 얼간이들과는 다른 내 차별점 말이다. 내가 뭘 어쩌겠는가? 전부 포기해버리고 세인트 토마스 항구의 엔진도 없는 선상 가옥으로 이사를 하겠는가? 자아를 찾는 게 유행이었던 1972년은 진작 지났는데 말이다! 때는 1989년이었고, 벨트도 훨씬 더 좁은 시대였다.

어쩔 줄을 몰랐던 나는 URTAs라고 불리는 예술 분야 대학원 과정 연합이 매년 뉴욕에서 개최하는 오디션에 지원했다. 연합에 가입한 전 세계 각지의 학교는 매년 배우를 발탁하기 위해 대표를 뉴욕으로 보냈다. 내 새로운 인생 계획으로서는 터무니없는 일이었다. 나는 여전히 대학 학자금 빚으로 허덕이고 있었기에 대학원 학비를 내는 건 전혀 선택지에 없었다. 다른 곳으로 이사하는 건 직관에 어긋나는 일이었다. 평생 뉴욕에서 사는 걸 꿈꿔왔고, 드디어 성공했는데 말이다! 적어도 뉴욕에 살아보기는 했으니까. 이젠 뭐, 덴버 같은 촌구석에라도 가야 하나? 나는 꿈에 가까워지기는커녕 꿈에서 점점 멀어지는 것 같았다. 하지만 겨우 한 달이면 아파트 계약 기간이 끝날 예정이었고, 나는 결정을 해야만 했다. 머무를지, 떠날지 말이다.

나는 오디션에 나가기 위해 무리해서 휴가를 내야 했다. 고전 독백과 현대 독백, 그리고 노래를 준비해야 했다. 나는 틈틈이 링컨 센터 공연 예술 자료관에서 시간을 보내며 배우의 앨범을 듣고 연극 대본을 읽었다. 코치도 선생님도 없었고, 연습 상대조차 전무했다. 결국 나는 무턱대고 특이한 조합을 선택했다. 존 패트릭 섄리가 쓴 〈새비지 인 림보〉의 린다, 〈뜻대로 하세요〉의 로잘린드, 〈흡혈 식물 대소동〉에 등장하는 노래인 〈푸르른 어딘가〉였다. 리허설을 할 공간도, 준비를 할 시간도 없었다. 열두 시간을 내리 서서 일하는 동시에 머릿속으로 대사를 외웠고, 그후엔 집에 돌아와 잠을 잘 수밖에 없었다. 오디션은 타임스스퀘어의 오래되고 약간 오싹한 극장에서 진행됐다. 준비한 연기를 소리 내 해본 적은 손에 꼽았고, 무대는 거대했다. 그렇게 큰 공간에서 연기하는 건 난생처음이었다. 내 목소리는 가늘게 들렸고, 청중은 무반응이었다.

하지만 왠지 모르게 나는 오디션에 합격했다.

사실 여러 군데에 합격했지만, 그중 서던메소디스트대학교에서 존재조차 몰랐던 혜택을 제안했다. 서던메소디스트 산하에 있는 메도우즈예술대학의 전액 장학금을 제안한 것이다. 배우를 배우로 만들기 위해 돈을 쓰는 제정신 아닌 사람이 대체 누구냐고? 밥 호프였다. 서던메소디스트에는 그의 이름을 딴 극장이 있었고, 학교 자체도 상당히 부유했다. 그런 기적적인 일은 추후도 꿈꾼 적도 없는데 말이다. 하지만 나는 새로운 길을 찾았고, 아직 궤도를 벗어나지 않았음을 증명해 안심할 수 있었다. 앞서나가지는 못했지만 적어도 평범해졌으니까! 평범한 사람들과 같은 시기에 대학원에 가게 된 것이다!

그런데 막상 가보니 평범한 것 따윈 없었다는 사실을 깨달았다. 온갖 곳에서 다양한 연령대의, 인생에서도 커리어에서도 서로 다른 단계를 거치고 있는 학생들이 모여들었다. 충격적이었다. 시간이 모자라다는 걸 모르는 사람들인가? 방콕에 갔으면 누구보다 먼저 툭툭을 잡아야 한다는 압박도 없나?

보아하니 없는 모양이었다.

뉴욕을 떠나 더 전통적인 대학에 오니 혜택과 편안함이 또 있었다. 나는 바닥 전체가 카펫으로 덮여 있으며 수영장이 있는 아파트 단지에 살았다. 나는 학점이나 기본적인 것, 대도시에서 살아남는 것을 걱정할 필요 없이 연기에만 집중할 수 있었다. 뉴욕대학교에 다니던 첫해에는 누리지 못한 것들이었다. 내 연기 선생님인 세실 오닐은 훌륭한 분이셨다. 나는 좋은 친구들을 사귀었다. 우리는 많이 웃었고, 서로를 아주 좋아했으며, 아주 절친한 배우 사이에만 통하는 방식으로 서로를 고문했다. 우리 앞 반에는 헤어스타일에서 연상되는 이미지를 가지고 모두에게 별명을 붙이는 남학생이 있었다. 우리 반 학생들은 '호박 머리', '연필에 달린 지우개 머리', '찌그러진 럭비공 머리' 등의 별명으로 불렸다. 내 별명은 무슨 이유에서인지 '산발 머리'였다.

계획이 있는 건 여전히 대체로 좋은 일이라고 생각한다. 하지만 내가 신중히 짠 계획이 날 비웃자, 난 그 계획을 꽉 붙들기보다는 새로운 계획을 만들었다. 그 새로운 계획이 당장 합리적으로 보이지는 않았어도 말이다. 나는 맹목적으로 다른 방법을 시도한 덕

에 내게 더 잘 맞는 길을 찾았다. 그러니 당신의 계획이 최후의 승리자가 될 때까지 손놓고 있지 말자. 계획이 당신을 비웃더라도 아랑곳없이 마지막에 웃는 이가 되자. 그리고 계획이 당신을 비웃는다면 당신도 똑같이 비웃어주자.

사람들은 언제나 내가 어떻게 배우가 됐는지 묻는다. 좋은 소식이자 나쁜 소식을 한 가지 말해주자면, 방법은 하나만 있는 게 아니다. 공짜로 일 년을 얻었다고 생각한 것도, 이득이라고 여겼던 그 시간을 바텐더로서 보낸 것도 환상이었을 뿐이라고 말이다. 진짜 인생에 빨리 감기 같은 건 없다. 〈어메이징 레이스〉에서도 빨리 감기가 항상 좋은 효과를 낳지만은 않는다. 어떨 때는 누구보다 먼저 새로운 도시로 향하는 비행기를 탄 덕에 앞서간다며 좋아했던 1등 팀이 다음 목적지에 도착해보니 영업 시작까지 두 시간을 기다려야 하는 상황을 맞닥뜨릴 때도 있다. 그러다 다른 팀에게 따라잡히는 바람에 저녁에 다시 한번 경쟁을 벌여야 하기도 한다. 〈어메이징 레이스〉에서 그런 일이 발생하면 수백만 달러를 잃게 된다. 하지만 인생에서라면… 괜찮지 않나? 빨리 감기를 원하는 사람이 있기는 할까? 나는 차라리 빨간 라디오색 녹음기의 되감기 버튼을 계속해서 누르겠다. 그리고 주디 갈런드가 출연한 모든 뮤지컬의 모든 노래 가사를 처음부터 끝까지 다 외울 수 있는 괴짜가 되겠다.

정말인가? 드디어 그 타이밍이 왔나? 잘됐다! 그럼 이제 불러야지.

Clang clang clang went the trolley…

땀의 순수 가치

이유는 잘 모르겠지만, 처음 일을 시작할 때 나는 쇼 비즈니스에 관해 고릿적 사고방식을 가지고 있었다. 오후 내내 숙제를 하는 대신 〈더 4:30 무비〉[9]를 본 덕인 것 같다. (미안해요, 아빠!) 그 당시 배우의 삶이 어떤지 배울 방법은 많지 않았다. 배우 일을 어떻게 시작하는지에 대한 사소한 힌트조차도 얻기 힘들었다. 〈아메리칸 아이돌〉이 등장하기 전, 오디션 프로그램과 그나마 가장 비슷했던 건 〈스타 서치〉였다. 하지만 〈스타 서치〉의 연기 부문

9 1968년부터 1981년까지 뉴욕 방송사 WABC에서 평일 오후 시간대에 방영한 TV 프로그램으로, 특집 영화나 TV 상영용 영화와 함께 그 주연 배우를 집중 조명하는 내용으로 특히 인기를 끎

은 이상하게도 딱딱하며 연극적이었고, 진짜처럼 보이지가 않았다. 엔터테인먼트 산업과 관련된 간행물의 세계도 그 시대에는 달랐다. 오늘날처럼 연예 잡지 열댓 개가 앞다투어 제니퍼 로페즈가 지난밤 저녁을 먹은 레스토랑 이름이라든가 케이트 허드슨이 새로 들인 비숑 프리제의 이름을 알려주는 시대가 아니었다. 〈내셔널 인콰이어러〉 잡지가 그나마 스타의 비밀스러운 세계를 파헤치는 데 어느 정도의 시간을 들이긴 했지만, 그만큼의 시간을 외계인 아기나 네스호 괴물 목격담에 쏟기도 했다. 그 어느 도시를 배경으로도 〈진짜 주부들〉 시리즈 같은 건 존재하지 않았고, 사람들이 매 순간 끊임없이 소식을 전하는 트위터나 인스타그램, 스냅챗도 없었다. 유명인조차 셀프 브랜딩에 집중하기 이전이었다. 그나마 매일 할리우드를 조명하는 방송은 〈엔터테인먼트 투나잇〉이 전부였고, 그마저도 그 시절엔 꽤 거품이었으며 제법 순한 편이었다. 화면 뒤에서 어떤 일이 일어나는지 잡지사에서 세세히 파헤치기 전이었다. 그날의 중요한 질문이랍시고 "누구의 셀룰라이트일까요?" 따위를 묻는 사람도 없었다.

〈더 4:30 무비〉는 대체로 옛날 영화를 다뤘고, 엘비스 프레슬리 주간, 서부영화 주간, 공포영화 주간처럼 주마다 다른 주제를 다뤘다. 나는 그 프로그램 덕분에 진 켈리와 주디 갈런드가 출연하는 뮤지컬 영화와 사랑에 빠졌다. 캐서린 헵번이 시대를 막론한 최애 배우가 된 것도 〈더 4:30 무비〉 덕분이다. 프로그램을 시청하며 나는 배우에게 있어 최고의 사명은 『더 시어터』[10]에 언급되는 것이라는 사실을 배웠고, 연기자의 궁극적인 목표는 브로드웨이(동네가 아닌 브로드웨이 길 그 자체)라는 사실도 배웠다. 나는 〈스테이지 도어〉 같은 1930년대와 1940년대의 흑백영화에서 영감을 받았다. 그런 흑백영화에서는 희망에 찬 젊은이들이 학생 클럽 기숙사에 함께 살며, 누더기처럼 보이는 헤어 롤러로 머리를 말아놓은 채 잠을 자고, 작은 주방에서 실크 속바지를 입고 브로드웨이를 꿈꾸며 춤 스텝을 연습했다. 나는 흑백영화 속 젊은이들의 두드러지는 사투리를 아주 좋아했고, 일상에 그 말투를 녹이려 노력했다.

"보쇼, 요 기집애 이가 시리다는디?"

나는 습관적으로 이렇게 말하곤 했다.

"발이 겁내 아픈디, 가배 좀 마시게 몇 푼 적선 좀 해줄텨?"

1980년대 중반이었던지라, 다들 내가 무슨 말을 하는지 알아듣지 못했다.

나는 어떻게든 브로드웨이에 입성하리라 마음먹었다. 이는 즉 연극배우 노동조합의 일원이 되어야 한다는 뜻이었다. 노동조합에 복잡한 문제가 있다면, 노동조합 일을 하지 않고서는 노동조합에 들 수 없는데, 노동조합의 일원이 아니면 노동조합 일자리를 구하지 못한다는 것이었다. 갈 길이 멀었지만, 내 계획은 노동조합의 수습생으로서 충분한 시간을 일해서 자격을 갖추는 거였다. 그럼 몇 년은 걸릴 터였다. 그보다 더 빠른 유일한 길이 있다면 노

---

10 25년간의 커리어를 마치고 은퇴한 작가 겸 감독이 50개 편의 연극, 뮤지컬, 오페라 제작을 거치며 겪은 일을 담은 회고록

동조합에서 맡는 역할에 캐스팅되는 거였다. 그런 일이 가끔 일어나기는 하는 모양이었다. 노동조합 극단의 그 누구도 할 수 없는 독특한 역할이 주어지면 말이다. 젊은 배우였던 나는 내 이력서의 '특기'란에 병적으로 집중했다. 온갖 특기를 써넣었는데, 그중에는 애매한 것들도 있었다. 혹시 거기에서 제대로 된 한 방이 터질지 모르는 일이었으니까. 그 당시 내 이력서를 채운 특기는 운전(뉴욕에서는 당연한 게 아니었다), 롤러스케이트 타기(뮤지컬 〈스타라이트 익스프레스〉가 한창 유행이던 시절이었다), 지역방언(모호하게 써놓은 데다가 거의 사실이 아니기는 했지만 세련된 셰익스피어 전문가처럼 보인다는 느낌이 들었다), 론다 바이스 성대모사(론다 바이스는 내가 푹 빠졌던 비디오인 길다 래드너의 〈카네기 홀 라이브〉에 등장하는 내 최애 캐릭터였다)였다. 길다 래드너보다 내가 하는 론다 바이스 성대모사가 더 인상적일 거라고 착각한 이유가 뭐였는지는 모르겠다. 아직도 부끄러운 미스터리다. 하지만 그때 당시만 해도 방언과 운전 실력을 갖춘 스스로가 독특하고 다재다능하다고 느꼈다. 아마 그런 특기 덕을 봤다기보다는 다행히 그런 특기가 점수를 깎아먹지 않아서였겠지만, 나는 미시간 어거스타에 있는 반 시어터의 노동조합 수습생 프로그램에 들어갈 수 있었다.

반 시어터는 그때도 지금도 평판이 높은 여름 극장으로, 거주 노동조합 회사가 있었으며 가끔 브로드웨이 스타가 출연하는 공연을 올리기까지 했다. 반 시어터의 로비에는 졸업생 구역이 있었는데, 그곳에는 한때 이곳의 수습생이었지만 더 잘되어서 나간 배우들의 얼굴 사진이 담긴 액자가 걸려 있었다. 그중에 얼굴을 알아볼 수 있는 사람은 한 명도 없었지만, 그래도 깊은 감명을 받았다. 언젠가 이 로비에 내 얼굴 사진이 함께 걸리고, 수많은 관객이 그 앞을 지나치며 "누구지?"라고 말하게 된다면 더는 바랄 게 없었을 것이다. 그런 무명 취급만으로도 감지덕지였다.

반 시어터에서의 첫날, 노동조합의 수습생은 모두 하절기 캐스팅을 위해 노동조합 회사의 임직원 앞에서 오디션을 치렀다. 핵심 노동조합 단원들은 경험이 풍부한 배우들이었는데, 대체로 뉴욕 출신이었고 여름 내내 일하기로 계약한 사람들이었다. 그중 대부분은 예전에도 극장에서 일해본 적이 있었고, 서로 알고 지내는 사이였다. 그들은 내게 몇 가지 질문을 하고 나서 뮤지컬 〈크레이지 포 유〉에서 거슈윈이 부르는 〈베이스를 쳐요〉라는 곡의 악보를 주고 즉석에서 노래해보라고 했다. 나는 그게 어떤 노래인지 몰랐다. 하지만 시험의 목적 자체가 준비 없이 얼마나 연기를 잘할 수 있는지 보는 것이었다. 공연마다 주어지는 리허설 기간이 겨우 이 주였던 만큼, 음악과 춤 스텝을 얼마나 빨리 배울 수 있는지가 중요했기 때문이다. 나는 긴장은 했지만 큰 걱정은 하지 않았다. 대체로 악보만 보고도 즉석에서 노래를 잘할 수 있었기 때문이다.

그렇게 생각했는데….

사실상 내 앞에 놓인 악보를 그대로 따라가기만 해도 됐지만, 나는 제대로 연기를 해 보이고 싶었다. 노래를 빨리 익힐 수 있는 건 물론, 노래와 연기 자체도 잘한다는 걸 보여주고 싶었기 때문이다. 이번 시즌의 캐스팅 여부가 이 오디션에 달려 있었다. 내가 혼자 노래를 시작할 준비가 될 때까지 피아니스트가 몇 마디를 연주하며 멜로디를 흥얼거렸다. 나는 깊은숨을 들이마신 뒤 노래를 시작했다.

Zoom zoom zoom zoom
The world is in a mess
With politics and taxes
And people grinding axes
There's no happiness.

객석을 메운 얼굴들을 본 나는 곧바로 내가 잘하고 있다는 걸 알아차릴 수 있었다. 그래서 긴장이 풀렸고, 목소리는 더 커졌다. 사람들은 미소를 지으며 박자에 맞춰 발을 굴렀다.

Zoom zoom zoom zoom
Rhythm lead your ace
The future doesn't fret me
If I can only get me
Someone to slap that bass.

그때 객석에 앉아 있던 노동조합 단원 중 한 명이 음악 감독과 눈빛을 교환했다. 그 배우는 터지는 웃음을 억누르려는 듯 손으로 자기 입을 막았다. 감독도 배우에게 낄낄 웃어 보이며 무릎을 쳤다. 아무래도 제대로 감동한 것 같았다. 그들은 수습생이 첫날에 이렇게까지 잘하는 걸 본 적이 없는 것처럼 행동했다. 이곳에서 보내는 첫해인데 벌써 노동조합 캐스팅에 성공하는 것 아닐까 싶었다. 첫해에 캐스팅된 사람은 한 번도 없다고 들었지만, 혹시 모르지 않나? 앞으로 몇 년은 이 이야기가 전설이 될지도! 반 시어터 로비에 내 사진뿐 아니라, 내 놀라운 성과를 홍보하는 명판까지 걸릴지도 모르는 일이었다. '하루 만에 수습생 졸업 후 곧바로 브로드웨이 진출'이라는 문구와 함께 말이다. 자신감은 점점 커졌고, 나는 후렴구로 돌진했다.

Slap that bass
Slap it till it's dizzy
Slap that bass
Keep the rhythm busy
Zoom zoom zoom
Misery, you've got to go!

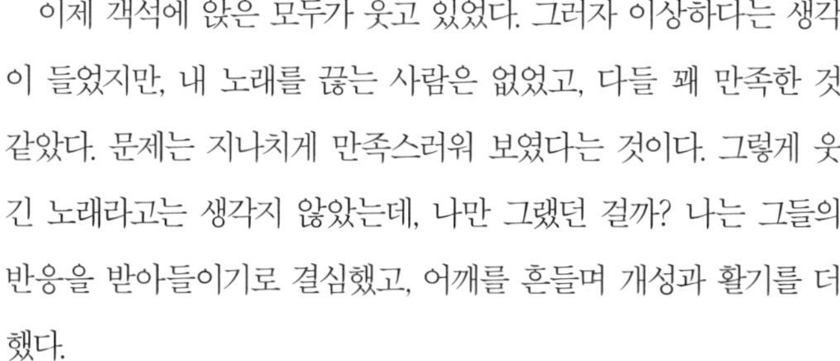

이제 객석에 앉은 모두가 웃고 있었다. 그러자 이상하다는 생각이 들었지만, 내 노래를 끊는 사람은 없었고, 다들 꽤 만족한 것 같았다. 문제는 지나치게 만족스러워 보였다는 것이다. 그렇게 웃긴 노래라고는 생각지 않았는데, 나만 그랬던 걸까? 나는 그들의 반응을 받아들이기로 결심했고, 어깨를 흔들며 개성과 활기를 더했다.

Slap that bass

Use it like a tonic

Slap that bass

Keep your philharmonic

Zoom zoom zoom

And the milk and honey'll flow!

이제는 의심의 여지가 없었다. 객석에 앉은 모두가 거의… 발작을 일으켰달까? 여자 배우 중 한 명은 너무 심하게 웃은 나머지 눈물을 훔치고 있었다. 나는 내가 원래 웃기는 사람인가 싶었다. 예전엔 내가 이 정도로 웃긴 줄 몰랐는데 말이다. 오늘이 그 원석을 발견한 날이 될 것이 분명했다. 노동조합 극단에서의 승진으로 끝나는 게 아니라, 여름 내내 여기 머무를 필요가 없게 될지도 몰랐다. 당장 브로드웨이로 가게 되면 어쩌지? 바너드대학교를 중퇴해야 하나? 아니라면 유명인이 되어 바쁜 와중에 학점까지 관리해야 하나? 새로 발견한 내 운명에 흥분한 나머지, 나는 객석을 향해 활짝 웃으며 장대한 마무리를 지었다.

In which case

If you want a bauble

Slap that bass

Slap away your trouble

Learn to zoom zoom zoom

Slap that bass!

나는 팔을 벌린 채 마지막 음을 있는 힘껏 길게 뺐다. 객석에 앉은 모두가 박수를 쳤다. 내가 인사를 하자, 그들은 다시 깔깔거리기 시작했다. 모두가 한참을 웃느라 한마디도 하지 못했다. 마침내 음악 감독이 머리 위로 손을 흔들어 모두를 조용히 시켰다.

"로런."

그는 다정하게 말했다.

"목소리가 좋군요."

그냥 좋은 정도라고? 극적이고, 탁월하며, 독특하고, 천상에서 내려온 기적 같은 목소리가 아니라?

"목소리가 아주 좋아요."

감독은 잠시 말을 멈췄다. 진지한 표정을 유지하려 애쓰는 티가 났다.

"그런데 조지 거슈윈이 이 노래를 쓸 때 생선을 주제로 한 것 같지는 않군요."

나는 잠깐 멍해졌다. 깊은 잠에서 깨어난 것 같기도 했다. 무슨 소리를 하는 거지? 생선이라니? 대체 왜….

그러다 깨달았다.

노래를 얼마나 빨리 배울 수 있는지 보여주려는 마음이 급했던 바람에, 나는 노래가 무엇에 관한 것인지를 고민할 시간을 충분히 가지지 않았던 거다. 이 노래는 즐겁게 악기를 연주하는 사람에 관한 것이었다. 나도 그걸 어느 정도는 알고 있긴 했다. 그런데 긴장하는 바람에 '베이스'를 잘못 발음한 것이다. 노래에 등장하는 악기의 이름은 '에이스', '레이스'처럼 '이스'로 끝났어야 했다. 그런데 나는 그만 '메스', '에스엔에스', 혹은 지금 내가 받고 있는 '스트레스'처럼 '에스'로 끝나는 단어로 발음해버린 것이다. 폭발하는 아드레날린에 만취한데다 노동조합 입단은 따놓은 당상이라는 환상에 푹 빠진 나는 노래의 주제를 악기 연주가 아닌 배스 물고기를 괴롭히는 내용으로 바꿔버렸다. 몇 번이고 거듭해서 불쌍한 배스의 꼬리를 잡고 그 머리를 치라는 노래를 즐겁게 부른 것이다. 나는 〈베이스를 쳐요〉라는 노래에 완전히 새로운 뜻을 부여했다. 그러니 사람들이 그렇게까지 크게 웃을 수밖에 없었던 거다.

나는 내 마음속 상상에서 극장 로비에 걸린 내 사진의 모습을 지웠다. 명판도 멀리 날아가버렸다. 노동조합 찬스도 무대 조명 아래 증발해버렸다.

하지만 결국 나는 회복했고, 휴양지 공연물[11] 루틴에 들어갈 수 있게 되었다. 수습생들은 아주아주 열심히 일했다. 우리는 오후마다 하는 리허설에 더해 의상 바느질하기, 세트 만들기, 바닥 닦기 등 극장 운영에 필요한 일이라면 뭐든지 했다. 아침에는 화장실 청소나 극장 주변 울타리에 페인트칠하기 따위의 잡일을 했다. 나는 첫 주에 매표소에서 티켓 주문 전화를 받는 일을 했는데, 그때

11 교외나 리조트가 모여 있는 휴양지에서 주로 하절기에 진행되는 뮤지컬 코미디 등의 공연물

내 행운을 다 썼다고 볼 수 있다. 기온이 38도에 달하는 야외에서 하는 일에 비하면 매표소 일은 호사였다. 에어컨이 있는 건 물론이었고, 극장을 사랑하는 동네 사람들이 끊임없이 빵을 구워 가져왔기 때문이다. 물론 그 빵은 노동조합 소속 배우에게 바로 갔어야 했지만, 대부분은 전화 받는 사람을 무사히 통과하지 못했다. 매일 아침 나는 훔친 케이크와 쿠키를 먹었고, 점심으로는 맥도날드에서 중국식 치킨 샐러드를 사 먹었다(이 메뉴 아직도 있나? 완전 맛있었는데). 그러고 나면 저녁때가 됐다. 하지만 수습생에게 월급 따위는 없었기에, 저녁 식사 메뉴는 내가 미쉐린 스타를 받은 레스토랑에서 먹은 것보다 더 좋아했던 음식과 음료의 조합에 불과했다. 곧 그게 뭐였는지 알려주겠다. 경고할 게 있는데, 음식에 남다른 안목이 있는 사람에게만 매력적인 조합이다.

주 무대 공연이 끝난 후에는 극장 옆에서 '셰드'라는 일종의 술집이 문을 열었다. 수습생들은 집에 가기 싫어하는 손님들을 대상으로 그곳에서 카바레 형식의 노래와 짧은 연극을 펼쳤다. 주 무대에서는 코러스를 맡았고, 최선을 다해봤자 단역 배우였지만, 주 무대가 끝난 후 셰드에서만큼은 수습생인 우리가 스타였다. 나는 집에서 가져온 기타를 치며 노래를 해 청중을 감탄시켰다. 스스로에 대한 기대가 실제 능력보다 컸고, 기타로 연주할 수 있는 코드는 세 개가 다였지만 말이다. 하지만 〈이별의 제트 여객기〉를 부르기에는 그것만으로 충분했다. 셰드에서는 무대의 스타들이 서빙을 함께하기도 했는데, 덕분에 뒤쪽의 창고는 무대 구역과 라커룸 역할을 하게 되어 사람이 두 배로 북적였다. 그곳에는 곧 부를 노래의 악보, 각종 재고, 개인 물품이 한데 뒤섞여 있었다. 거기에는 맛있는 시즈닝을 묻힌 크래커와 프레첼 과자의 조합인 스낵엔도 보관돼 있었는데, 가데토 제과에서 내 경력을 망치려는 비겁한 목적으로 만든 것이 분명한 간식이었다. 물론 내게 내놓을 만한 경력이 없기는 했지만 말이다. 창고 안에 있는 대형 쓰레기통 크기의 통에 보관해 둔 스낵엔은 우리가 절대 먹어서는 안 되는 간식이었고, 오직 돈을 내는 고객을 위한 것이었다. 극장의 사장들은 이 규칙을 아주 엄격히 여겼다. 그래서 나는 이 자리를 빌려 내 전 고용주들에게 (그리고 식품 안전 검사관에게) 우리 중 누구도 몸이 소금기로 퉁퉁 불 때까지 매일 밤 툭하면 지저분한 손을 커다란 통 안으로 집어넣었다 빼기를 반복한 사람은 절대로 없다는 사실을 명백히 알리고 싶다. 어떻게 감히 그랬으리라고 의심할 수 있는가! 그해 여름, 나는 처음으로 맛있는 술을 발견했다. 그 시절 아주 힙하다고 여겨지며 유행을 탔고, 현재에도 지성과 세련됨의 상징으로 여겨지는 술이다. 그렇다. 당연히 퍼지 네이블[12] 이야기다. 균형 잡힌 영양소를 제공하면서 동시에 세련되기도 한 스낵엔과 퍼지 네이블의 조합은 두 달 내내 단골 저녁 식사 메뉴가 됐다.

여름의 절반이 지났을 때쯤, 아주 놀라운 기회가 생겼다. 노동조합에서 맡을 역할 중 하나가 수습생에게 돌아간 것이다. 자그마한 역할이었기에 그 먼 뉴욕에서부터 수습생이 아닌 노동조합 정규 배우를 불러오는 건 돈 낭비일 터였다. 수습생 중 한 명에게 기

12 복숭아 슈냅스와 오렌지 주스로 만든 칵테일

회를 넘기는 대신 보름치 노동조합 급여를 주는 게 더 저렴했다. 내가 상상했던 시나리오와 정확히 일치하는 상황이었고, 내가 원했던 큰 한 방에 정확히 부합했다. 수습생들은 신나서 배역과 그 지원사격에 관한 이야기를 나눴다. 작품은 익살극이었는데, 두 명의 바람피우는 남자와 그들의 거짓말에 속는 아내들의 이야기였다. 수습생이 맡을 역할은 남편 중 하나가 바람을 피우다 걸리는 장면에 불륜 상대로 등장하는 프랑스 출신 하녀 역할이었다. 두 사람이 바람피우는 현장을 들키는 순간 하녀는 겁에 질려 무대 안쪽을 마주본 채 벌떡 일어나는데, 그 바람에 그녀를 덮고 있던 이불이 떨어지면서 벌거벗은 뒷모습이 객석에 노출된다.

소문에 의하면 감독은 꽤 적은 인원을 오디션에 부를 예정이었다. 그래서 우리는 긴장된 마음으로 감독이 누구를 선택할까 궁금해했다. 다음 날 후보 명단이 붙었고, 거기에는 내 이름이 있었다. 나는 설렜고 우쭐해졌다. 얼마 후 우리는 오디션에서 감독에게 벌거벗은 엉덩이를 보여줘야 한다는 사실을 알게 됐다. 나는 정확한 절차가 어떻게 되는지 몰랐다. (뒤로 돌아서 걸어들어가야 하나?) 실제 장면의 대사를 소리 내 읽어달라는 요청을 전혀 받지 않았다는 사실 또한 이상했다. 그래도 여전히 설레고 우쭐하기는 했다. 숙련된 여배우라면 그런 요청을 받는 건 예삿일이었으니까. 벗은 엉덩이만 보여주면 노동조합 배우가 되는 건 따놓은 당상이리라!

곧 '선택된 엉덩이'라는 일종의 동호회가 생겼다. 우리는 공적인 모습을 보이려 최선을 다했고, 지나치게 흥분하지 않은 척했지만,

훌륭한 엉덩이 아니 훌륭한 연기 덕에 서로 끈끈한 사이가 되었다는 사실은 자명했다. 우리는 좀더 모자란 엉덩이가 따돌림당하는 기분을 느끼지 않길 바랐기에, 복도에서 마주칠 때마다 서로를 향해 은근한 미소를 지어 보였다. 우리는 모두 탄탄한 엉덩이 아니 재능 덕분에 후보로 발탁됐다는 사실에 기뻐했다. 불알친구라는 표현이 그렇게 와닿았던 적이 없었다.

오디션 당일이 도래했다. 우리는 분리된 공간에서 허리 아래부터 로브를 벗어야 했다. 준비를 마치면 천을 든 두 명의 여자가 우리보다 살짝 앞으로 걸어나올 예정이었다. 우리가 그들 뒤로 걸어가 뒤로 돌면 잠깐 천을 내려 감독에게 엉덩이를 보여준 후, 두 여자가 다시 천을 들면 다 함께 걸어나가기로 되어 있었다. 감독은 입장과 퇴장 사이에 악의 없는 잡담을 했다. 우리를 좀더 편하게 해주고자 감독 옆에는 그의 아내가 앉아 있었다. 모두가 아주 존중하는 태도를 보였다. 절차는 매우 빠르게 진행되었고, 어떤 감정을 느낄 틈조차 없었다. 나는 자기 차례를 기다리는 다른 후보들에게 손을 흔들며 미소 지은 채 걸어나갔다. 옷을 다시 입고 극장 뒤의 분리된 공간에 혼자 남게 된 순간, 눈에서 눈물이 터졌다.

그날 잘못된 행동을 한 사람은 아무도 없었다. 오디션은 심사숙고를 거친 절차로 진행됐다. 우스꽝스럽고 성적인 뉘앙스로 가득찬 작품이었고, 나체로 등장하는 부분은 분명 대본에 포함된 내용이었다.

다만 내가 그걸 싫어했을 뿐이다.

오디션으로 인해 나는 발가벗겨진 기분이 들었고 스스로가 안

쓰러웠다. 게다가 이 모든 것을 더 깊이 숙고하지 않았다는 사실이 창피했다. 노동조합 찬스가 너무 간절했던 나머지, 그걸 얻을 방법에 마음이 불편하지는 않은지 나 자신에게 묻지 않았던 것이다. 화가가 전시하는 건 캔버스지만, 연기자의 캔버스는 배우 자신이다. 수년에 걸쳐 나는 특정한 상황에서 나를 어느 정도 분리하는 방법을 배웠다. 예를 들어, 자주 있는 일이었지만, 옷 피팅을 위해 낯선 사람 앞에서 발가벗는 일이 있을 때 말이다. 헤어, 메이크업, 조명, 무대 장치 등 캔버스를 최상의 상태로 전시하기 위해 기여하는 다른 예술가들의 손길이 배우를 찔러대는 것은 자연스러운 일이다. 배우가 의상을 한 겹 더 걸치는 것은 예를 들자면 캔버스에 선 하나가 더해지는 것과 같다. 연기에 있어서 배우에게는 스스로를 타인처럼 바라볼 수 있는 객관적인 시선이 필요하다. 다른 사람이 내 위에 그림을 그려줄 수 있게끔 말이다. 하지만 이것은 내게 있어 처음으로 나 자신보다 캔버스에 집중해야 하는 경험이었고, 나는 캔버스로서의 나와 나 자신으로서의 내가 서로 충돌하지 않아야 한다는 것을 알게 되었다. 나는 원하는 일을 얻기 위해 뭐든지 하는 것이 더 성숙하고 프로답다고 착각했다. 하지만 그날, 조금은 늦게서야, 그것이 그리 단순하지 않다는 사실을 배웠다.

캐스팅에 발탁된 사람은 수습생이 된 지 이삼 년 된 배우로, 몸매가 예쁜 훌륭한 코미디언이었다. 그녀는 리허설마다 반쯤 벌거벗어야 하는 일에 전혀 부담감을 느끼지 않았고, 매일 밤 진심으로 공연을 즐기는 것 같았다. 짚신도 짝이 있다는 말처럼, 역할마다 그에 어울리는 배우가 한 명은 있기 마련이다. 사실 내가 캐스팅되었더라도 그 배역은 내게 맞는 자리가 아니었을 것이다. 지금의 나는 공감이 가지 않는 배역의 대본을 접하게 되더라도 크게 걱정하지 않는다. 어떤 이야기에 공감이 가지 않는다면, 그 이야기가 아무리 좋고 내가 그 이야기에 등장하고 싶다고 하더라도, 내가 그 역할을 맡는 것이 다른 사람이 맡는 것만큼 설득력 있지는 않으리라는 사실을 받아들여야만 한다. 이제는 그럴 때 마음을 놓는 일이 꽤 편해졌다.

날 가르쳐주신 훌륭한 선생님 중 한 분인 윈 핸드맨은 배우와 작품의 궁합이 아주 중요하다는 사실을 항상 강조하셨다. 그분은 모든 배우가 모든 배역을 소화할 수 있어야 한다는 주장에 반대하셨다.

"찰리 채플린은 딱 하나밖에 안 했어."

그분은 이렇게 말씀하시곤 했다.

"다만 다른 사람보다 그걸 더 잘했을 뿐이지."

결국 나는 어떤 배역이 내게 맞지 않는다는 것을 깨달아도 속상하지 않는 방법을 배웠다. 하지만 나이도 어렸던데다 이력서에는 고작 고등학교와 대학교에서 연기한 경험밖에 없었던 나는 까다롭게 굴거나 내가 하고 싶은 것에 대한 의견을 가질 권리가 없다고 생각했다. 당시에는 그저 내 직관을 존중할 필요가 있다는 사실에 대한 어렴풋한 암시 정도만 있었을 뿐이다.

최선의 방식으로 내 직관에 따르는 방법을 배우려면 훨씬 더 오랜 시간이 걸릴 것이다. 하지만 적어도 배우 생활 초반에 탈의 요청을 받았을 때마다 나는 크게 고민하지 않고 거절할 수 있었다. 탈의 자체가 잘못된 것도 아니고, 그게 스토리텔링에 필요하다는 것도 이해했지만, 나와는 맞지 않는 일이었기 때문이다.

반 시어터에서 이 년 차가 됐을 때, 나는 오디션도 없이 노동조합 배역을 맡게 됐다. 내가 콕 집어 발탁된 거다. 정말 영광스러운 일이었고, 다른 수습생들도 그걸 대단하게 여겼다. 내가 예상했던 것보다 훨씬 더 일찍 찾아온 기회이기도 했다. 내 사진이 든 액자와 명판을 다시 꿈꿀 수 있게 된 거다! 내가 맡게 된 배역은 〈1940년대 살인 사건에 관한 뮤지컬 코미디〉라는 극에 등장하는 마저리 베버스톡이라는 캐릭터였다. 그렇다. 10년간 방과 후마다 TV를 본 덕에 이미 익숙했던 바로 그 1940년대 말이다! 운명이었다. 마저리라는 캐릭터는 50대 초반의 나이든 귀족으로, 배우를 꿈꾸는 젊은이들이 후원을 받기 위해 마저리의 환심을 사려 애쓰는 설정이었다. 여기에서 젊은이를 연기하는 사람들보다 내가 열 살 어리다는 사실은 문제가 되지 않았다. 이곳은 무려 극장이었고, 나는 어떤 도전이든 맞이할 준비가 되어 있는 배우였으니까! 나는 고등학교에서 수년간 경험했던 덕에 쌓은 노안 화장 노하우를 살렸다. 하얀색 분장용 화장품으로 얼굴을 떡칠해 재현해낸 주름진 얼굴은 아주 그럴듯해 보인다는 건 누구나 동의하는 사실일 터다.

1막이 끝날 때쯤 마저리는 의자에 앉아 자기의 환심을 사려는 젊은이들이 거듭해서 더 열정적인 광란의 뮤지컬 노래를 부르는 모습을 지켜본다. 그런데 젊은이들이 한참 노래를 부르는 와중에

의문에 싸인 악역 캐릭터가 의자 뒤에서 마저리를 칼로 찌른다(하하하?).

그런데 젊은이들은 마저리가 칼에 찔렸다는 사실을 눈치채지 못하고, 관객만 마저리가 찔리는 모습을 보게 된다. 그래서 젊은이들은 마저리에게 감명을 주지 못했다고 오해하지만, 사실 마저리는 살아 있지 않기 때문에 반응하지 않는 거다. 그래서 관객은 깔깔 웃게 된다(그래야 했다). 이 모든 개그의 웃음 포인트는 마저리가 눈을 뜬 채 죽는다는 것이다. 그래서 젊은이들이 마저리의 죽음을 알아채지 못한 채 그렇게나 오래도록 미친듯이 춤을 추고 노래를 하는 거다. 너무 웃기지 않나?

그런데 하나 문제가 있었다. 아니, 사실 적어도 세 가지 문제가 있었다. 우선 나보다 나이가 서른다섯 살 많은 배역을 연기해야 했다는 문제와, 지난 여름 내내 스낵엔과 퍼지 네이블로 저녁을 때우면서 배운 건 하나도 없었다는 문제와, 리허설의 후반부에 와서야 알아차린 사실인데, 필요한 만큼 오랜 시간 눈을 뜨고 있는 것은 내 특기가 아니라는 문제였다. 기존에 배역을 맡았던 사람은 어떻게 그걸 해냈는지 모르겠다. 20초만 지나도 내 눈에는 눈물이 고이기 시작했고, 45초쯤이 지나면 아무리 최선을 다해도 눈이 깜빡여졌다. 다들 알고 있겠지만 죽은 사람은 눈을 깜빡이지 않기 마련이다. 관객이 웃어야 하는 지점은 광란의 오디션을 펼치는 젊은이들의 지나치게 열정적인 모습이어야 했는데, 첫 공연 날 가장 큰 웃음은 죽은 상태여야 하는 마저리가 바짝 마른 콘택트렌즈를 낀 것 같은 눈을 한 데서 터졌다.

내가 난생처음으로 받은 전문가 평론이 실린 〈칼라마주 가제트〉는 1막의 마지막에 내 캐릭터가 죽었을 때, 나를 위해서라도 내 캐릭터가 더 빨리 죽기를 바랐다고 평했다. (하하하하하. 무대 뒤에서는 더 많은 눈물을 흘렸다.)

"긍정적으로 생각해."

나중에 감독은 이렇게 말했다.

"평론이 여기서 더 나빠지지는 않을 거야."

하지만 진실은 영영 알 수 없을 것이다. 그날 이후로 나에 관한 평론을 읽지 않았기 때문이다. 구글에서 내 이름을 검색한 적도 전혀 없다. 그런다고 좋을 일이 뭐가 있겠는가? 시간이 흐르면서 나는 잡지에서든 신문에서든 누군가 나에 관해 정말 좋은 이야기를 한다면 어떻게든 내 귀에 들어오게 된다는 사실을 깨달았

다. 누군가 긍정적인 이야기를 하면 친구든 매니저든 전해주지 못해 안달을 내기 때문이다. 신문에 뭔가 안 좋은 이야기가 실리면 친구들은 (그리고 소속사 사람들도) 어딘가 찔리는 구석이 있는 듯 시선을 피하거나 아무 이야기도 하지 않는다. 그럼 그것만으로도 다 알 수 있다. '더 빨리 죽었으면 좋았을걸'보다 얼마나 더 자세한 이야기가 필요하겠는가?

고등학생 시절 내 연기 선생님인 브라이언 넬슨은 연기에 있어 중요한 피드백은 두 가지밖에 없다고 말씀하셨다. 하나는 연기가 좋았다는 것이고, 다른 하나는 잘 들리지 않았다는 것이다. 배우에게 있어 '크게 말하라'라는 조언은 상당히 객관적이고 도움이 되는 비판이다. 다른 피드백은 그저 한 사람의 의견일 뿐이다. (내가 한 가지 추가하고 싶은 것이 있다면 '발음이 정확해야 한다' 정도다.

악기와 생선의 차이를 알아둬야 한다는 것도 있지만.)

수년이 지나, 나는 결국 마침내 브로드웨이로 진출할 수 있었다. 그리고 기대에 못지않게 신났고 기뻤다. 말 그대로 꿈이 이루어진 것 아닌가. 물론 〈아가씨와 건달들〉의 리메이크에서 훌륭한 배우들과 함께 애들레이드를 연기한 건 영광스러운 일이었지만, 한편으로는 더 단순했던 시절이 그립기도 했다. 〈오클라호마〉와 〈브리가둔〉의 코러스만 맡아도 신나서 날뛰었고, 상상할 수 있는 최선이고 감히 꿈꿀 수 있는 가장 큰 성공이며 〈더 4:30 무비〉의 내 아이돌처럼 되고 싶다는 꿈에 그나마 가장 가까웠던 목표가 미시건 어거스타에 있는 작은 극장 로비에 내 사진이 걸리는 것이었던 그 시절 말이다.

엘런 쇼 나가자고 비건이 될 수는 없다

이 장을 쓰려니 걱정된다. 내가 〈투데이〉 쇼에 이 책을 홍보하러 나가면 (반가워요, 맷!)[13] 유일한 질문거리로 쓰일 테니 말이다. 공인이 어떤 성과를 보여주든 상관없이, 사람들은 그들이 아침 식사 메뉴와 그들의 피부 관리법을 궁금해한다. 다음 에피소드에서는 루스 베이더 긴즈버그가 대법관이 된 비결과, 머리가 엉망인 날에 대처하는 비결을 알려드립니다! 유용한 정보인가요? 집에서 시청하고 계신 여러분이 직접 판결을 내려보세요! 다음으로는 힐러리 클린턴 대통령의 (이 글을 쓰는 시점은 2016년 3월이니 그냥 예

13 앞으로 〈투데이〉 쇼가 언급될 때마다 로런이 괄호 안에서 인사하는 사람들은 모두 〈투데이〉 쇼 역대 진행자임

상일 뿐이다) 국정 연설 하이라이트와 함께 그녀가 레드 카펫에서 미끄러지듯 걸을 수 있는 비결을 전해드립니다!

사람들은 참 걱정이 많은데, 걱정을 그만 좀 했으면 좋겠다. 하지만 아마 그건 비현실적인 일이겠지. 그러니 걱정하지 말라는 말을 하는 대신, 내가 배운 할리우드의 일급 기밀을 알려주겠다. 덕분에 이 책을 읽는 사람들은 엄청난 돈을 절약할 수 있을 거다.

먼저 알려줄 기밀은 바로 다이어트 관련 책은 쓸모가 없다는 사실이다. 한 권이라도 더 사지 않도록 하자. 진짜 한 권이라도 안 된다. 진심이다. 전부 다 '덜 먹고, 더 운동하라'라는 똑같은 말을 그저 다른 방식으로 적은 것뿐이니까.

물론 내가 의사인 건 아니다. 아마 절대로 드라마에서 의사 역을 맡을 일이 없기도 할 테지. 왜냐고? 상상이 안 되지 않나? 〈길모어 걸스〉 1부를 제작할 때 우리는 범죄 수사물인 〈콜드 케이스〉와 같은 회의실에서 대본 리딩을 진행했다. 그래서 가끔 〈콜드 케이스〉 대본을 집어들고 진지한 얼굴로 대사를 소리 내 읽어본 적이 있다. 대사를 비웃지 않고, 정말 그럴듯해 보이려고 노력하면서 말이다. 그런데도 같은 공간에 있었던 사람은 전부 배를 부여잡고 웃다가 바닥에 나뒹굴었다. 대사 자체가 별로인 게 아니었다. 별로인 건 나였다.

문제는 내가 그럴듯한 경찰이나 탐정으로 보이는 게 물리적으로 불가능했다는 것이다. 애초에 〈콜드 케이스〉에 등장하는 캐릭터의 직업이 경찰이나 탐정이 맞기는 했는지도 확실하지 않다. 현실에서는 두 직업이 뚜렷하게 구분되며, 어려운 직업이고, 너무나도 인상적이라는 걸 안다. 하지만 내가 느끼기에 화면 속에서는 두 개가 서로 뒤섞인 것 같은 느낌이었다. 내가 받는 인상이라곤 '나 완전 진지하고 능력 있는 사람이야.'에 지나지 않았다. 배우로서도 실제 사람으로서도 나는 능력 있는 사람의 인상을 자연스럽게 뿜어내지 못한다. 내가 풍기는 분위기는 '나 그냥 느낌대로 하는 건데, 그래도 재밌지 않아?'에 가까웠다. 구급차를 모는 사람이나 의사나 덱스터[14]에게서 그런 분위기를 기대하는 사람은 아마 없을 것이다.

가짜 의사 얘기가 나오니 생각난 일화가 있다. 내 여동생은 작가 에이전시에서 일한 적이 있는데, 그 덕에 나는 의학 드라마 같은 프로그램의 대본 초고에는 전문적이고 의학적인 용어가 적혀 있지 않다는 흥미로운 사실을 알게 됐다. 의학 드라마를 쓰는 작가라면 어느 정도의 일반적인 의학적 지식을 갖추고 있기야 하지만, 대사가 정확한지 검토해주는 전문가 또한 존재한다는 것이다. 작가와 전문가가 항상 함께 일하지는 않는다. 그래서 주요한 이야기가 구성되어 있고 흥미로운 성격의 캐릭터가 등장하는 대본이라 하더라도, 초반에 작성된 초고에는 의학적 용어 대신 그 용어가 들어갈 자리를 특정한 단어로 표시만 해둔다. 내 여동생이 말해준 의학 드라마를 예로 들자면, '의학 용어'가 대신 적혀 있는 것이다.

"네, 존스 선생님. 있다가 비품 창고에서 만나요. 일단 의학 용

14 미국 법의학 드라마 〈덱스터〉의 주인공

어 증상이 있는 환자한테 의학 용어 40cc부터 주사하고요. 안 그럼 환자가 의학 용어될지도 모르잖아요. 그럼 우리 둘 다 정말 큰일나요."

내 여동생 셰이드와 내게 '의학 용어'는 곧바로 일종의 '기타 등등'이 되었다. 출발점은 어떤 단어가 들어갈 자리의 표지였지만, 우리의 대화에서는 그냥 일반적인 대체 용어가 되었달까. '내가 말하는 게 뭔지 알잖아'부터 '이 가방 왜 이렇게 비싼 거야?'까지 다양한 의미를 내포할 수 있는 단어가 됐다. 예를 들어, 내 여동생은 일이 바빠 데이트가 어땠는지 설명할 만한 여유가 없을 때 "그 사람은 내내 자기 얘기만 하더라. 신발도 이상했고. 의학 용어."라고 말했고, 그럼 난 그애가 무슨 말을 하는지 바로 알아들었다.

그러니 난 가짜 의사도 안 어울리는 사람인 거다. 진짜 전문 용어를 내뱉는 것보다 '의학 용어'라고 말하는 게 더 편하니까 말이다. 그러니 건강에 관한 내 조언의 범위는 여기까지다. "불량식품 많이 먹지 말고, 산책을 많이 해라. 책을 구매한 독자에게 감사를 표하며 이만 줄인다."

하지만 로런, 당신은 할리우드에 살잖아요. 가장 매력적이고 건강해 보이는 사람들이 사는 곳이요! 그거 말고는 해줄 말이 정말 없는 거예요?

알았다, 좋다. 최고의 영양사, 개인 트레이너, 동서양의 의학 전문가, 그리고 마른 유명인과의 대화를 통해 배울 수 있었던 할리우드의 기밀을 더 공유하겠다. 내가 여기에 공유할 모든 조언은 멋진 사람이, 또는 멋진 사람을 알고 있으며 멋짐을 유지하는 방법을 아는 사람이 내게 실제로 해준 말이다.

수년 동안 나는 고기가 가장 중요한 단백질이라는 말, 고기는 몸에 좋지 않다는 말, 체중을 감량하는 최고의 방법은 고단백질 다이어트라는 말, 체중을 감량하는 최고의 방법은 비건 다이어트라는 말, 주스 만들어 마시는 게 몸에 좋다는 말, 주스 디톡스는 쓸데없다는 말, 혈액형이 나와 같은 사람은 어린 양고기, 성숙한 양고기, 칠면조 고기, 토끼 고기만 먹어야 한다는 말, 닭고기, 소고기, 햄과 돼지고기는 피해야 하지만 베이컨은 괜찮다는 말, 베이컨은 먹으면 안 된다는 말, 지방 섭취가 체중 감량에 도움이 된다는 말, 지방은 유형에 상관없이 무조건 피하거나 최소한으로 먹어야 한다는 말, 요거트가 소화에 도움이 된다는 말, 요거트는 소화에 전혀 영향을 끼치지 않는다는 말, 유제품의 칼슘은 몸에 좋다는 말, 유제품은 몸에 나쁘다는 말, 글루텐은 셀리악병만 없다면 섭취해도 상관없다는 말, 글루텐은 누구라도 먹어서는 안 된다는 말, 케일은 슈퍼푸드라는 말, 케일을 지나치게 많이 섭취하면 갑상샘에 이상이 생겨 오히려 체중이 증가할 수도 있다는 말, 천연 치약을 쓰지 않으면 2.3킬로그램까지 몸이 부을 수 있다는 말을 들었다. 과일과 채소만 먹기? 어떤 사람들처럼 가지, 토마토, 고추 같은 가짓과 채소에 민감하지만 않다면 좋은 계획 같기도 하다. 온종일 시금치 이외에는 아무것도 먹지 않아도 괜찮으시다면야. 최근 살모넬라 때문에 리콜된 시금치만 피하면 문제없을 것이다. 과일은 괜찮지만, 바나나 같은 과일은 당도가 지나치게 높으므로 케이크 한 조각을 먹는 것과 다를 바가 없다. 뭐라고? 여전히 케이크 같은 디저트에 들어간 일반적인 가공 설탕을 먹는다고? 세상에나 마상에나, 어떻게 아직도 살아 있을 수가 있지? 구급차라도 불러줘야 하나? 정말 병원에 실려가게 된다면, 약을 먹기 전에는 자몽 섭취를 피해야 한다는 것을 기억해야 한다. 약의 효능이 떨어질 수 있기 때문이다. 그러니 독자들이여, 베리와 물만 섭취하는 새로운 다이어트를 즐기도록 하자. 아, 물론 많은 사람이 그렇듯 딸기에 알레르기가 있는 경우는 예외다! 그리고 GMO에 대한 극심한 걱정도 잊지 말자! 물도 아무 물이나 마시지 말아야 한다. 수돗물은 당연하겠지만 독이다. 하지만 생수병에 있는 비스페놀 A에도 유의하자. 생수를 살 때는 pH 수치의 균형을 맞춰주는 제품을 골라야 한다. 아마 몰랐던 사실이겠지만, 대부분의 사람은 산성이 지나치게 높으며 알칼리성이 부족하다! 이제 다 말했다! 이해가 되나? 결국 모든 비밀을 털어놓았다. 이제 독자가 뭘 해야 하는지는 자명하다. 이보다 더 명확할 수가 있나? 고맙다는 인사는 됐다!

뭐라고? 어? 내 편집자인 제니퍼 E. 스미스 씨가 방금 원고가 늦어진다며 연락했다. 잠깐, 아니, 그럴 리가 없다. 당신이 이 책을 읽고 있으니까! 제니퍼가 내게 전화하는 99퍼센트의 이유는 원고 지각이라 내가 착각했다. 사실 다른 이유였다! 내가 위에 적어둔 정보가 어떤 독자에게는 약간 혼란스럽게 느껴질 수도 있다는 의견이었다. 흠, 자알 알겠어요, 제니퍼. 교양 높으신 제 독자들은 제법 똑똑하시고, 그분들에게는 내가 적어둔 이야기가 혼란스럽지 않을 거라고 확신하지만, 좋아요. 혹시 모를 경우를 대비해서 할

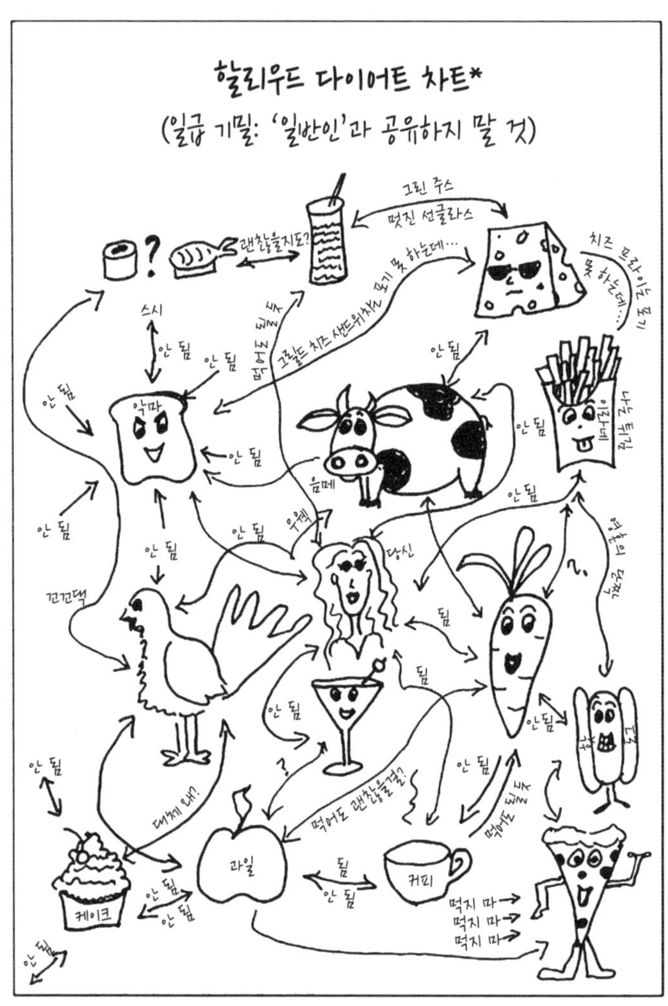

* 프랑스인에게는 적용되지 않음

리우드 내부에서만 공유되는 매우 읽기 쉬운 음식/다이어트 차트를 제공하도록 하죠. 참고로 내가 이걸 공개했다는 사실은 절대 비밀이다!

세상에나! 내가 할리우드 일급 기밀 다이어트 차트를 공개했다니 믿을 수가 없다. 이제 큰일났다!

그럼 이제 운동 이야기를 해보겠다. 믿기 어려울지도 모르지만, 일반인들이 몸매를 유지하는 방법 중 몇몇은 할리우드에서의 몸매 유지 방법과 사실 같다. 할리우드에 살지 않는 사람은 조깅을 하거나, 산책을 하거나, 러닝머신 위에서 뛰거나, 수업을 수강하거나, 요가를 한다고 들었다. 하지만 할리우드에서는 달리는 동안 파파라치에게 사진을 찍힐 경우 더 많은 칼로리가 소모된다는 임상시험 결과가 있다. 또 스피닝 수업을 들을 때는 당신보다 열 살은 더 젊고 열 배는 더 매력적인 누군가의 동기부여와 함께면(이라고 쓰고 '그 누군가가 당신에게 소리를 질러주면'이라고 읽는다) 효과가 더 좋다는 사실도 밝혀졌다. 요가는 반드시 온도가 최소 섭씨 200도는 넘는 실내에서 이루어져야만 한다. 아, 그리고 사흘 뒤에 입고 갈 운동복 세트를 지금부터 준비하는 게 좋을 것이다. 명품 운동복이 없다면 가치 없는 존재가 되고 마니까. 할리우드와 당신의 차이는 그것뿐이다.

또 한 가지 배운 게 있다면 일주일에 세 번에서 다섯 번 사이의 격렬한 운동은 부족하다는 사실이다. 몸이라는 건 생각보다 똑똑해서 반복적으로 하는 활동에 빠르게 적응하기 때문에 당신의 노력을 물거품으로 만들어버린다. 이에 대응하기 위해서는 안 그래도 격렬한 운동 습관을 끊임없이 바꿔 몸을 '속여야만' 한다. 이상하게 들린다는 거 안다. 사실 오늘 아침만 해도 스피닝 수업을 들으러 가는 길에 이 이상한 논리가 떠올랐다. 그래서 음하하하하. 속았지, 몸아? 사실 스피닝이 아니라 필라테스 가는 거지롱! 했다. 나 좀 대단한 듯?

나는 한 일본인 치료사에게 내 호흡법이 잘못됐기 때문에 내가 하는 대부분의 운동은 내 몸에 전혀 영향을 미치지 못한다는 말을 들은 적이 있다. 어떤 사람은 쉬지 않고 일하는 몸을 지녔지만, 나는 도무지 말을 듣지 않는 몸을 가진 것이다. 할리우드는 언제나 긴장을 늦추지 말라는 가르침을 주었다. 내 몸이 언제 일을 다 망칠지 모른다! 항상 몸보다 적어도 한 발은 앞서야 한다.

말도 안 된다고 할지도 모른다. 어떻게 그게 가능하냐고 말이다. 독자들이여, 내가 방금 그림으로 다 알려주지 않았나. 왜들 이러시나.

하지만 당신들은 개인 트레이너를 고용하지 않느냐고? 불공평하다고?

나는 시간이 날 때면 훌륭한 트레이너이자 좋은 친구인 미셸 로빗과 함께 운동한다. 미셸은 긍정적이며, 식견이 넓고, 힘을 북돋아주며, 엄청난 미인이기도 하다. 미셸은 내게 유용한 사실을 알려줬다. 꾸준해야 한다는 것과, 소모되는 칼로리를 기록하고 지방을 태우고 있는지 확인하기 위해 심박수 측정기를 차는 것이 좋다는 것 말이다. 물론 전문 지식이 있는 파트너와 함께 운동하는 건 굉장한 도움이 되기는 하지만, 내가 아는 다른 트레이너는 이렇게 말했다.

"우리가 세탁소도 아니고, 고객이 옷만 맡겨놓고 하고 싶은 거 다 하고 돌아오면 한 시간만에 새것처럼 깨끗하게 해서 돌려주는 데는 아니거든요."

이 비유에서 옷은 당신을 의미한다. 이해가 되려나? 그림을 하나 더 그려야 하나?

다이어트에 있어 우리가 좌절하고 또 홀리는 것은 쉽지 않은 것을 더 쉽게 만들어줄 수 있는 숨겨진 무언가가 있을 거라는 희망을 계속해서 붙들고 있기 때문이다.

"풀만 먹은 소의 우유로 만든 버터를 커피에 넣어 마시기 시작했을 뿐인데 살이 눈 녹듯이 빠져버렸어요!"

유감스럽지만 내 경험으로 볼 때 추구할 만한 가치가 있는 목표에는 왕도가 없다.

애초에 목표라는 게 대체 뭐란 말인가? 〈투데이 쇼〉를 후원하는 스머커스 잼에 얼굴이 실리는 거?[15] (반가워요, 나탈리!) 한 달 후면 우리 할머니는 96세가 되시는데, 그분의 냉장고는 온통 '유기농' 표가 붙은 병으로만 채워져 있다. 우리 할머니는 믿음이 깊고 똑똑하신 분이다. 그러니 유기농 음료를 만들어야 할지도? (《샤크 탱크》[16]에 전화해줄 사람 없나?)

---

15 미국의 대표적인 잼 브랜드로, 어떤 인물이 100세 또는 그 이상이 되면 장수를 축하하는 의미로 병 라벨에 얼굴 사진을 실어줌

16 미국의 창업 오디션 프로그램

좌절스럽겠지만 절망하지는 말자. 할리우드의 일급 기밀 몇 가지를 더 공개할 테니.

1. 체중 감량을 시도하고 있다면, 당신은 거의 항상 배고픔을 느낄 것이고, 상당한 짜증을 느낄 것이며, 친구들을 귀찮게 굴 것이다. 아니면 친구들이 당신을 귀찮게 구는 걸지도. 너무 배고파서 그 둘 중에 뭐가 맞는지 분간이 안 갈 것이다. 결과가 나타나려면 이 주 정도는 매일 그런 상태로 지내야 한다.
2. 나는 끔찍한 결별 직후, 그리고 브로드웨이 공연 리허설 중 가장 많은 살이 빠졌다. 이 두 가지가 동시에 일어날 수 있도록 계획한다면 정말 예뻐질 것이다!
3. 성공적인 다이어트 대부분은 매우 깨끗하고 건강한 음식을 아주 조금만 먹고, 탄수화물은 최소한만 섭취하며, 당은 거의 먹지 않고 술도 아주 조금만 마시며, 운동은 아주 많이 하는 것을 포함한다. 시중에 나와 있는 대부분의 다이어트 책에 이 조합이 등장한다. 저마다 좋은 음식의 조합을 내세울 수도 있고, 점수를 매길 수도 있고, 프랑스 사람, 그리스 사람, 스페인 사람, 또는 비욘세인 척할 수도 있다. 다이어트 방법마다 약간의 차이점이 있기는 하지만, 모든 내용을 다 읽어본 사람으로서 확실히 말할 수 있는데, 전부 앞서 언급한 조합을 공통으로 내세우고 있다.
4. 나팔바지는 평생토록 몇 년에 한 번씩 유행했다가 유행이 꺼지기를 반복할 것이다. 주제에서 살짝 어긋나기는 했지만, 언제나 이 사실을 알리고 싶었다. 나팔바지는 계속 스타일이 바뀔 거고, 덕

분에 계속 새 바지를 사야 한다는 생각이 들 테지만, 필요 없다. 있는 바지나 버리지 말자.

스타는 우리와 똑같을 수도, 아닐 수도 있다. 하지만 나는 다른 누군가는 정답을 알고 있을 거라는 생각은 대체로 틀렸다는 사실을 배웠다. 킴 카다시안이 황제 다이어트로 산후 체중을 감량했다는 이야기를 들으면, 나는 사흘 내내 스테이크만 먹다가도 '맞다, 예전에 이거 해봤는데 별로였지.' 하고 기억해낼 것이다. 다른 사람이 아니라 나 자신에게 맞는 방법을 찾아야 한다. 나는 한때 비건이 되려고 했었지만 〈엘런 쇼〉에 나가 엘런과 공감대를 형성하고 싶다는 것이 주된 동기였다는 사실을 깨닫고 그만두었다. 나는 엘런을 아주 존경하고 애정하며, 엘런은 배우로서, 작가로서, 그리고 프로듀서로서의 내 삶을 아낌없이 응원해줬다. 덕분에 나는 내 소설, 『언젠가는 아마도』를 방송국 CW 네트워크에 투고할 파일럿 대본으로 만들 수 있었고, 엘런이 운영하는 회사에서 만드는 30분짜리 파일럿 대본을 공동 집필하기도 했다. 그래서 나는 전혀 경험하지 못했던 기회를 준 엘런에게 보답하고자 엘런과의 공통분모를 키워보려 했던 거다. 생각해보니 스토커가 등장하는 영화인 〈위험한 독신녀〉도 그런 이야기였다. 존경하는 사람을 우러러보는 건 좋지만, 엘런과 포샤에게 함께 렌틸콩을 먹으며 〈스캔들〉을 보자는 초대를 받고 싶다는 희망만으로 인생을 바꿔버릴 만한 중요한 결정을 내릴 수는 없다.

어쨌든, 이 모든 것이 진정으로 지겹고 혼란스럽다면, 좋은 소식이 있다. 우리에게는 소일렌트가 있다. 식사에 필요한 성가심은 줄이고(점심 식사라니. 참 나, 지능을 그런 데 낭비할 수가!) 새로운 얼굴 합성 앱에 더 많은 시간을 들일 수 있도록 실리콘 밸리에서 개발한 진흙색 식사 대용 혼합물이다. 음식을 씹고 삼키는 식사라고? 피자 먹기 따위에나 시간을 낭비하는 동부 사람이라도 되시나?

매일 아침 우리 아빠는 빵 반 덩이와 버터, 거대한 스무디, 그리고 가끔은 치즈를 곁들인 오믈렛을 해치운 후에야 아침을 드신다. 나는 가끔씩 토스트 한 쪽이나 먹고 싶다. 그게 그렇게 잘못됐는가?

게다가 오프라 윈프리조차 아직도 해결하지 못한 일로 스스로에게 실망하는 일은 법으로 금지돼야 한다고 본다. 그리고 오프라는 아직도 다이어트를 하고 있다. 오프라는 주지사를 포함해 세상의 모든 스타와 접촉했고, 아프리카에 학교를 세우는 것을 포함해 다양한 성과를 이뤘으며, 많은 사람이 더 나은 삶을 살 수 있도록 도왔다. 하지만 오프라 본인도 여전히 다이어트가 문제라는 사실을 인정했다. 그래서 요약하자면, 엔간히 진정하고 우리 스스로에게 좀더 너그러워지자. 그리고 진정으로 유용한 데 시간을 더 쓰자. 예를 들면, 한 번도 멋지다는 평가를 받지 못한 '엔간히' 따위의 단어를 부활시키려는 노력이라든가.

좋은 소식이 있다! 내 회계사가 그러는데, 이 모든 할리우드의 일급 기밀을 공개한 덕에, 독자는 적어도 수조 원을 아낄 수 있을 것이란다. 〈투데이 쇼〉에 나가 이 이야기를 할 일이 있다면 내 덕이라는 말도 빼먹지 말기를 바란다. (잘 지내죠, 캐시 리? 호다는요?)

'유일무이한 베티 화이트' 또는 '페이퍼 타월, 사랑 이야기'

과연 생전에 열여섯 살짜리 남자애들이 영화관에서 〈베스트 엑조틱 메리골드 호텔〉을 보는 게 더 낫다는 이유로 플레이스테이션을 휴지통에 던져버리는 세상이 올지 모르겠다. 대부분의 영화는 〈쥬라기 월드〉만을 반복해서 보고 싶어하는 사람들을 위해 제작된다. 할리우드는 대체로 젊은이들을 위한 곳이고, 대부분의 젊은이는 젊은이를 보는 것을 좋아한다. 그들이 공감할 수 있는 대상이니까. 영화와 드라마 제작에 돈을 투자하는 사람들 또한 대체로 젊은이를 대상으로 제작하고자 한다. 방송업계에서 '젊은이'란 열여덟에서 마흔아홉까지를 의미한다. 그들은 '주요 인구층'으로 불리기도 한다. 그들은 광고업계 사람들이 드라마와 영화에서 가장 주의를 끌고 싶어하는 대상이다. 왜냐고? 페이퍼 타월 때문이다.

최근 코스트코에서 쇼핑한 지 얼마 되지 않은 친구의 집에 놀러 간 적이 있다. 하지만 코스트코란 9킬로그램짜리 땅콩버터를 얼마나 싸게 샀는지 실컷 뿌듯해하다가 집에 돌아왔더니 이미 찬장에 가득 채워놓고 잊어버렸던 커다란 땅콩버터 10통 때문에 보관할 공간을 찾을 수 없게 만드는 곳이다. 그래서 내 친구는 물건을 정리하려 애쓰고 있었다. 그녀는 내게 열두 개들이 페이퍼 타월 한 묶음을 주겠다고 했는데, 집에 손님이 온다면 매트리스로도 쓸 수 있을 터였다. 나는 페이퍼 타월을 가져가게 돼서 신이 났다. 마침 필요하던 참이었고, 그렇게 탁월한 우연이 있나 싶었다. 그러다 포장지를 좀더 가까이 보고 나서 나는 그게 내가 평소에 쓰던 브랜드의 페이퍼 타월이 아니라는 사실을 알아차렸다.

나는 페이퍼 타월을 쓸 때면 언제나 죄책감을 느낀다. 하지만 그나마 기분이 나았던 건 절취선 사이가 더 좁아서 더 적은 양을 뜯어낼 수 있는 종류를 쓰기 때문이었다. 적어도 페이퍼 타월 하나를 통째로 쓰지는 않으니까 그나마 나았다. 그래서 나는 절취선이 없는 공짜 페이퍼 타월을 거절했고, 내 친구는 그런 나를 이해하지 못했다. 하지만 그 덕에 나는 갑자기 내가 주요 인구층에 속하지 않는다는 사실을 깨닫게 됐다.

나는 브랜드들이 젊은이들을 좋아하는 이유를 어느 정도는 이해할 수 있다. 광고주들은 가장 좋아하는 페이퍼 타월 브랜드나 운전하고 싶은 차를 아직 결정하지 않은, 변할 수 있는 사람을 원한다. 광고 때문에 마음을 바꿔 다른 브랜드를 선택할 수도 있는 사람 말이다. 하지만 소비자는 나이가 들수록 어떤 제품을 사용하는 것이 좋은지에 대한 주관이 생기고, 거기에서 거의 벗어나지 않는다. 즉 광고주들이 이제 다음 세대의 잠재적 페이퍼 타월 소비자로 옮겨갈 때가 되었다는 뜻이다. 영화나 드라마에서 나이든 사람들(특히 일찌감치 선호하는 페이퍼 타월 브랜드를 정하는 여성)을 보기 힘든 이유가 바로 그 때문이다.

"하지만 베티 화이트가 있지 않나?"라고 물을지 모른다. 그래, 맞다! 베티 화이트는 웃기고, 재능 넘치며, 여전히 인기가 많다. 하지만 그건 너무나도 희귀한 일이라, 내 페이퍼 타월 이론에 반하는 존재는 베티 화이트가 유일할 것이다. 아무도 "베티 화이트랑 뱃쉬바 플레링튼이 있지 않나?"라고 묻지 않는다. 왜냐하면 뱃쉬바 플레링튼은 몇 년 전 일을 그만둔데다, 내가 만들어낸 가상의 인물이기 때문이다. 애초에 베티 화이트 같은 여성에게 주어지는 일이 많지 않기 때문에, 베티 화이트 같은 사람으로 베티 화이트 본인 이외에 다른 사람을 예로 드는 것은 불가능하다. 베티 화이트보다 연령대가 다소 낮은 여성 중 비슷한 예로 들 수 있는 사람이 소수 있는 건 사실이지만, 메릴 스트립과 다이앤 키튼, 그리고 '데임' 작위를 받은 사람을 제외한 예시를 다섯 명만 대보라고 하면 아마 못할 것이다.

캐리 피셔는 내가 가장 좋아하는 배우이자 작가 중 한 명이다. 나는 그녀의 영화를 즐겨 봤고, 그녀의 브로드웨이 공연을 관람했으며, 그녀가 쓴 모든 작품을 읽었다. 나는 내 소설 『언젠가는 아마도』를 집필하는 내내 그녀가 쓴 『헐리웃 스토리』를 책상에 두고, 글이 막힐 때마다 이미 십수 번은 읽은 장을 다시 읽곤 했다. 그녀의 책과 내 책은 서로 너무나 다르지만, 그녀가 자기 삶을 바탕으로 한 소설을 쓴 여성 배우라는 사실만으로도, 그리고 성공한 시나리오 작가가 되었다는 사실만으로도 나는 큰 영감을 받았다.

최근 캐리 피셔는 〈스타워즈〉 영화 시리즈의 최신작 촬영 때문에 체중 감량 압박을 받았던 이야기를 실은 〈뉴욕 포스트〉 기사에 관한 입장을 발표했다. 기사의 내용은 외모로 평가받기 싫다면 배우를 그만둬야 한다는 것이었다. 또 그녀의 책을 언급하면서는 '캐리 피셔가 외모를 써먹을 줄 몰랐다면 그녀의 이름을 아는 사람은 아무도 없었을 것'이라고 평하기도 했다.

캐리 피셔는 베스트셀러 작가이자 시나리오 작가이며, 대단한 영화 스타이자 어떻게 보나 매력적인 사람이다. 뉴욕과 로스앤젤레스에는 배우가 되고자 모여드는 예쁘고 잘생긴 사람들이 정말, 진짜로 많다. 배우라는 직업이 단순히 외모를 써먹는 것에 지나지 않았다면, 만약 출중한 외모만이 우리의 성공 가도라면, 〈밴더펌프 룰스〉[17]의 출연진 모두가 언젠가 오스카상을 탈 것이고, 다음 달 〈맥심〉 잡지 부록에는 내가 등장할 것이다. 물론 불가능한 일이라는 것은 아니지만, 아직까지 그런 일은 일어나지 않았고, 그것은 리얼리티 프로그램에 출연하거나 모델 일을 하는 것과 캐리 피셔와 같은 연기자가 되는 것 사이에는 적어도 미묘한 차이가 있

17 레스토랑에서 일하는 섹시한 직원들을 조명하는 미국의 유명 리얼리티 쇼

기 때문이리라. '외모를 써먹는 것'은 특기의 일부일 뿐이다. 그것도 그렇지만, 애초에 〈맥심〉에 부록이 있는지 없는지도 모르겠다.

언젠가 더는 내 '외모를 잘 써먹고 있다'고 느낄 수 없을지도 모른다. 그래도 괜찮다. 나는 아름답게 나이들고 싶다. 물론 그게 정확히 무슨 뜻인지 아직은 모르지만. 사람들이 어려 보이기 위해 하는 갖가지 일 중 내가 하고 싶지 않은 것들이 있다는 사실을 알 뿐이다. 이론상으로는 성형수술에 대한 반감은 없다. 잠깐, 아니다. 성형수술에 대한 어떤 반감이 있기는 하다. 그저 요즘 유행하는 트렌드이지만 나의 심기를 불편하게 만드는 것에 심드렁해 보이려고 노력하는 거다. 다른 예시로는 하이웨이스트 청바지가 있다.

우선 나는 시청자의 입장에서 배우들이 어딜 고쳤는지 보일 때 견딜 수가 없다. 예를 들어 내가 좋아하는 두 배우가 등장하는 장면을 보다가 갑자기 윗입술 필러를 맞은 사람과 보톡스를 맞은 사람 사이의 대화를 듣는다는 사실에 더 집중하게 되는데, 정신이 너무 산만해진다. 나 자신을 포함한 그 누구도 젊어 보이거나 더 나아 보이기 위해 받은 시술의 흔적을 못 알아본다는 보장만 있다면 시도해보겠지만, 내 얼굴은 그런 게 너무 쉽게 티가 나는 것 같다. 시청자가 내 이마를 스케이트 링크로 착각할까봐 걱정하고 싶지는 않다.

외모를 가꾸는 건 절대 잘못된 일이 아니다. 그저 선택권이 우리 대다수에게 접근권이 있는 더 단순한 것에 한정돼 있으면 좋았을 거라고 생각할 뿐이다. 예를 들어 물 더 많이 마시기라든지, 조깅하기라든지, 더 예쁜 색깔의 립스틱 찾기 같은 거 말이다. 목주름을 올려 펴주기 위해 귀를 잘랐다가 다시 붙이는 것(이게 정확한 의학 용어는 아니겠지만) 따위가 더 젊어 보이기 위한 선택으로 거론된다는 것 자체가 유감스럽다. 그런 것에 대한 혐오감이 배우로서의 일을 견디는 것과는 전혀 상관이 없다는 점이 혼란스럽기는 하다. "귀를 잘랐다가 다시 붙여서 쳐진 목주름을 펴고 싶지 않다고요, 로런? 우리 생각은 안 해요? 당신 일에 대한 책임감이 그렇게 없어요?" 인터넷의 못된 사람들은 이렇게 소리치지만 나는 이런 방법이 아예 없었으면 싶다. 우리 모두 어느 정도 공평한 경기장에 서 있으면 하는 바람에서다. 하지만 그건 사람은 누구나 기본으로 여든다섯까지는 살 수 있어야 한다는 내 믿음만큼이나 헛된 바람이다. 스스로의 건강을 가장 잘 돌보는 사람은 더 높은 점수를 받아 오래 살 것이고, 파티하러 다니거나 집에만 틀어박혀 있는 사람은 포인트가 깎여 수명이 줄어들 것이라는 믿음 말이다. 지금처럼 '때로 애연가라도 아흔까지 살 수 있고, 마라톤 러너라도 마흔다섯에 급사할 수 있'는 무작위적인 시스템보다 더 공평하지 않은가. 애석하다.

베티 화이트의 또다른 대단한 점 하나는 스무 살, 서른 살에서 여든 살이 되는 동안 언제나 베티 화이트스럽게 훌륭함을 유지했다는 사실이다.

어떤 캐릭터를 연기하든 베티 화이트는 언제나 재미있고, 재치 있으며, 조금일지라도 섹시함이 묻어나온다. 처음부터 스스로를 치명적인 여자로 설정한 것도 아니었으니, 세월이 흘러도 아무것도 바뀌지 않은 척 절박하게 그런 이미지에 매달릴 필요도 없다. '매혹적인 유혹녀, 베티 화이트! 전보다 더 매력적으로 돌아왔다!', '베티 화이트, 여전히 매혹적인 유혹녀인가?', '라임라이트 클럽에서 춤추다 발각된 불쌍한 베티 화이트, 다시 한번 유혹녀로 거듭나려 무리수 두나?' 따위의 헤드라인을 내세운 기사를 마주하지 않아도 된다. 내가 이렇게 예로 들 수 있는 클럽 이름이 겨우 (1990년대엔가 완전히 문을 닫은) 라임라이트밖에 없는 걸 보면 내가 클럽에 다니는 걸 좋아하는지 아닌지 바로 티가 나는 것 같다.

영화 〈조강지처 클럽〉에서 골디 혼의 대사 중에는 할리우드에 존재하는 여성의 연령대는 딱 세 가지로 분류할 수 있다는 말이 있다. 바로 섹시녀, 지방 검사, 그리고 '드라이빙 미스 데이지'[18]다. 이는 배우의 커리어가 3단계를 거친다는 의미인데, 이해되는 논리다. 귀를 잘라내 목주름을 펴는 수술을 할 용의가 있는 사람들의 경우, 두번째 단계의 연기 수명이 더 길겠지. 나는 아직 연기의 마지막 장에 다다르지는 않았다. (배기바지 할머니? 아일랜드 욕쟁이 농사꾼 할머니?) 하지만 내 배우 경력에 있어 첫 두 단계의 연기는 갤 어바웃 타운과 엄마로 볼 수 있다.

갤 어바웃 타운은 쉴새없이 일하는 커리어 우먼이다. 그녀는 사랑을 찾고 있기는 하지만 승진을 노리고 있으므로 아직 구속적인 관계를 원하지는 않는다. 가끔 연애를 할 때도 있지만 대부분 싱글로 지내며, 일에 몰두하고, 잘 풀리지 않는 데이트를 전전한다. 술집에 친구들과 놀러 다니며 늦게까지 집에 들어가지 않고

---

18 고집이 세고 잘난 척이 심한 70대 할머니를 주인공으로 한 영화

실험적인 패션에 도전한다. 하이힐을 신고, 빨간색 또는 노란색 겨울 코트를 입는다. 그녀에게는 힘들 때면 전화할 수 있는 여자친구가 많다. 절친 중 한 명은 남자일 때가 많은데, 절대 연애 상대로는 고려되지 않는다. 하지만 결국 그녀는 자기 생각이 잘못되었고 사실은 그 남자가 자기 반쪽이었다는 사실을 깨닫는다. 여태껏 바로 눈앞에 있던 그 사람을 놓치고 살았다니, 얼마나 역설적인가! 처음 연기를 시작했을 때 나는 많은 작품에 특별 출연을 했는데, 거의 모든 캐릭터가 갤 어바웃 타운이었다. 대표적인 작품으로는 〈사인필드〉, 〈로 앤 오더〉, 〈뉴스라디오〉가 있다.

그 외에도 다음과 같은 갤 어바웃 타운을 연기했다.

〈굿 컴퍼니〉의 리즈

〈콘래드 블룸〉의 몰리

〈원 트루 씽〉의 줄스

〈배드 산타〉의 수 (마을에서 안 돌아다닌 데가 없는 캐릭터)

〈철없는 그녀의 아찔한 연애코치〉의 매기

반대로 엄마는 체크무늬 셔츠를 입고 운동화를 신으며, 대체로 피곤해하거나, 이러지도 저러지도 못하는 성격으로 묘사되거나, 한때 미인이었던 여자로 그려진다. 엄마는 대체로 곤란해하거나 과로한다. 보통 엄마는 처음 등장하는 장면에서 "얘들아, 서둘러! 이러다 늦겠어!"라며 답답해하는데, 그 때문에 시청자는 곧바로 엄마의 그런 성격을 파악할 수 있다. 엄마는 대개 싱글이지만,

시청자가 그 이유나 사연을 매번 알게 되지는 않는다. 엄마가 아이들과 대화하면서 아쉬운 듯 '너희 아빠'를 언급할 때가 있기는 하지만, 아빠가 죽었는지 그냥 다른 곳에 있는 건지는 확실하지 않다. 이상하게도 엄마는 친구가 많지 않은 것처럼 보인다. 끽해봐야 최근 이혼한 후 연하의 남성과 사귀는, 담배를 문 채 집에만 있지 좀 말라는 잔소리를 하는 친구뿐이다. 걜 어바웃 타운은 대체로 다양한 개성과 독특함이 있지만, 엄마는 그렇게까지 구체적이지 않다. 내가 연기한 거의 모든 엄마에게 빨랫감을 개는 장면이 있었을 정도다. 걜 어바웃 타운은 절대 빨래를 개지 않는다. 나쁜 남자와 데이트하고 드라이 클리닝한 옷을 배송받느라 시간이 부족해서 그럴 테지. 심지어 가끔 엄마 캐릭터 담당 팀 사람은 내 캐릭터에 이름을 붙여주지도 않고 그냥 '엄마'라고만 부를 때도 있다. "좋아요, 엄마. 빨래 바구니 들고 여기에 서보세요." 같은 식으로 말이다. 왜 엄마가 걜 어바웃 타운만큼 구체적이고 개성 있을 수 없는지 모르겠다. 걜 어바웃 타운은 주로 이야기의 중심에 있지만, 엄마는 그런 경우가 적어서 그런 것 같다. 다 페이퍼 타월 때문이다.

내가 연기한 엄마로는 아래 캐릭터가 있다.

〈에반 올마이티〉의 조안

〈플래쉬 오브 지니어스〉의 필리스

〈맥스〉의 파멜라

〈미들 스쿨〉의 줄스

〈페어런트 후드〉에 사라 베버만으로 캐스팅되었을 때는 십대 아이 두 명의 엄마로 출연하기에 적절한 나이였다. 하지만 처음 〈길모어 걸스〉 대본을 읽었을 때 내 나이는 서른하나였다. 신생아의 엄마 역할을 맡은 적은 있지만(〈타우니즈〉의 드니스), 그마저도 아주 젊은 엄마였다. 로스앤젤레스에서의 사 년 동안 나는 거의 항상 걸 어바웃 타운이었는데, 이제 변화의 시기가 온 거다.

〈길모어 걸스〉 파일럿의 대본을 받았을 때, 나는 뉴욕에 있는 친구네 원룸에서 지내며 이제 막 종영한 NBC 시트콤 〈M. Y. O. B.〉의 다음 시즌 제작 여부 소식을 기다리고 있었다. 본인이 출연한 드라마의 속편 제작 여부가 결정되기를 기다리는 건 언제나 스트레스다. 하루에 열두 번은 소속사 담당자에게 아직 소식이 없냐고 묻게 된다. 다섯번째 전화부터 담당자는 수상하게도 '회의중'이거나, '휴 잭맨과 바지 쇼핑중'이거나, '송로버섯을 캐는 중'이라 전화를 받지 않기 시작한다.

사실 전에도 한 번 〈길모어 걸스〉 대본을 받은 적이 있지만, 읽지는 않았다. 대본을 읽었다가 너무 빠져버렸는데 막상 출연은 하지 못하게 될까봐였다. 하지만 다른 배우는 캐스팅되지 않았고, 〈길모어 걸스〉는 여전히 러브콜을 보내왔다.

"제2 포지션으로 고려한대요."

매니저는 그렇게 말했다. 그 말인즉슨, 처음 대본을 보냈을 때와는 달리 〈길모어 걸스〉 제작진에게 모험을 할 용의가 있다는 뜻이었다. 즉, 내가 오디션을 통과하게 된다면 우선 나와 파일럿을 찍겠다는 의미였다. 부디 〈M. Y. O. B.〉의 다음 시즌이 제작되지 않길 바라면서 말이다.

그리고 정말 그렇게 됐다.

아니, 사실을 말하자면 내가 오디션에 합격했고 파일럿을 찍은 건 맞다. 그후 나는 몇 달 동안을 손톱을 잘근잘근 씹으며 보냈다. 워너 브라더스에서 〈길모어 걸스〉를 방영하는 동안에도 NBC는 여전히 〈M. Y. O. B.〉의 취소를 발표하지 않은 상태였고, 두번째 시즌은 여전히 제작될 여지가 있었다. 몇 년이 지난 후, 제작 본부 간부 중 관계자 한 명에게 진실을 들을 수 있었다. 마침 다른 방송사에서 나처럼 두 개의 작품에 묶여 있는 다른 배우와 나를 '바꿔치기'하는 방법으로 내가 〈길모어 걸스〉에 출연할 수 있도록 조치한 것이었다. 그렇게 나는 할리우드에 대한 내 이론을 증명할 수 있었다. 할리우드가 어떤 곳인지 알고 싶다면, 그냥 〈헝거 게임〉을 계속해서 돌려보기만 하면 된다.

하지만 결국 어쨌든 〈길모어 걸스〉는 내 출연작이 되었고, 열여섯 살 딸이 있는 서른두 살 엄마, 로렐라이 길모어는 내가 연기하게 되었다. 〈길모어 걸스〉의 설정에 관한 이야기를 들으면 사람들(특히 내 또래의 다른 여배우들)은 반드시 이렇게 말할 것이다.

"엄마 캐릭터로 낙인찍힐까봐 걱정되지 않아요? 그러다가 젊은 캐릭터를 다신 못 맡게 되면 어쩌려고요?"

솔직히 그건 한 번도 생각해본 적이 없다. 내게 있어 로렐라이는 갤 어바웃 타운과 엄마가 반반씩 섞여 있는 캐릭터였다. 게다가 위트와 유머가 곁들여져 있었으니 너무나도 개성 있는 캐릭터이기도 했다. 크리스토퍼 리브는 다른 배우가 그 역할을 맡는 상상조차 견딜 수가 없었기 때문에 그 배역이 자기에게 맞는다는 사실을 깨달았다는 말을 한 적이 있다. 나도 그 기분이 뭔지 정확히 알고 있다. 마음에 쏙 드는 대본을 읽게 되면 나도 경험하기 아주 힘든 광적인 깨달음을 얻곤 한다. 찰나이지만 완전히 넋이 나가는 기분이다. '오랜만이다, 친구야'와 '다들 비켜, 이 캐릭터 내 거니까. 무조건 내 거야'의 조합이다.

그 시절 나는 오래 살아남지 못한 여러 드라마에 연달아 출연 중이었다. 나는 충분히 많이, 꽤 꾸준히 일했지만, 뭔가에 전념해 본 적은 없었다. 하지만 내가 〈길모어 걸스〉 이야기를 했을 때, 엄마는 이렇게 말했다.

"이번에는 느낌이 좋은데."

그리고 엄마의 말이 옳았다.

내 배우 커리어의 1막과 2막에 그런 멋진 캐릭터를 만날 수 있다는 것이 얼마나 큰 축복인지 안다. 3막에는 어떤 배역을 맡을지 모르겠다. (섹시한 베이킹 대회 MC? 페루 출신의 이색적인 빙고 대회 진행자?) 어쨌든 베티 화이트를 만나게 된다면 그녀에게 감사 인사를 전해주기를 바란다.

언젠가는 그녀가 되고 싶다.

〈길모어 걸스〉, 1부

산책을 하다 문득 '로런이 날 좋아하는 것 같기는 한데, 사랑하기도 할까?' 궁금해한 적이 있는가?

답은 '그렇다'이다. 사랑한다. 이것을 독자에게 증명하기 위해 약 십오 년간 친구나 친척, 고용주를 위해서조차도 하지 않았던 일을 하려 한다.

바로 TV에 등장한 내 모습을 보는 것이다.

내 출연 장면을 보지 않기 시작한 게 언제인지는 정확하지 않다. 아마 아예 처음부터 보지 않은 것 같다. 배우 생활 초반부터 내게 있어서는 모니터링이 연기에 도움이 되지 않는다는 사실을 깨달았기 때문이다. 내 연기를 객관적인 시선으로 바라보려면 같은 장면을 적어도 세 번은 봐야 했는데, 〈길모어 걸스〉는 각 시즌이 스물두 개의 에피소드로 이루어져 있다. 그걸 다 보느라 집에 붙어 있어야 한다면 식재료를 살 틈을 내기는커녕 인간다운 생활조차 못 했을 것이다. 그렇게 많은 에피소드를 칠 년 내내 찍다보니 내 기억도 이상해져서, 지금에 와서 그때 정확히 어떤 일이 있었는지를 회상하거나 각 시즌을 구분하기는 어렵다. 하지만 그토록 오랜 시간에 걸쳐 로렐라이를 연기하는 것이 어땠는지는 말하고 싶다. 그래서 최대한 모든 감정을 전달하기 위해, 모든 에피소드를 가볍게라도 훑으면서 기억을 되살려보려고 한다. 다행히 인터넷이 이미 에피소드의 순위를 매겨줬고, 사람들이 가장 좋아하는 에피소드 제목을 알려줬다. 내 목적은 당시에 개인적으로 어떤 일이 있었는지 전하는 것이다.

우선 이런 이미지를 상상해보자. 나는 맨해튼의 아파트에 있고, 계절은 여름이다. 밖은 상상도 할 수 없을 만큼 덥고, 여동생과 친구 대부분은 어딘가의 바닷가에 가고 없다. 아파트 건물 전체에 사람이 거의 없는 시기다. 앞으로 사흘간 오롯이 혼자서, 옆에 아무도 없는 상태에서 내가 나오는 장면들을 봐야만 한다는 뜻이다. 그러니 〈TMZ〉[19]에서 내가 미쳐버린 나머지 '대화할 사람이 필요했다'는 이유로 중국 음식 배달원을 인질로 잡았다는 기사를 보도한다면 부디 이해해주기를 바란다.

---

19 미국 최대 규모의 연예잡지

파일럿 제작

알렉시스 블레델과 나는 토론토 호텔 로비에서 처음 만났다. 믿어지는가? 서로를 만나보지도 못한 상태에서 드라마에 캐스팅된 거다. 〈M.Y.O.B〉 때문에 내 캐스팅이 아주 늦어지기는 했다. 그래서 서로의 케미를 확인할 기회도 없었다. 드라마의 성공 여부가 배우 사이의 관계에 달린 경우, 그게 최소한의 필요조건이었는데도 말이다. 우리 두 사람이 가족같이 보이는지 확인하기 위해 나란히 서볼 시간조차 없었다. 우리는 로비에서 만나 곧바로 시리즈 제작자인 에이미 셔먼 팔라디노와 제작 책임자인 댄 팔라디노, 그리고 제작자인 개빈 폴론과 함께 저녁을 먹으러 갔다. 벅찬 상황이기는 했지만, 곧바로 알렉시스가 마음에 들었다. 알렉시스는 고작 열여덟 살이었지만 다정하고 호기심이 많았으며, 당연히 아주 예뻤다. 처음부터 우리 두 사람의 관계에 좋은 느낌을 받을 수 있었다. 우리는 곧바로 친구가 되기도 했다. 이 모든 게 순전히 운이 좋았던 덕분이지만!

몇 달 후, 드라마가 공식적으로 제작됐다. 신나면서도 걱정되는 일이었는데, 일정상 내 출연이 불가했기 때문이다. 만약 NBC에서 〈M.Y.O.B〉의 제작을 계속하겠다는 결정을 내린다면, 〈길모어 걸스〉의 로렐라이 길모어는 다른 사람이 맡아야 할 상황이었다. 2000년 5월, 나는 그런 이상하게 어중간한 상태로 뉴욕으로 갔다. 방송사들이 광고주들 앞에서 새로운 작품을 발표하는 연간 행사에서 〈길모어 걸스〉를 홍보하기 위해서였다. 무대로 올라가기 전 배우와 제작자가 서로 어울릴 수 있는 대기실에는 커다란 화면이 걸려 있었는데, 거기에는 방영 예정인 새로운 드라마 영상들이 반복해서 돌아가고 있었다. 워너 브라더스 직원 몇 명이 다가와 자기소개를 했다.

"드라마 좋던데요."

그중 한 명이 말했다. 마침 화면에 내 얼굴이 비치고 있었다.

"시간대가 안 좋기는 하더군요."

다른 중역이 말했다.

"몇시에 방송되는데요?"

내가 물었다.

지금이라면 내가 출연하는 새로운 드라마가 방영될 때 내가 가장 알고 싶어할 정보 중 하나였지만, 그때는 그걸 알아볼 생각을 하지 못했다.

"목요일 저녁 여덟시요."

그가 대답했다.

트렌드에 뒤처지는 나라도 그게 무슨 의미인지는 알고 있었다. 심장이 내려앉는 것 같았다.

"그럼 제작이 이미 취소된 거네요."

내 농담에, 그는 아무 말도 하지 않았다. 그저 동정어린 미소를 짓고 어깨를 약간 으쓱해 보였을 뿐이었다. 아니라고 말할 수는 없다고 말하는 듯했다.

2000년도, NBC의 목요일 밤은 TV 시청률이 최고치를 찍는 시간대였다. 우리는 그 시절 최고였던 드라마, 〈프렌즈〉와 경쟁해야 했다. 워너 브라더스 자체도 아직 신규 방송사에 속했던 만큼,

아무리 성공한 드라마라 해도 다른 네 곳의 방송사에 비해 훨씬 낮은 시청률을 기록하는 경향을 보였다. 그래서 목요일 밤에 미국 시청자가 가장 좋아하는 시트콤과 경쟁을 한다면 우리가 시청자를 끌어들일 확률은 0에 가까웠다.

그렇구나. 뭐, 어차피 출연을 할 수 있을지 없을지도 모르니까. 〈M.Y.O.B〉 계약에서 풀려난다고 해도, 목요일 밤에 방송하는 드라마에 출연해야 하는 끔찍한 상황이었다. 또 이렇게 되는구나. 뉴욕에서 로스앤젤레스로 이사한 뒤로 제법 꾸준히 일해왔지만, 지금껏 출연한 드라마는 전부 첫 시즌을 끝으로 제작이 취소되었다. 〈길모어 걸스〉라고 다르겠는가? 대본을 보자마자 마음에 쏙 들기는 했지만, 〈M.Y.O.B〉도 대본이 좋았던 건 마찬가지였다. 이미 배우로서 상심한 적은 많았고, 그런 패턴에 적응하기 시작하던 참이었다.

화면을 돌아보자 마침 〈길모어 걸스〉의 영상이 다시 재생되고 있었다. 나는 혼잣말로 중얼거렸다. 새로운 드라마야, 잘 가렴!

내 앞에서는 서로 나이 차이가 크지 않은 것 같은 여자 두 명이 화면을 보고 있었다. 그 장면을 보던 두 사람은 헉하고 숨을 들이쉬더니 환한 얼굴로 서로를 와락 붙잡았다.

"엄마, 우리야!"

딸이 젊은 엄마를 향해 활짝 미소 지으며 말했다. 그들은 본인들과 닮은 캐릭터를 보고 충격을 받기도 했지만 기쁘기도 한 것 같았다. 뭔가가 그들의 심금을 제대로 울린 모양이었다.

흐으으으음.

시즌 1

우리가 촬영한 첫 장면은 파일럿 에피소드의 첫 장면이었다. 루크네 식당에서 어떤 남자가 로리와 로렐라이에게 추파를 던지는데, 이를 거절하기 위해 우리 두 사람이 그의 생각처럼 친구 관계가 아닌 모녀 관계라는 것을 밝히는 장면 말이다. 파일럿 에피소드를 다시 자세히 보기를 바란다. 그게 젊은 여배우(알렉시스)가 생에 처음으로 카메라 앞에 비치는 장면이라는 것을 믿기 어려울 것이기 때문이다. 거기다 오늘날을 기준으로 했을 때 이 파일럿의 재미있는 점은, 처음부터 유쾌한 대화가 오가기는 하지만 첫 15분에서 20분 동안 딱히 큰 사건이 일어나지 않는다는 거다. 로리가 칠튼에 입학하게 되면서 로렐라이가 부모님께 돈을 빌리게 되는 이야기가 등장하기 전까지 말이다. 요즘이라면 평범한 엄마와 딸이 재치 있는 대화를 나누는 장면으로 시작하는 파일럿 에피소드에서 사실 두 사람이 외과의사나 늑대인간, 잠복 수사중인 형사로 밝혀지지 않는다면 드라마 제작은 절대 이루어지지 않을 것이다. 그리고 이 시절의 우리는 전부 열두 살짜리들처럼 보인다.

솔직히, 첫 시즌을 다시 보니 아드레날린 가득한 대사에 얼마나 취해 있었는지가 제일 많이 생각난다. 이해가 될지는 모르겠지만 말이다. 연기 학교 시절 이후로 그렇게 많은 대사를 외워본 적이 없었다. 대사의 속도와 엄청난 양에 나는 오히려 뛸듯이 신났다. 오랜 시간을 촬영해도 피곤하지 않았고, 에너지가 남아돌았다. 하루에 네 시간밖에 자지 못했는데도 기분이 너무 좋았다. 나는 매일 점심시간이면 워너 브라더스 체육관에서 러닝을 했다. 아, 젊음이여!

시즌 1의 스콧 패터슨을 보고 있자니 기억이 새록새록하다. 이때만 해도 그는 로렐라이에게 필수 불가결한 연애 상대는 아니었다. 처음에는 그저 잘생겼고 투덜대는 식당 사장이었을 뿐이었던 그의 캐릭터는 여러 방향으로 발전할 수 있었다. 하지만 루크라는 캐릭터는 스콧의 특별한 섹시함에 무뚝뚝함이 더해져 로렐라이의 쾌활한 발랄함과 완벽한 대조를 이루었고, 덕분에 루크는 더 중요한 역할을 맡게 되었다. 젊은 배우들이여, 보고 배워라. 당신이 흥미로운 사람이라면 카메라가 당신을 발굴해낼 것이니.

켈리 비숍과 에드워드 허먼은 에밀리와 리처드 길모어 역할을 맡기에 손색이 없었다. 두 사람이 풍기는 귀족적인 기품은 로렐라이가 자란 가정환경이 어땠는지와, 로렐라이가 가끔 그런 가정환경을 왜 답답하다고 느꼈는지를 금세 알 수 있게 해준다. 배우로서 두 사람은 감정적인 깊이와 흠잡을 데 없는 웃음 포인트가 있다. 게다가 인간적으로도 곁에 있으면 즐거운 사람들이다.

촬영을 시작하고 몇 달이 지났을 때, 알렉시스와 나는 처음으로 멜리사 맥카시가 그라운들링스 극단에서 한 공연을 보러 갔고, 우리 두 사람은 그녀의 연기에 완벽히 매료되었다. 당시 나는 그녀의 특별한 재능을 제대로 내보일 방법을 알아낼 사람이 있기는 할까 생각했다. 물론 그녀가 연기한 수키는 매력적이었다. 하지만 멜리사가 그녀만이 할 수 있는 다른 재미있고 독창적인 캐릭터들을 보여줄 기회가 생길까 싶었다. 독자들이여, 물론이다. 멜리사는 그 기회를 잡았다.

데이비드 서클리프의 크리스토퍼는 시청자로 하여금 로렐라이가 그와의 관계를 유지하는 게 낫겠다고 생각하게 만들 정도로 매력적이다. 미셸의 매력적인 개성을 한껏 끌어올려준 야닉 트루즈데일은 실제로도 다정하고 재미있는 사람이며, 미셸처럼 권태감을 느끼는 일이 거의 없다.

스타즈 할로우를 스타즈 할로우답게 만들어주는 데는 정말 많은 캐릭터가 기여했다. 샐리 스트루더의 유머와 다정함, 리즈 토레즈의 관능적인 추파 던지기, 커크의 새 관심사가 무엇이든 그것에 제대로 전념하는 션 건의 모습은 언제나 내 감탄을 자아낸다. 레인과 레인 엄마 사이의 재미있는 불화는 너무 사랑스럽고, 마이클 윈터스는 길고 긴 테일러의 연설을 아주 매끄럽고 수월하게 해내며, 로즈 엡두의 집시는 너무나도 소중하다. 당시 워너 브라더스에서 방영되는 다른 드라마 대부분은 젊고 섹시한 배우로 채워져 있었다. 반면 〈길모어 걸스〉는 다수의 흥미로운 인물로 구성돼 있다는 사실이 정말 마음에 든다.

그때 그 시절에는 에밀리가 고속 인터넷을 설치해주려 하자, 로렐라이는 필요 없다며 화를 낸다. 하하하하, 무슨 소리야, 로렐라이. 필요하거든. 몇 년만 지나면 네 블랙베리도 다 무용지물이 되고 말 거야. 로리는 숀 펜과 마돈나 사이의 관계에 희망이 남아 있을까 궁금해하고(그런 건 없다!) 켈리는 'MTV를 비롯한 수백 가지 방송'을 보느라 시간을 허비하는 요즘 세대 아이들을 비판한다. 요즘 시대에 수백 가지 방송이라면 그리 많지 않게 들리는데 말이다. 게다가 로렐라이는 맥스 메디나에게 연락처를 알려줄 때 명함에 전화번호를 적어준다!

패션과 헤어스타일 가죽 블레이저에 파란색 아이섀도라니! 무슨 이유에서인지 몰라도 나는 그해 유독 파란 아이섀도에 집착했다. 당시 내 메이크업 아티스트는 과한 거 아니냐며 걱정했지만, 나는 로렐라이가 하는 거라면 뭐든 밝고 대담한 게 좋았다. DKNY 스타킹은 많을수록 좋았다. 나일론은 당시만 해도 인기 절정의 신소재였다. 보정속옷의 대표주자인 스팽스가 등장하기 전이었던데다, 상체를 꽉 잡아주는 스타킹이 여성들의 허리에 혁명을 일으키고 있었다. 이때 내 치마는 아주 짧았고 머리는 아주아주 검었다. 그래서 딱히 할 수 있는 스타일링이 별로 없었다. (치마가 아니라 헤어스타일 말이다. 텔레비전 방송 역사상 치마가 너무 짧다고 걱정한 사람은 없다.) 헤어스타일의 경우 지겹지만 중요한 사실이 있었다. 머리 색은 수많은 문제 중 하나일 뿐이었다는 것이다. 내 머리카락은 자연 곱슬이었으며 날씨에 극도로 민감했다. 그래서 구불구불한 헤어스타일을 위해서는 먼저 머리를 곧게 편 다음 다시 말아야 했다. 애초에 곱슬머리를 갖고 태어난 '행운'을 다 저버리는 행위였다. 열네 시간 내내 내 머리를 그 상태 그대로 유지하는 최선의 방법을 알아내는 데는 수년의 실험이 필요했다. 곧 대망의 실험 결과를 공개하겠다. 채널 고정!

내가 가장 좋아하는 부분 시즌 1에는 훌륭한 에피소드가 많지만, 내게는 여섯번째 에피소드에서 벌어지는 두 번의 생일파티가 제대로 심금을 울린다. 리처드와 에밀리 길모어가 로리를 위해 준비한 고급스러운 파티는 로렐라이가 열어주는 불량식품과 케이크로 가득한 파티와는 완전히 대비된다. 로렐라이의 침실에 들어간 에밀리는 다리가 부러진 로렐라이의 사진을 발견하고, 두 사람이 서로의 인생에서 얼마나 많은 것들을 놓쳤나를 새로운 시각으로 바라보게 되는데, 이 장면에서 켈리 비숍이 보여주는 연기는 압권이다. 촬영 초반부터 켈리는 스스로를 내 'TV 엄마'라고 칭했는데, 자신이 연기하는 캐릭터를 대본과 세트를 넘어 현실에까지 적용할 만큼 진지하게 여긴다는 의미였다. 우리는 곧바로 오래 사귄 친구 사이라면 흔히 하는 일을 함께하게 됐다. 뉴욕의 조 앨런에서 점심 먹기나, 로스앤젤레스의 최애 멕시코 음식점에서 과카몰리 먹기, 아니면 야간 촬영중에 치토스 나눠 먹기 같은 것 말이다. 그 시절 켈리는 엄마처럼 날 보호하는 마음을 품고 있었기에 내 남자친구 대부분을 부족하다고 여겼으며, 한번은 나와 수준이 맞는 사람을 사귈 필요가 있다는 말을 한 적도 있다. '〈식스 핏 언더〉에 나오는 그 멋진 배우'[20]처럼 말이다.

흐으으으음.

시즌 피날레 시즌 1을 촬영하면서, 우리는 가망이 없다고 여겼던 드라마 방영 시간대가 사실 축복일 수도 있겠다는 사실을 깨닫기 시작했다. 그렇게 경쟁이 심한데 방송국에서 얼마나 큰 시청률을 기대하겠는가? 그런데도 우리는 조금씩 시청자의 눈에 띄기 시작했고, 팬을 얻기 시작했다.

마지막 에피소드에서 로리는 마침내 딘에게 '사랑해'라고 말하

---

20 「REI 멤버십 카드가 생기기까지, 그리고 싱글의 삶에 관한 생각」 참조

고, 맥스 메디나는 천 송이의 노란 들국화를 보내며 로렐라이에게 (이상하게도 전화로) 청혼한다. 〈길모어 걸스〉의 제작자인 에이미 셔먼 팔라디노를 직접 만났거나 그녀의 인터뷰를 읽은 사람이라면 에이미가 아주아주 재미있고 똑똑한 사람이라는 사실을 이미 알고 있을 것이다. 게다가 이렇게나 로맨틱한 이벤트를 생각해내는 걸 보면 그녀는 천재라고 할 수밖에 없다.

시즌 2

시즌 2를 제작하던 해, 워너 브라더스는 〈길모어 걸스〉의 방영 시간을 매주 화요일 저녁 여덟시로 옮겼다. (《프렌즈》여, 잘 있거라!) 시청률은 올라가고 있었고, 나는 골든 글로브와 SAG 수상 후보에 올랐다. 게다가 에미상 시상식까지도 참석했다. 나는 그곳에 각기 내 매니저와 내 아빠, 사촌인 팀을 순서대로 데려갔다. 내 인기는 (동료와 가족 사이에서) 하늘 높은 줄 모르고 치솟았다!

그때 그 시절에는 크리스토퍼는 로렐라이에게 영화 〈졸업〉의 DVD와 함께(그때는 넷플릭스가 없었다) 로렐라이의 졸업식 사진을 촬영할 일회용 카메라를 선물한다(당시에는 획기적인 발명품이었다). 로렐라이와 같은 수업을 듣는 학생 중 한 명은 킨코스에서 일하는 것에 대해 불평한다(페덱스가 세상을 지배하기 전, 모든 복사는 이곳에서 이루어졌다). 로렐라이와 로리는 딘을 초대해 조안 리버스와 멜리사 리버스가 출연한 TV용 영화인 〈슬픔과 기쁨: 조안 리버스와 멜리사 리버스의 이야기〉를 함께 시청한다. (이 얘기를 하니까 생각났는데, 조안 리버스도 나처럼 바너드대학교를 졸업했으며, 레드 카펫에서 마주칠 때마다 항상 친절했으며 응원을 아끼지 않았다. 내가 알기로, 그녀는 패션에 있어서만큼은 내게 언제나 후했다. 내가 집필에 참여하고 직접 연기하기도 한 어느 파일럿 대본에는 심야 토크쇼 진행자 지망생이 등장하는데, 내 캐릭터(나)가 탈의실 거울에 붙여놓은 조안의 사진에게 말을 거는 장면이 있다. 조안은 코미디언으로서도, 영감을 주는 사람으로서도 그리울 것이다.)

패션과 헤어스타일 시즌 2는 정중앙에 불독의 얼굴이 있는 민소매 티셔츠를 입은 내 모습으로 시작한다. 두번째 에피소드에서는 조금 변화를 주기 위해 여러 겹의 진주 목걸이를 한 것 같아 보이는 민소매 티셔츠를 입었다. 그 시절 내 패션이 진일보했음은 더없이 명확하다.

2001년에는 슬립 드레스가 크게 유행했는데, 그래서인지 나 또

한 시즌 2에서 슬립 드레스를 많이 입는다. 슬립 드레스가 평범한 슬립과 다를 바가 없다는 사실을 알아챈 건 나뿐이었던 것 같지만 말이다. 물론 실제로 차이가 없었다. 슬립 드레스는 사실상 드레스가 아니라 슬립이니까. 그러니까 우리는 모두 자유롭게 속옷을 입고 돌아다녔던 거다. 이제 슬립 드레스의 유행이 다시 돌아왔다. 하지만 그게 그저 공공연하게 속옷 바람으로 돌아다니는 데 더 많은 돈을 내게 만드는 음모일 뿐이라는 불편한 진실을 밝힌 사람은 아직까지도 없다.

어느 해 여름 나는 재미있을 것 같아서 머리를 빨간색으로 염색했고, 〈길모어 걸스〉 촬영을 재개하게 되면서 원래의 머리 색으로 다시 염색했다. 그래서 시즌 2에서 내 머리카락은 붉은 기가 감도는 검은색이고, 많이 상한 상태다. 언젠가 그 시절 대대적으로 유행을 탄 일본식 스트레이트 트리트먼트를 받은 적이 있는데, 그러자 머리카락이 아주 곧게 펴졌고 윤기가 생기게 됐지만, 동시에 여전히 뻣뻣했고 빗자루 같았다.

내가 가장 좋아하는 부분 네번째 에피소드인 '하버드 여행'으로, 로렐라이와 맥스의 결별 후, 드라이브 여행을 떠난 로리와 로렐라이가 서로 끈끈해지는 이야기를 다룬 내용이다. 켈리와 내가 패션쇼 모델이 된 일곱번째 에피소드 '그 어머니에 그 딸'도 마음에 든다. 게다가 섭취 칼로리를 줄였더니 쥐가 더 오래 살았더라는 연구 결과에 따라 자기도 섭취 칼로리를 30퍼센트 줄였다는 미셸의 다이어트 방법에 관한 이야기는 건강 관리에 아주 민감한 우리의 제작자, 개빈 폴론의 실제 다이어트 방법이다. 지금까지도 그는 아주 말랐다. 아마 다른 사람들보다 30퍼센트는 더 배고픈 삶을 살고 있겠지만 말이다.

시즌 피날레 '벌써 푸들과 오이가?'가 탄생한 에피소드다! 전국 공항에서 마주친 팬들을 위해 종종 했던 대사인데, 정확히 어느 에피소드에서 언급했는지는 잊고 있었다. 이제 기억났다!

빠른 것을 좋아하는 사람이라면, 시즌 2에서 전개 속도가 기하급수적으로 빨라졌다는 사실과, 등장인물 모두가 훨씬 더 빠른 속도로 대사를 읊기 시작했다는 사실을 눈치챘을 것이다. 우리 드라마의 정체성이 빠른 속도감이 된 것도 이맘때쯤이었다. 첫 에피소드와 마지막 에피소드를 비교해보면 속도감의 차이가 극명하게 드러난다. 나야 이미 어느 정도 빠른 속도로 대사를 치고 있었지만, 속사포처럼 말하기는 스타즈 할로우 전체로 퍼졌다. 덕분에 안 그래도 긴 대본은 더더욱 길어졌다. 그 시기에 들어갔던 오디션에서는 연기를 시작하기 전 '평범하게 이야기할 수 있겠냐'는 주문을 받은 적도 있다.

또 리자 웨일은 패리스 역할을 얼마나 훌륭하게 해냈던가? 다들 짚고 넘어가야 하는 부분이다.

시즌 3

그렇다, 시즌 3에서는 내가 단독으로 캐스팅한 존 햄이 '오아시스에서 여덟시에' 에피소드에서 페이턴 샌더스 역을 맡아 그의 커리어를 꽃피우기 시작했다. 농담이다. 그의 출연이나 성공에 내가 보탠 건 전혀 없다. 하지만 그 사람이 얼마나 재능 넘치고 능글맞은 사람이었는지는 기억난다.

'낚시하는 방법' 에피소드에서 나는 정말 빈약해 보이는 낚시 장비를 사용한다. 거기에서는 내 친구인 빌리 버크가 내 남자친구 역할을 맡았고, 아담 브로디는 데이브 리갈스키를 아주 매력적으로 연기했다.

그때 그 시절에는 두번째 에피소드에서 누군가 카세트테이프에 음성 메시지가 녹음되는 자동 응답기에 *69[21]를 누른다!

패션과 헤어스타일 첫 장면에서 로렐라이는 나이트가운을 입고 있다(어쩌면 슬립 드레스일 수도?). 그 시절에는 유독 꽃무늬가 많았다.

21 전화를 받을 수 없을 때 발신자를 자동 응답기로 넘기는 기능

그리고 나는 파마머리를 한 번 더 시도했던 모양이다. 그 어리석은 행동을 포기하기 전까지 내가 몇 개의 에피소드를 견디나 한번 보자. 나는 대체 언제까지 같은 실수를 반복할까?

내가 가장 좋아하는 부분 크리스토퍼와의 결별 후 로렐라이가 루크에게 다시는 자신의 모든 것을 사랑해줄 사람을 만나지 못할 것 같다는 걱정을 고백하는 장면이다. 로렐라이에게나 나에게나 시기적절한 장면이었다고 생각한다. 에이미가 각본을 쓰고 감독한 이 에피소드에서 루크는 아주 다정한 방식으로 로렐라이를 위로한다. 너무나도 마음 아파하면서도 말이다. 그리고 '대학 합격 편지' 에피소드에서 리자는 '전 하버드에 못 가요'라는 주제로 기막히게 훌륭한 연설을 한다. 이 부분도 에이미가 각본을 썼다. 에이미는 정말 가슴이 찢어질 정도로 재미있는 순간을 만들어내는 데 탁월

한 사람이다.

시즌 피날레 칠튼고등학교 졸업식 장면에서 로리와 패리스 사이에 앉아 있는 사람은 내 여동생 매기다.

사실 수많은 출연자의 가족원이 수년에 걸쳐 카메오로 출연했다. 내 사촌 팀의 〈길모어 걸스〉 최애 에피소드는 '꽃을 들고 잠자리 여관 로비를 가로질러 걸어가는 남자가 등장하는 에피소드'인데, 그 남자가 (당연하겠지만) 팀이다. 분명 독자에게도 그것이 최애 에피소드일 것이다.

로리가 졸업식에서 로렐라이를 향해 하는 연설은 언제나 나를 울컥하게 한다. 이 시즌의 첫 에피소드에는 로렐라이의 꿈에 루크가 남편으로 등장하는데, 마지막에는 루크의 꿈에 로렐라이가 등장한다. 이 수미상관은 지금껏 알아채지 못했다!

시즌 4

시즌 4의 두번째 에피소드에 나오는 예일대학교의 벨 교수는 우리의 억양 훈련사인 조지 벨이다. 내가 가장 좋아하는 대화는 사실 몇 에피소드 후에 등장하는데, 바로 내가 입은 로고가 그려진 운동복 바지에 관해 켈리와 내가 나누는 대화다.

에밀리 너 엉덩이에 '군침돌죠?'라고 쓰여 있구나.

로렐라이 엄마가 오시는 줄 알았다면 갈아입었겠죠.

에밀리 '맛있어요'라고 쓰인 브래지어로 갈아입었으려고?

'살아 있는 그림 축제' 에피소드 촬영을 위해 일주일 내내 매일 메이크업을 해야만 했던 나는 실제로는 절대로 살아 있는 그림 축제에 참여하지 않으리라 마음먹게 됐다. 고문이 따로 없었다. 그래도 그 에피소드로 우리의 메이크업 아티스트 팀이 에미상을 받아서 좋았다.

그때 그 시절에는 로리는 종이로 된 수첩 플래너를 확인하다가 예일 기숙사 입사일을 잘못 적어두었다는 사실을 깨닫는다.

패션과 헤어스타일 시즌 4는 로리와 로렐라이가 유럽 배낭여행을 마치고 돌아오는 장면으로 시작한다. 독자에게 자랑스러우면서도 두려움에 찬 고백을 한 가지 하자면, 첫 장면에서 내가 입고 있는 진한 황록색의 '아일랜드 여자를 싫어하는 사람은 없죠'라고 쓰인 티셔츠와 아일랜드식 축구 점퍼, 그리고 폼폼이 달리고 '더블린'이라고 적힌 오버사이즈 뜨개 모자까지 전부 내 옷장에서 가져온 진짜 내 옷이다. 금색 클로버 목걸이도 내 거였다. 아일랜드 분위기를 제대로 냈다.

열다섯번째 에피소드 '쇼핑몰에서의 소동'에서는 내가 머리에 무슨 짓을 한 건지는 몰라도 그랜드 올 오프리[22]에서 부풀리는 수준으로 풍성해 보인다.

내가 가장 좋아하는 부분 섹시한 마일로 벤티밀리아가 연기한 제스와 섹시한 제러드 파달렉키가 연기한 딘이 서로 부딪히는 부분이다. 두 사람 모두 로리의 남자친구 역할에 아주 잘 어울린다. 왜 사람들이 편을 나누는지 알겠다.[23]

미셸의 차우차우에 대한 깊은 애정도 너무 좋아한다. 아마 이때 에이미와 댄이 강아지를 키우기 시작했을 텐데, 두 사람 역시 반려견을 대단히 아끼고 사랑했다. 그 밖에 사소하지만 기발한 장면들도 좋아한다. 잠에서 깬 로리가 이마에 붙어 있는 로렐라이의 포스트잇을 확인하는 장면이라든가, 로렐라이가 루크를 새로운 시선으로 바라보게 된 계기가 '루크가 왈츠를 출 줄 안다'는 점이

---

22 테네시에 위치한 문화 복합공간으로, 아울렛과 리조트, 식물원 등으로 구성되어 있으며, 바로 옆에서는 컨트리뮤직 콘서트가 진행됨

23 〈길모어 걸스〉 팬 사이에서는 로리가 사귄 남자친구 중 누구를 지지하는지 '팀 딘', '팀 제스', '팀 로건'으로 편을 나누어 경쟁하는 문화가 있음

라든가, 로렐라이가 눈썹을 위아래로 열심히 움직이며 그 사실을 강조하는 모습이라든가.

시즌 피날레 로리가 대학교에 진학하면서 로렐라이와 로리가 같이 살지 않게 된 것이 이야기를 전반적으로 어떻게 변화시킬까 걱정스러웠는데, 그 부분이 잘 다루어져서 다행이라고 생각한다. 시즌 마지막에 루크와 로렐라이는 (드디어) 키스를 하고, 딘과 로리는 재결합한다. 하지만 딘은 아직 유부남인 상태기에, 엄마와 딸 사이에 갈등이 발생한다. 루크도 딘도 이 시즌에서 섹시함의 정점을 찍었다고 볼 수 있다. 내 뉴요커 친구 크리스 아이제먼이 제이슨 스타일스 역으로 잠시 스타즈 할로우를 방문했던 것도 아주 재미있었다.

시즌 5

기본적으로 로리와 로렐라이 간의 갈등이 이어지고, 에밀리와 리차드 간에도 갈등이 생기고, 딘과 린지 간에도 갈등이 생기는 시즌이다. 온통 싸움뿐이다!

그때 그 시절에는 로렐라이는 베이글에 탄저균이 있을까봐 걱정이라는 말을 한다. 당시 탄저병은 무시무시한 것이었지만, 요즘 사람들이 겪는 것에 비하면 상대적으로 별것 아닌 것 같다. 전염 속도가 우편물 배송 속도에 지나지 않는 병을 그렇게까지 걱정하다니. 상상이나 되는가? 게다가 금요일 저녁 식사가 파투가 나자, 로렐라이는 피자를 주문해야겠다며 에밀리의 가정부 중 한 명에게 '전화번호부'를 가져다 달라고 한다.

패션과 헤어스타일 글쎄다. 작은 미니 스웨터가 대유행이었다. 긴소매 셔츠 위에 대조되는 색의 반소매 셔츠를 겹쳐 입는 것도 크게 유행했다. 다행히 컨트리 음악 가수 같은 내 머리는 어느 정도 제어가 가능했던 것 같다. '더블 데이트' 에피소드에서 나는 내 안경을 쓰고 있는데, 내 생각엔 그걸 쓰면 티나 페이와 약간 닮아 보이는 것 같다. 위 사진은 극 중 주말에 무슨 일이 있었는지 이야기하는 내 모습이다.

내가 가장 좋아하는 부분 재능 넘치는 맷 츄크리가 합류하면서 로리를 위한 운명의 짝으로 누가 어울릴까에 대한 시청자의 결정을 더 어렵게 만들었다는 점이다. 그해 우리는 백번째 에피소드를 촬영했는데, 제법 획기적인 성취였다. 이를 축하하는 의미로, 배우와 제작팀은 세트에서 내려와 단체 사진을 찍고 커다란 케이크를 나눠 먹었다. 당시 내게는 용두사미처럼 느껴졌다. '수백 시간을 일하느라 고생 많았으니 여기 바닐라 아이싱 좀 드세요!' 같은 느낌이었달까. 나중에 가서야 백번째 에피소드를 찍으면 케이크를 먹는 것이 일반적인 전통이라는 사실을 알았다. 모든 드라마는 백번째 에피소드를 찍으면 기념 케이크를 먹는다. 〈페어런트 후드〉 사람들과도 기념 케이크를 먹었다. 그러니 기분좋은 일은 맞다. 하지만 다시 백번째 에피소드를 촬영한다면, 아니 백번째에 가까워지기만 해도 그 전통을 다이아몬드로, 아니면 적어도 초콜릿 분수로라도 승격시킬 노력을 할 생각이다.

우리의 백번째 에피소드에서 에밀리와 리처드는 리마인드 웨딩을 한다. 켈리가 신부 입장을 하며 다가올 때 그녀를 바라보는 에드의 표정은 아름답다는 말로밖에는 설명할 수 없다.

시즌 피날레 로리는 로렐라이에게 휴학하고 싶다고 말한다. 로렐라이는 속상해하며 로리가 집으로 이사오지 않기를 바란다. 루크는 로렐라이를 도우려 하고, 그런 그의 모습에 로렐라이는 "루크, 나랑 결혼할래요?"라고 묻는다. 에피소드는 루크가 대답을 할 틈도 없이 끝나버린다. 세상에. 시즌 피날레 중에서도 제법 흥미롭다.

시즌 6

이야기에 변화를 주어야 한다는 사실은 잘 이해하고 있었지만, 로렐라이와 로리의 별거가 힘들었다는 사실은 인정한다. 두 사람은 제법 오래 떨어져 지냈고, 로렐라이는 몇 개의 에피소드에 걸쳐 로리에게 지나치게 괴팍하게 굴었다. 내가 가장 좋아했던 상대 배우가 그리웠다는 사실은 말할 필요도 없다. 한 캐릭터를 이렇게 오랫동안 연기해본 적도 없었거니와, '내 캐릭터는 절대 그러지 않을 거야'라고 말하는 건 형편없는 배우의 전형적인 말이기는 하지만, 현실과 극의 경계가 지나치게 흐려지기 시작하고, 어느 정도의 시간이 흐르다보면 내가 연기하는 캐릭터에게 일어나는 일이 어느 정도는 나 자신에게도 일어나고 있는 것처럼 느껴진다. 이 부분에 대해서 에이미와 대화를 나눴던 것도 기억난다. 에이미는 항상 가까웠던 관계가 눈에 띄는 성장통을 겪는 것이 성장에 있어서 중요하다고 여겼다. 그래도, 기분 나쁜 상태로 있어야만 했던 여러 장면에서 어쩔 수 없이 속이 상했다.

또 이 시즌에서 로렐라이는 폴 앵카(사람 말고, 강아지)를 입양한다. 사랑에 빠진 로리와 로건의 모습도 재미 포인트다!

그때 그 시절에는 로렐라이는 집을 청소하려 하면서도 〈놋츠 랜딩〉이라든가 〈21 점프 스트리트〉 같은 옛 TV 시리즈를 녹화한 비디오테이프를 절대 버리지 않으려 하는데, 주요한 이유는 '광고가 너무 재밌어서'이다.

패션과 헤어스타일 내 블레이저는 전부 너무 짧아 보인다. 그 시절 패션 트렌드가 그랬거나 내 키가 급성장한 모양이었다. 아, 그리고 어떤 옷에든 소매에 퍼프가 달려 있었다. 이미 넓은 내 어깨에는 딱히 필요하지 않은데 말이다. 그리고 보아하니 내가 여러 가지 익살스러운 목걸이를 많이 시도한 모양이었다. 게다가 세상에, 다이앤 본 퍼스텐버그 랩 드레스에 대한 내 집착은 이 시즌에서 제

대로 정점을 찍었다. 참고로 같은 디자이너가 〈한 해의 스케치〉에서도 예상치 못한 방식으로 중요한 역할을 한다. 기대하시라!

내가 가장 좋아하는 부분 전용 비행기 안에서 로렐라이와 대화를 나누며 로리의 문제에 관해 자기 자신을 탓하는 켈리의 모습이다. 유약한 에밀리는 켈리가 아주 가끔 내보이는 모습인 만큼 아주 설득력 있다.

시즌 6에서 최고인 부분은 아홉번째 에피소드인 '돌아온 탕아'로, 로렐라이와 로리가 화해하는 에피소드다! 로렐라이의 집 밖 잔디밭에서 로렐라이는 로리가 기억보다 훨씬 더 '실버'[24]해 보인

24 은색인 로리의 차가 더 반짝이는 것 같다는 의미도 되지만, 로리가 더 늙어 보인다는 뜻도 됨

다고 말한다. 그런 시적인 포인트가 정말 좋다. 그리고 화해의 포옹은 진심이었다! 우리 둘 다 행복했던 시절로 돌아갈 수 있게 되어 정말 설렜다.

시즌 피날레 스물두번째 에피소드인 '이별'에서 로렐라이는 바다코끼리에게 질식당하는 꿈을 반복해서 꾸게 되고, 루크와의 결혼에 관한 망설임을 주제로 자기 차 안에서 전문가와 상담을 갖는다. (그건 그렇고, 〈길모어 걸스〉 캐릭터들이 꾸는 온갖 기이한 꿈에 관해서 누가 논문 좀 써줄 수 없나? 아직도 해몽을 못하고 있다.) 로건은 '사랑한다'는 말을 남기고 런던으로 떠난다. 루크는 최후통첩을 받아들이지 못하고, 로렐라이는 크리스토퍼와 한 침대에서 눈을 뜬다. 흥미진진하고 익살스러운 시즌 피날레의 특징이자 다음 시즌을 위한 훌륭한 초석이기도 하다. 하지만 말 그대로 이별이었다. 그게 에이미와 댄의 마지막 에피소드일 줄은 몰랐다. 그후로 팔 년이 흐를 때까지 말이다.

시즌 7

여러 면에서 힘들기도 했고 기억도 뒤죽박죽인 시기다. 예를 들자면, 시즌 7에서 크리스토퍼와 로렐라이는 파리에서 결혼한다. 그렇군. 사실 당시 이 부분은 정말 이상하게 느껴졌다(특히 로렐라이가 로리와 그렇게나 오래 떨어져 있었으면서 로리가 없는 자리에서 결혼할 것 같지 않았다). 너무 이상해서 애초에 그런 일이 있었다는 것을 완전히 잊어버렸다. 그 바람에 〈한 해의 스케치〉를 촬영할 당시, 댄에게 부탁받은 팬심이 깊은 조수 중 한 명이 내게 그 에피소드 전체를 자세히 설명해줘야만 했다. 그때마저도 나는 그 조수가 농담하는 건 아닐까 싶었다.

"뭐라고요? 정말로요? 확실한가요? 설마. 파리라고요?"

나는 거듭해서 그녀에게 물었다.

게다가 〈길모어 걸스〉의 방송국인 워너 브라더스가 UPN이라는 다른 방송사와 합병해 CW라는 이름의 방송사로 탈바꿈하면서 위에서부터 아래의 직원에게까지 변화가 있었다. 좋은 소식은 다른 많은 드라마와 달리 〈길모어 걸스〉는 살아남았다는 것이었다. 나쁜 소식은 에이미와 댄이 힘든 협상 끝에 결국 재계약을 하지 않기로 결정했다는 것이었다. 새로운 총괄 책임자는 드라마를 잘 알고 있는 재능 있는 작가진이었다. 하지만 반 헤일런의 리드 싱어인 데이비드 리 로스가 다른 사람으로 교체되었을 때처럼, 아무리 같은 노래를 부르려고 해도 우리는 전과 같은 소리를 내지는 못했다(지금 보니 나는 1980년 이래로 반 헤일런의 노래를 듣지 않았다).

알렉시스와 나 또한 계약 기간이 끝나가고 있었고, 시즌 7 중반쯤 재협상을 시작했다. 혼란의 시기였다. 거의 칠 년 연속으로 오랜 시간 동안 일을 한 만큼 나도 알렉시스도 많이 지쳐 있었다. 제작 면에서는 드라마가 어떤 방향으로 가고 있는 건지 확실치 않았고, 어떤 번뜩이는 영감도 점점 바닥나고 있었다. 우리 둘 다 로리의 예일대학교 졸업이 합리적인 끝맺음이라고 생각했다. 우리는 그보다 더 오래 드라마를 계속 하게 된다면 출연료를 인상해 달라고 요구했지만, 드라마 자체를 너무 좋아했기 때문에 내용이

더는 좋지 않은데도 그저 돈 때문에 계속하고 싶지는 않았다. 계속해서 많은 대화가 오갔고, 촬영 마지막날까지 결정된 건 하나도 없었다. 마지막 에피소드의 촬영 여부를 아무도 모르는 상태에서 우리의 감독인 리 샬랫 체멜은 에피소드를 잘 끝맺을 수 있는 최선의 방법을 고민했다. 결국 리 샬랫은 파일럿 에피소드의 마지막 장면을 따라 하기로 했다. 루크네 식당 안에서 로렐라이와 로리가 이야기를 나누는 모습을 비추며 카메라가 빠지는 그 장면 말이다. 나는 그녀가 시즌 7 전체를 보든 그 에피소드만 보든 훌륭하게 연출을 마무리했다고 생각한다. 리는 선불리 행동하지 않으면서도 팬들에게 제대로 된 작별 인사를 하고 싶었던 거다. 마지막 촬영은 밤까지 연장되었고, 스물한 시간이 넘게 걸렸다. 나는 해가 떠오르는 것을 바라보며 모두에게 흐릿하고 짧은 작별 인사를 했다. 하지만 이게 정말 끝이라는 걸 알았다면, 모두가 받아 마땅한, 제대로 된 인사를 건넸을 것이다.

그후 몇 주간 다양한 시나리오 얘기가 오갔다. 가을 시즌에 돌아오는 건 어떨까, 열세 개의 에피소드로 이루어진 짧은 고별 시즌은 어떨까, 에이미와 댄의 복귀를 유도하는 걸 고려해볼까, 아니면 이대로 드라마를 완전히 놓아줄까. 온갖 논의가 오가던 중, 친구와 저녁을 먹으러 간 식당에서 금방 주문을 받아간 웨이터가 다시 우리 테이블로 돌아왔다.

"소속사에서 전화가 왔습니다."

웨이터는 나를 바까지 안내해준 다음 수화기를 건넸다.

"〈길모어 걸스〉는 끝이에요."

매니저가 말했다. 그렇게 갑자기, 애피타이저가 테이블에 오르기도 전에, 드라마가 끝나버렸다.

그렇게 오랫동안 방영된 드라마에 출연해본 적이 없었던 나는 그런 드라마의 끝을 경험한 적도 없었다. 그래서 절차가 어떻게 되는지 몰랐다. 그날, 매니저는 드라마의 종영에 관한 소식을 내게 제일 먼저 전했으니 다른 사람에게 연락하지 말고 기다려달라고 부탁했다. 모든 출연자가 전화를 받을 터였고, 출연진 규모를 생각하면 시간이 필요했을 것이다. 하지만 한참이 지나서야 공식적인 통보를 받은 출연진은 나와 알렉시스 둘뿐이었고, 나머지는 훨씬 덜 공식적인 방법으로 소식을 접했다는 사실을 알게 되었다. 예를 들어, 에드워드 허먼은 코네티컷의 단골 비디오 가게 직원에게 드라마가 끝났다는 소식을 들었다. 만약 내게 이것을 바로잡을 기회가 주어진다면, 직접 모두에게 전화를 돌리고, 쫑파티도 열 것이다. 그렇게 갑작스러운 끝맺음은 우리의 대서사시 같은 모험에는 어울리지 않는 결말이었다. 그후 팔 년 동안 출연진과 개인적으로 만나기는 했지만, 2015년 3월 오스틴에서 ATX 페스티벌이 열릴 때까지 모두와 함께하지는 못했다(그때마저도 모든 사람이 다 모인 것은 아니었다).

회상해보니, 드라마가 종영할 때쯤의 불완전한 느낌은 처음에는 우리를 그토록 속상하게 만들었지만 결국에는 축복이 되었다. 이야기가 더 깔끔하게 매듭지어졌다면, 드라마를 부활시킬 정당성을 찾기가 더 어려웠을 것이다. 수년에 걸쳐, 팬들은 계속해서 후속편 계획에 관해 물었다. 이유는 합리적이었다. 어떤 면에서 캐릭터들은 대답 없는 수많은 질문을 남긴 채 그대로 얼어붙어버린 것이었다. 물론, 내 삶에서 그토록 중요했던 챕터의 결말을 좀더 제대로 짓고 싶다는 소망은 내게도 있었다. 하지만 그토록 많은 시간이 지난 후 다시 드라마를 찍게 되었을 때 얼마나 만족스러울지는 절대 상상할 수 없었다. 스트리밍 플랫폼의 발명도, 후속편을 향한 열망도 예측할 수 없었고, 시청자의 열정이 얼마나 드라마의 복귀에 영향을 미칠지도 예상할 수 없었다. 그래서 드라마가 다시 제작될 수 있어 정말 설렜다. 하지만 이 일이 가능할 거라는 예상은 전혀 하지 못했다. 내가 선견지명이 부족하다고 생각하는 사람도 있을 거다. 그 생각이 옳을지도 모른다. 솔직히 말하면 나는 일회용 카메라의 발명에 여전히 꽤 신나 있다.

좋다. 일곱 시즌을 성공적으로 다 훑었다. 예의바른 식료품점 직원을 거의 인질로 잡을 뻔하기는 했지만, 그는 살아서 나갔다. 그렇게 오랜 시간이 지난 후 드라마를 다시 보니 생각보다 괜찮았다. 〈한 해의 스케치〉는? 글쎄, 내 계산에 의하면 2032년쯤 볼 수 있을 것 같다. 정말 크고 훌륭하고 중요한 작품이었기 때문이다. 압박이 너무 심해서 안 되겠다!

아니, 아까도 말했다시피 당신을 정말 사랑하기는 한다. 하지만 내가 출연한 작품을 더 보는 게 감당이나 될까? 리처드와 에밀리가 리마인드 웨딩으로 결혼 서약을 다시 맺었듯, 그에 대한 서약은 나중으로 미뤄야 할지도 모르겠다.

REI 멤버십 카드가 생기기까지, 그리고 싱글의 삶에 관한 생각

2002년, 나는 피터 크라우즈와 함께 SAG 시상식 진행을 맡았다. 우리는 90년대 후반에 만난 적이 있었는데, 〈캐롤라인 앤 더 시티〉의 에피소드에 함께 특별 출연했을 때였다. 그때만 해도 우리 사이에는 로맨틱의 'ㄹ'조차도 없었다. 나는 팬으로서 그의 필모그래피를 따라가며 지나치게 짧았던 에런 소킨[25]의 TV 시리즈 〈스포츠 나이트〉에 출연한 모습을 보았고, HBO에서 방영한 훌륭한 드라마, 〈식스 핏 언더〉에서의 연기에 감탄했다. 가끔 행사나 파티에서 그를 마주치기는 했지만, 나는 잘생긴 배우를 철저

25 현재 할리우드에서 뛰어난 각본가 중 하나로 손꼽히며, 대표작으로는 〈소셜 네트워크〉, 〈뉴스룸〉 등이 있음

히 멀리했다. 하지만 수년간 내 걱정은 근거 없는 것이며 두려워할 필요가 없다는 사실을 알게 되었다. 애초에 매력적이고, 이성애자이며 성공적인 배우는 생각보다 그렇게 큰 주목을 받지는 못한다. 왜냐하면 그런 남자한테는 여자들이 겁을 먹고 하하하하하. 도저히 무표정으로는 말을 끝내지 못하겠다. 그 사람들은 사람들이 짐작하는 것만큼, 아니 그보다 더한 주목을 받는다. 그래서 나는 대체로 피터 같은 '타입'의 남자를 경계했다. 하지만 우리는 항상 친한 사이로 지냈다. 시상식 날 밤 우리는 무대 뒤에서 잡담을 나눴고, 진행자가 우리의 이름을 호명하자 그는 내게 몸을 돌리며 침착하게 물었다.

"손잡을까요?"

아주 이상하고, 고리타분하고, 예상치 못한 질문이었다. 무슨 암시라도 주려던 걸까? 만약 우리가 손을 잡고 걸어나간다면 사귀는 사이라는 오해를 받을까? 피터의 손을 잡으면 이렇게 높은 하이힐을 신고 걷는 게 좀더 편할까? 내가 마지막으로 누군가와 손을 잡은 게 언제였는지조차 기억나지 않았다. 그래서 상관없다는 생각이 들었다. 나는 "그러죠."라고 대답했다. 우리는 함께 상을 전달했고, 그후 나는 청중 속으로 돌아가 그날 밤 내가 데이트 상대로 데려온 전문 변호사, 그러니까 우리 아빠 옆에 앉았다. 이후 나는 몇 년 동안 피터를 보지 못했다.

처음 로스앤젤레스로 이사했을 때 나는 훌륭한 남자와 오랜 연애중이었지만, 아직 정착할 준비가 되지는 않은 상태였다. 그와의 연애가 끝난 후, 나는 메이오 클리닉에서 연구 대상으로 삼을 정도로 심각한 남자 기피증을 앓았다. 적어도 내가 느끼기에는 그랬다.

아주 오랫동안 나는 일에만 집중했다. 그러던 어느 날 고개를 들어보니 내 친구들은 모두 결혼해서 아이를 키우고 있었다. 그들은 여전히 내 친구이기는 했지만 내가 없는 공동체의 소속이기도 했다. 사회적으로 그들의 삶은 완전히 변화했고, 그들은 바빴다. 관심사는 카풀과 생일파티, 학비로 옮겨갔고, 나는 따라잡기에 급급했다.

"잠깐, 우리 이제 게임하러 안 모인다고? 이번주 토요일 저녁에 같이 밥 먹을 사람도 없어? 뭐, 다들 시간이 안 돼?"

나는 결혼하고 아이를 키우는 친구들을 보고 깨달았다. 일에서 오는 성취감이 분명 있기는 하지만, 일이 다는 아니라는 사실을 말이다. 그리고 일거리는 침대로 데려오기에는 좋은 상대가 아니라는 것도. 그저 그걸 깨닫는 데 더 오랜 시간이 걸렸을 뿐이고, 친구들처럼 결혼과 출산을 급하게 여기지 않았을 뿐이다. 그러던 어느 날, 나는 생각했다. 결심했어! 결혼도 하고 애도 낳아야지. 하지만 나는 내 또래 대다수가 짝을 찾은 시기를 놓치고 말았다. 시간표를 잘못 본 바람에 '행복한 커플 나라'로 가는 기차를 놓치고 만 것이다. 그래서 바에서 술에 취한 사업가와 함께 앉아 미지근해진 맥주를 마시며 하릴없이 다음 기차가 오기를 기다릴 수밖에 없었던 거다.

나는 '사람 일 모른다'는 마음으로 결혼식이나 가고 싶지 않았던 파티에 참석했고, 아빠와 사촌 팀, 친한 친구 샘을 데려갔다.

"오늘은 누구랑 같이 오셨나요? 저런, 또 아버지랑요?"

기자들은 동정하듯 얼굴을 찌푸리며 말했다. 그나마 만난 좋은 남자는 행사장에서 만난 매튜 페리였다. 그는 긴 세월 동안 썸만 타고 사귀지는 않은 남자 사람 친구, 줄여서 썸만탄남사친이 됐다. 우리는 살면서 적어도 한 명의 썸만탄남사친이 생기게 마련이고, 내 썸만탄남사친은 아주 특별한 사람이었다.

한 번은 우리 아빠가 비행기에 탔다가 내 화보가 실린 잡지를 읽는 어떤 여자를 본 적이 있다.

"내 딸이에요."

아빠는 자랑스럽게 말했다. 그러자 여자는 불쌍하다는 듯 아빠를 바라봤다.

"저도 이 정도로 나이들 때까지 남편을 못 만났다고 전해주세요. 아직 늦지 않았다고요."

낯선 사람들마저도 그렇게 걱정할 정도로 나는 오랜 시간 솔로였다.

솔로라고 해서 문제될 건 없다. 인터뷰가 잦은 배우가 아닌 이상에야 말이다. 당시 〈길모어 걸스〉의 인기는 절정이었고, 나는 많은 인터뷰를 거쳐야 했다. 그동안 언론 관계자가 내게 누군가와 사귀고 있냐고 물으면, 나는 그냥 "연애중이에요."라고만 했다. 때때로 그 말은 진실이었고, 때로는 아니었다. 어느 쪽이든 누군가에게 얘기하거나 공식적으로 발표할 정도의 관계는 아니었다. 하지만 시간이 지날수록 그런 질문을 상대하기는 점점 힘들어졌다. 잡지는 배우가 사적인 삶에 관한 이야기를 별로 하지 않으면 싫어한다. 지면을 채우기가 아주 힘들기 때문이다. 만약 잡지사에서 원하는 대로 마음껏 기사를 실을 수 있었다면, 모든 내용이 섹스와 가십으로 가득했을 것이다. 나는 그 둘 중 어느 쪽에도 기여할 수 없었다. 기자들은 점점 답답해했고, 내가 출연하는 작품에 관한 질문은 점점 줄어들었다. 대신 '좀처럼 연애를 못하는 이 불쌍한 아가씨에게 대체 무슨 문제가 있는지 한 번 더 알아봅시다!'를 에둘러 표현한 질문이 반복됐다.

나는 레드 카펫 위에서 너무 많은 걸 드러내고 싶지 않았지만, 무엇을 얼마나 많이 이야기해야 할지에 관한 확신도 서지 않았다. 그런 까다로운 상황에서 어떻게 대처하는지 배우들에게 가르쳐주는 일종의 유명세 학교가 있지 않을까 짐작할지도 모르겠지만, 그런 건 없다. (누구 〈샤크 탱크〉에 전화해줄 사람?) 누군가 이런 것에 관해 상담해주기를, 아니면 적어도 〈피너츠〉 속 루시의 레모네이드 부스처럼 '진료중'이라는 팻말이 걸린 부스라도 있기를 바랐다. 그런 걸 바란 건 처음이 아니었다. 삼 개월 치 세미나를 바라는 것도 아니었고, 그저 잠시 들러 해답을 얻어낼 수 있는 그런 곳을 바랐을 뿐인데 말이다. 지방 극장에서 〈오클라호마〉의 코러스 중 한 명으로 연기하며 배우를 꿈꾸던 그 시절에는 존재하는지조차 몰랐던 문제에 대한 해답 말이다. 어떻게 하면 하이힐을 신고도 잘 걸을 수 있을까요? 구글에 이름을 검색하면 안 된다는 것 외에 다른 유용한 팁을 알려드립니다! 〈어스 위클리〉 인터뷰에서 새로운 연애나 존재하지 않는 연애에 관해 어떤 식으로 얘기하면 되는지도요! 팸플릿 가져가세요! 단돈 5센트입니다!

보다 쉽게 배운 것들도 몇 가지 있다. 정기적으로 인터뷰에 응해야 하는 배우가 될 거라면, 드럭스토어에서 파는 값싸면서도 효과 만점인 가장 좋아하는 뷰티 제품(챕스틱, 뉴트로지나 선크림, 아무 브랜드든 상관없이 일단 코코넛 오일), 평소 즐기는 운동 루틴(스피닝, 요가, 브루클린 브릿지 건너기), 헤어 에센스 중 가장 좋아하는 제품(다비네스, 오리베, 코코넛 오일), 가장 최근에 걸크러시를 느꼈던 상대(이 질문의 경우 나는 한 번도 제대로 된 대답을 내놓은 적이 없다. 그냥 코코넛 오일이라고 하자)를 미리 생각해둬야 하며, 시상식을 진행하게 될 경우 어떤 사람과 사회를 보고 싶은지도 생각해둬야 한다는 것이다. 그런 질문에 대한 대답은 사전에 준비해둬야 한다. 그렇지 않으면 좋아하는 우상만 열댓 명이 떠오르는 바람에 오히려 머릿속이 백지가 될 테니 말이다.

"저는 그, 남자 배우분을 만나게 돼서 기뻐요. 있잖아요, 거기 그 영화에 그 사람들이랑 나왔는데⋯."

평생토록 모든 인터뷰에서 각각의 질문이 최소한 대강 만 번은 반복될 것이다. 연애에 관한 사적이고 자세한 이야기를 공개해달라는 부탁은 물론, 동료 배우에 대한 가십을 공유하게 하려는 유도신문도 끊이지 않을 것이다. 괜찮은 답변은 딱 하나뿐이다. 시청자도 뻔히 아는 사실이겠지만, 출연진 전부 행복한 대가족이라는 말이다(요령 있는 내 독자라면 이미 눈치챘으리라 본다). 이 질문을 성공적으로 피하고 나면, 키스신을 함께한 동료 배우 중 키스를 가장 잘한 사람은 누구였냐는 질문이 던져질 것이다. 절대로 대답해서는 안 된다. 당신이 마침내 '침묵을 깨고' 다른 모든 배우와의 키스 경험이 얼마나 별로였는지 실토했다는 기사가 나오고 말

테니까. 마지막으로, 세트장에서 사람들이 어떤 짓궂은 장난을 치는지에 관한 질문도 있을 것이다. 대부분의 영화와 드라마는 오랜 시간 촬영이 이루어지는데, 내가 아는 그 누구도 세트장에서 짓궂은 장난 따위는 치지 않는다. 글쎄, 조지 클루니 정도는 예외가 될 수 있겠다. 물론 내가 그 사실을 알게 된 건 잡지 기사를 읽은 덕분인 것 같지만, 혹시 모르지 않는가? 〈길모어 걸스〉 촬영 초반에 가끔 우연히 마주칠 때마다 조지는 항상 내게 친절했으며 내가 누군지 아는 것처럼 행동했고 내 행동이 아주 자연스러운 것처럼 나를 대했다. 말을 더듬으며 침을 흘리는 내게 아주 다정했다는 뜻이다.

하지만 조지 클루니의 입에서 우리 와이프가 어쩌고 하는 농담 비슷한 것조차 들을 기회는 없었다. 그리고 이상한 연애기와 그걸 설명하는 어려움은 계속되었다. 한번은 내 조수가 다른 배우와의 소개팅 자리를 만든 적도 있다. 그 배우의 조수 일을 하는 친구를 통해서였다. 그는 선셋 대로의 거대한 광고판에 걸린 (반쯤은 실물에 가까운) 내 얼굴을 보고는 나를 만나고 싶어했다. 요즘 데이트 신청 트렌드가 그렇지 않나! 로케이션 촬영중에 재미있는 연애를 한 적도 있다. 상대는 영화 촬영 막바지에 와서 사실 고향에 여자친구가 있다는 사실을 털어놓았다. 당신 할아버지와 할머니도 처음 그렇게 만나지 않았나! 어떤 귀여운 남자와는 시상식에서 상을 전달하면서 처음으로 손을 잡았는데, 무대 뒤에서 우리는 정감어린 농담을 주고받았다. 그는 내 전화번호를 물었는데, 그 후 삼 개월이 지나도록 전화를 하지 않았다. 무려 삼 개월이나. 그가 마침내 내게 전화를 걸었을 때 나는 당연하게도 정중한 태도로 그가 너무 오래 걸려 전화를 했고, 그런 식으로 존중받지 않는 건 원치 않는다고 거절했다. 하하하하하, 어림도 없지. 그래도 그 사람과 데이트를 했다! 나는 착한 남자를 바랐지만 결국 덜 착한 태도를 보이는 남자에게 항복했다. 항상 일을 하느라 바빴고, 대체 언제 다음 연애 상대를 만날 수 있을지 몰랐기 때문이다. 한 가지 배운 사실이 있다면, 기준을 낮게 잡고 시작하면 틀림없이 실망할 일이 없다는 사실이었다.

놀랍지 않겠지만, 광고판에 얼굴이 걸리고 시상식 자리에서 누군가를 만나던 시절에 시작한 연애는 오래가지 않았다. 생각해보라. "수상자는…"이라는 말로 시작한 관계 중 성공적이고 오래 지속된 관계가 얼마나 있는지. 게다가 첫 데이트에 장장 세 시간의 머리 손질, 메이크업, 스타일링을 받고 나간다면 초반부터 상대의 기준을 높여버리는 셈이다. 당신이 본모습을 드러내는 순간 결국 상대방은 실망하지 않을 수 없다.

"시상대에서 봤던 그 가슴은 다 어디로 갔어요?"

"그게 말이죠…. 어머, 저기 좀 봐요. 라이언 시크레스트 아니에요?"

또 배우라는 사람들은 원래 자기애가 넘치는 법이라고 생각한다면, 생각하는 것만큼 스스로가 훌륭하다는 사실을 확인해주려는 목적만으로 존재하는, 시상식이라는 자리에 있는 배우는 어떨지 생각해보라. 엄청난 주목과 칭찬, 주변을 가득 채운 섹시한 여자들이야말로 진정한 겸손을 끌어낼 수 있는 법 아니겠는가?

내가 만난 남자만 문제였던 것은 아니다. 그들도 자기애의 오십 가지 그림자에 파묻혀 있기는 했지만, 그들이 만난 나도 진짜 내가 아니었다. 다들 집에서 파티를 열기 전에는 대청소를 해서 마치 항상 그렇게 깨끗한 집에 사는 척하지 않는가? 사람들을 시상식에서 만나는 것도 같은 원리다. 좋은 첫인상을 심어주고 싶은 그 어떤 상대를 만날 때보다도 훨씬 더 과장된 버전의 첫 만남인 거다. 테이블에는 생기 넘치는 화병이 있고, 침대는 깔끔히 정리된 모습을 먼저 보여주는 거다. 하지만 결국 아차, 하는 순간 본모습을 보이게 될 것이다. 지각할 위기에 놓였거나 입을 옷을 좀처럼 찾을 수 없는 어느 아침의 집안 꼴을 말이다. 그런 게 연애다. 결국 당신과 가까워지는 모두가 가장 엉망인 상태의 옷장을 보게 될 것이고, 그것을 본 그들의 반응은 관계가 성공적으로 흘러갈지 아닐지를 판가름하는 척도가 될 것이다. 언제까지고 고급 속옷으로 무장한 삶을 살 수는 없다.

〈페어런트 후드〉에서 피터와 함께 일하기 시작했을 때, 그는 우리가 남매 역할을 연기하고 있다는 사실을 반복적으로 언급했다. 물론 우리가 남매 관계인 캐릭터를 연기하기는 했지만, 피터가 왜 그 사실을 계속 언급하는지 이해할 수 없었다. 그는 내게 소품이나 커피 한 잔을 건네며 나레이션을 읊듯 말하곤 했다.

"제 여동생에게 커피를 건네는 중이에요. 저기서 커피를 마시는 사람이 제 여동생이에요."

촬영 이 주차가 되자, 나는 "알겠다고요, 알겠어요. 나한테 그런 식의 관심은 없다는 거 자알 알았다고. 나도 잘생긴 배우는 믿지 않으니까 괜찮아요!"라고 말하고 싶어졌다. 사실, 그 사람은 뭔가를 시작하고 싶어하는 스스로의 마음을 억누르려 했던 것 같다. 나이가 나이였던 만큼, 같은 작품 속 동료 간의 연애가 잘 풀리지 않아 촬영이 불편해졌던 상황을 우리 둘 다 경험하고도 남았을 때였다. 하지만 결국 서로가 지나친 경계를 하는 바람에 어떤 논의나 노력 없이도 물꼬를 트고 말았다. 어쩌다보니 그렇게 시작된 거다. 연애에 관해 한 가지 배운 게 있다면 그거였다. 상대방을 정말 제대로 알게 되면 고민을 거듭하기 마련이고, 그렇기에 결국 시작도 쉽고 불가피하게 느껴진다는 사실 말이다.

나와 피터가 진지한 연애를 시작했을 때쯤, 나는 마침내 처신을 어떻게 해야 하는지 명확하게 깨달았고, 공인으로서의 삶과 사적인 삶 사이의 갈등은 곧바로 없어졌다. 그럴 리가! 공적인 삶은 쉬워지기는커녕 더 어려워졌다. 실제로 신경이 쓰이는 사람이 생기자, 그 사람은 물론 우리의 사생활과 우리의 새로운 관계에 관해 더더욱 조심을 하게 된 거다. 그래서 나는 언제나처럼 특정한 이름을 밝히지 않고 "연애중이에요"를 고수했다. 기자들이 나를 향해 눈을 굴릴 때까지 말이다. 그런 교착 상태가 한동안 계속됐지만, 결국 더 많은 사람이 우리 관계를 알게 되었고, 그에 대한 코멘트를 요청하는 목소리는 점점 더 많아졌다. 하지만 나는 거듭 거절했다. 미디어에서 '그러든 말든 그 사실을 공개하겠다'는 태도를 보이기 전까지 말이다. 어떡하지? 당시 나는 〈투데이 쇼〉에 출연할 일이 있었고 (반가워요, 사바나!) 그곳에서 피터와의 연애를 '공식적으로 인정'하고 싶으냐는 질문을 들었다. 그러고 싶었나?

확실했던 건 이상한 기분이 들었다는 사실이다. 〈엘런 쇼〉에 출연했을 때, 엘런은 나와 피터의 사진을 공개했다. 그것을 보고 나는 연애중이라는 사실을 인정했는데, 당황한 나머지 그를 '프레드'라고 불러버렸다. 엘런이 나와 피터의 사진을 공공연히 내보인 참이었고, 그걸 허락하기까지 했는데도, 그 순간 상대방의 실명을 말하려니 내 프라이버시가 지나치게 손상되는 느낌이었다. 엘런은 날 미친 사람 보듯 쳐다봤다. 다행히 그런 시선은 익숙했다. 엘런과 나는 원래 그런 사이였기 때문이었다. 나도 그녀도 혼란스러웠다. 루시! 레모네이드 상담소 팸플릿 좀더 가져와줄래?

연애가 잘 안 풀리고 있는 건 아니었지만, 뭐든 '공식적으로 인정'하는 것은 잘못된 일처럼 느껴졌다. 너무 거창하고 이상했달까. 오늘날, 이미 다른 데 정신이 팔려 있는 요즘 사람들의 관심을 얻으려면 뉴스는 긴급한 성명이나 중요한 고백 정도는 되어야 한다. '오늘은 드라마에서 봤을 수도 있는, 아마 유명할지도 모르는 배우가 당신에게 흥미로울 수도, 아닐 수도 있는 사실을 마지못해 인정합니다'보다 훨씬 더 엄청난 비밀을 공개하는 것처럼 보여야 한다는 거다.

연애를 시작하고 몇 개월이 지났을 때쯤, 피터와 나는 스키 휴가를 가기로 했다. 휴가 준비를 위해, 피터는 나를 REI로 데려갔다. 나는 한 번도 REI 스토어에 가본 적이 없었고, REI가 무엇의 약자였는지도 몰랐으며, 거기에서 무엇을 파는지도 몰랐다. 피터는 그동안 아웃도어 스포츠 장비를 어디에서 사는 줄 알았느냐고 물었고, 나는 "바니스 백화점이 아니었어요?"라고 했다. 로런, 그럴 리가 있니. 바니스 백화점일 리가. REI에 입성한 나는 입을 다물 수가 없었다. 그리고 이상하게도 그 경험 덕분에 쇼 비즈니스를 더 잘 이해할 수 있게 되었다.

일단 첫번째로, 정문에는 '와이파이와 영감은 무료'라고 적힌 표지판이 걸려 있다. 세상에나. 고급 호텔보다도 훌륭한 서비스에 나는 감탄했다. 실제로 지금 당장 REI로 간다면 아마 글램핑 진열대에서 이메일을 확인하며 냉동 건조 수박을 먹고 있는 나를 발견할 수 있을 것이다.

얼마 지나지 않아, 나는 REI에서 일하는 모두의 이름이 태드라는 사실을 알게 됐다. 태드는 체지방이 전혀 없고 짙게 태운 피부를 가지고 있다. 계산대 옆에서 영양소의 흡수에 관해 설명하는 그의 즐거운 태도를 보고 있노라면, 당신은 태드가 약에라도 취했나 생각하게 된다. 하지만 태드는 절대 약을 하지 않는다. 이렇게 공기 좋은 세상에서 어떻게 그러겠는가! 태드와 그의 모든 동료, 태드는 고리와 갈고리로 장식한 커플 조끼를 입고 있다. 태드들이 일을 마친 후에도 커플 조끼를 입은 채 서로 어울리러 나가는지, 아니면 그저 그들이 그저 낚시를 좋아하는 사이비 종교 집단의 일원일 뿐인지 잠시 궁금해질 것이다. 태드가 유일하게 조금이나마 상심했을 때는 내가 그곳의 모든 침낭이 똑같아 보인다고 했을 때뿐이다. 슬퍼하지 말아요, 태드! 지금은 그 정도로 모르지는 않으니까요. REI에서 판매하고 있는 모든 식료품은 포장지에 '섬유질'이라는 단어가 적혀 있으며, 그 외의 모든 상품은 이름이 거칠거나 무서운 것뿐이다. 집행자, 은둔자, 개척자, 공격수 등등. 절대 전시 공격 전략의 일종이 아니라 그저 방수 양말의 이름일 뿐인데 말이다.

나는 어릴 적 조끼 단추를 잠그기를 싫어했던 전형적인 동부 사람 중 한 명이었고, 1980년대의 대부분을 춥게 보냈다. 대학생 시절에는 스크리밍 미미에서 12달러를 주고 산 얇은 빈티지 남성용 오버코트를 입었다. 보온성, 그게 뭔데? 하지만 이제 나는 중서부에서 자란 사람과 연애중이었다. 추위는 장난이 아니었으며, 바보가 아닌 이상에야 추위에 대비해야만 하는 그런 곳 말이다. 피터는 아웃도어에 대해서라면 박사였다. 곰을 마주치면 어떻게 해야 하는지 알고 싶거나(도망가던가? 아니던가? 항상 잊어버린다) 바람 저항력이나 땀 흡수성을 주제로 토론하고 싶다면, 이 남자와 이야기하면 된다! 피터는 수만 번에 걸쳐 왜 따뜻한 물이 차가운 물보다 더 빨리 얼음을 만들어내는지 설명해주기도 했는데, 항상 "나는 영문과였다고! 논문 주제도 시인 테니슨이었단 말이야!"라고 부르짖으며 집안을 뛰어다닐 정도로 내 머릿속을 복잡하게 만들었다. 하지만 REI에서는 피터와 태드들의 도움 덕분에 보온 내의와 좋은 스키 재킷을 고를 수 있었고, '학살자', '종말의 날', '오늘만 사는 놈' 따위의 이름이 붙은 양말을 넉넉히 살 수 있었다.

나는 스키 여행 내내 따뜻하고 뽀송뽀송한 상태를 유지할 수 있었다. 그리고 살면서 처음으로 눈밭에 나가 있다고 해서 반드시 항상 발가락이 떨어져나갈 것 같은 느낌을 경험하는 건 아니라는 사실을 알았다. 그런 편안함이 존재하는지 몰랐다! 나는 아웃도어 스포츠 장비를 엄청나게 사들이다 결국 REI 멤버십 카드를 만들었다. 이제 번지 코드를 사면 포인트가 적립된다!

혼자든 누군가를 통해서든 필요한 줄 몰랐던 무언가를 새로 알게 되는 것은 정말 좋은 일이다. REI의 경이로움을 알게 된 후, 나는 준비 없이 취약한 상태에서 공적인 상황을 맞닥뜨리는 것은 뉴욕에서 겨울을 나는 것이나 스크리밍 미미에서 12달러를 주고 산 코트를 열어젖힌 채 스키를 타는 것과 어느 정도 비슷하다는 사실을 깨달았다. 그 사실을 조금 더 일찍 알았다면 좋았을 테지만, 여러 겹을 껴입어 몸을 보호하는 방법에 대해 이제는 예전보다 여러모로 더 잘 알고 있다. 어느 정도의 준비는 비가 오든, 눈이 오든, 〈액세스 할리우드〉에서 도마에 오르든 상관없이 무언가를 마주할 때 요긴하다는 사실을 배웠다. 일단 여러 겹 껴입고 더워지면 벗는 것이, 추워지고 나서야 껴입는 것보다 훨씬 쉽다는 사실도 배웠다. 추위에 노출된 후에는 너무 늦을지도 모른다.

피터의 가족은 캘리포니아 북부에 사는데, 처음 피터와 함께 그곳으로 여행을 갔을 때, 나는 소노마카운티공항에서 잠시 멈춰 섰다. 그곳 로비의 중앙에는 '진료중'이라는 팻말이 걸린 실제 크기의 레모네이드 부스, 아니 상담 부스가 있었다. 만화가 찰스 슐츠의 고향이 그곳이었고, 〈피너츠〉의 캐릭터가 즐비했다. 부스에 마련된 건 여행 팸플릿과 와인 컨트리로 가는 방법을 알려주는 지도가 대부분이었고, 배우를 위한 조언은 찾아볼 수 없었다. 그래도 부스의 존재는 위안이 되었고, 부스가 눈앞에 나타났다는 것이 긍정적인 신호로 느껴졌다.

지난주, 차 문을 열었더니 피터의 골프공 하나가 떨어지며 거리로 굴러갔다. 그런 게 큰일인 것처럼 느껴진 적도 있었다. 오늘날 내 차에는 골프공뿐 아니라 양봉업자가 쓰는 것과 비슷하게 생긴 카키색 챙모자, 온갖 종류의 반다나, 라켓을 칠 때 눈을 보호하는 용도로 쓰는 선글라스, 귀퉁이를 접어둔 시집이 있다. 이제 나는 그런 물건들을 당연하게 여긴다. 옛날의 나라면 차에서 남자의 골프공이 굴러나오는 순간 완전히 미쳐서는 친구들에게 곧장 전화를 걸었을 것이다.

"그 사람이 차에다 골프공을 놓고 갔어. 그냥 거기다 두고 갔다니까. 무슨 뜻일까? 대체 무슨 뜻으로 놔두고 간 걸까? 문자라도 보내볼까? 보내야겠지, 그치? 지금쯤 애타게 찾고 있을 거 아냐."

솔로였던 시기를 좀더 즐겼으면 좋았을걸 그랬다. 골프공에 의미를 부여하는 데 시간을 쏟는 대신 책을 읽거나 사진술을 터득했다면 좋았을 텐데.

왜냐하면 솔로여도 괜찮았기 때문이다. 당신 역시 솔로여도 괜찮다. 행복한 커플 나라로 갈 준비가 다 되었는데도 그곳으로 갈 기차를 놓쳤다는 생각이 들 때면 힘들기는 하겠지만. 내 꿈과 희망에 대해 들을 때면 내 친구 올리버 플랫은 이렇게 말하곤 했다.

"그렇게 될 거야. 반드시 네가 바라는 시기에 그러지는 않을 뿐이지."

이 말은 다양한 방식으로 내게 도움을 줬다. 누군가를 만나기를 바랄 때뿐 아니라, 더 나은 일을 찾고 있을 때나 암울한 시기를 극복할 만한 계기를 찾고 있을 때도 말이다. 수년 전 그날 밤 시상식에서 피터와 손을 잡았을 때, 나는 언젠가 우리가 REI에서

함께 쇼핑하는 사이가 되리라고는 상상조차 하지 못했다. 그날 밤 피터가 나를 돌아보면서 "오늘밤엔 아무 일도 없겠지만, 지금부터 대략 오 년 정도면 우리가 연애를 할 만큼 성숙해지는 데 필요한 것들을 배우기에 충분할 거예요. 오 년 후에 봐요!"라고 말해줬다면 좋았겠지. 하지만 인생은 언제나 모든 것을 알려주지는 않고, 원하는 것이 항상 원하는 때에 일어나게 해주지는 않는다. 그랬다면 우리의 삶은 '인생'이 아니라 '자판기'라고 불렸을 것이다.

무엇을 추구하든 그 일이 정확히 언제 일어날지 알 수 있는 방법도, 수중의 모든 걸 투자하더라도 곧바로 바라는 대로 이루어지리라는 보장도 없지만, 언젠가 조만간 기차는 온다. 사실 이미 오고 있는지도 모른다. 아직 당신이 알아채지 못한 것일 뿐.

노동의 시기

운이 좋게도 나는 여러 명의 훌륭한 드라마 및 영화 작가와 일할 수 있었다. 나는 여러 고전 연극과 뮤지컬에도, 셰익스피어 작품 공연에도 출연했다. 그리고 대학원을 다니는 동안에는 체호프와 입센을 심도 있게 연구했다. 그래서 자신 있게 장담할 수 있다. 의심의 여지 없이, 배우에게 있어 가장 연기하기 어려운 작가의 대사는 "칠리스에 오신 것을 환영합니다!"라는 걸 말이다. 햄릿이고 뭐고, 지금 당장 집에 가서 그 대사를 한번 연기해보면 이해하게 될 거다.

그 짧은 문장을 통해 연기자는 티끌만큼의 냉소도 없이 행복함과 따뜻함, 친절함과 깔끔함은 물론 가족의 가치, 심지어는 잘 구워진 감자의 느낌까지도 전달해야 한다. 조금이라도 부족하게 표현한다면 여름방학 동안 억지로 아르바이트를 뛰는 무례한 십대처럼 들릴 수도 있다. 조금이라도 과하게 표현한다면 무의식중에 칠리스가 자기 수준에 미치지 못한다고 느끼며 올리브 가든의 안내인으로 취직하지 못했다는 사실에 여전히 화가 나 있는 사람처럼 거만하게 들릴 수도 있다.

제대로 된 역할을 맡게 되기까지 수년간 숱한 오디션을 봤지만, 나는 광고 출연밖에 할 수 없었다. 당시 내가 알던 몇몇 배우들은 광고 출연을 잘못된 경력 쌓기라고 생각했다. 광고가 충분히 예술적이지 않다고 생각한 거다. 그중 누군가는 며칠이고 미친듯 미소 지은 채 땅콩버터 통을 든 자세를 반복하면 배우로서 나쁜 습관이 든다고 생각했다. 나는 거의 매일 치렀던 오디션 덕분에 더욱 큰일에 부닥쳤을 때 긴장되는 마음을 더 잘 다스릴 수 있었다고 생각한다. 나는 언제나 파란색 데님 셔츠(엄마를 비롯해 세제에 관심 있는 누군가를 연기하기 위해서였다)와 검은 블레이저(자동차와 은행에 더 관심이 많은 젊은 전문 직업인을 연기하기 위해서였다)가 들어 있는 커다란 책가방을 든 채 브루클린에서 맨해튼까지 마지못해 발걸음을 옮겼다. 그러면 설령 일을 따내지 못하더라도 그날 뭔가를 했다는 기분은 느낄 수 있었다. 〈헤다 가블레르〉 같은 수작에 출연하지는 못해도, 노동을 하고 있다는 그런 느낌 말이다. 예술적인 기준으로 내가 그은 선은 딱 하나뿐이었다. 여성 청결과 관련된 광고는 하지 않는 것이었다. 배우로서 성공할 수 있을는지 확신할 수는 없었지만, 성공하지 못하더라도 '좋은 느낌'을 만끽하며 석양을 배경으로 해변에서 승마를 즐기는 장면에 박제되고 싶지는 않았다.

이 시기의 나는 주부습진이 인생에서 가장 큰 걱정거리인 사람을 연기하지 않을 때면 엑스트라로 출연했다. 가짜 식료품 가게에서 주부습진을 한탄하는 역할을 맡은 배우로부터 멀리 떨어진 진열대 옆에서 참치 통조림 라벨을 읽는 척한 뒤 백 달러를 받는 식이었다. 나는 광고 오디션에서마다 예외 없이 카메라에 대고 "절친과 수다 떨 때처럼 편하게" 말해달라는 주문을 받았다. 현실에서 손등이 너무 갈라졌다거나, 특정 냉동 애피타이저 브랜드가 정말 맛있다거나(칼로리는 다른 피자의 3분의 1밖에 안 되는데도!), 요즘 헤어스타일링이 너무 편해졌다는 식의 이야기를 십 초 넘게 했다면 내게 남은 친구는 단 한 명도 없었을 것이다.

그 당시 맨해튼에서 빚 없이 살아가리란 힘든 일이었다(시간이 흘러도 그런 건 참 안 바뀐다!). 몇 달의 생활비를 낼 수 있을 만큼 오래 상영되는 광고에 출연할 때도 있었지만, 다른 일을 할 수 없을 정도로 연기 일이 많아질 때까지 주간에는 다른 일을 해야겠다는 생각이 들었다. 그러다가도 이에 묻은 가짜 치약을 수만 번째 핥을 때쯤에는 인제 그만둘 때가 된 건가 싶었다.

몇 년 전 노동절 휴무가 있던 주말, 우리는 피터의 대학 시절 교수였던 래리 오웬의 집에서 열리는 파티에 초대받았다. 래리는 모두에게 돈을 벌기 위해 해봤던 일을 전부 작성해달라고 했다. 파티에 초대받은 사람 모두가 그 목록을 공유했고, 덕분에 활발한 대화가 오갔다. 피터가 해봤던 일 중에는 눈 치우기, 영화관 좌석 안내원, 찹스틱 인이라는 호텔에서의 오전 잡역부가 있었다.

피터는 주 박람회의 피시 앤 칩스 부스에서 일했고, 전화로 타임 라이프 출판사의 책을 팔아보기도 했으며, 야간에는 증권회사 메릴린치에서 교정 교열을 봤다. 그는 피자 배달부, 베니건스의 주방 보조, 조경사의 잔디 관리인 일도 해봤다. 피터가 가장 싫어했던 일은 집에 단열 처리를 하는 것이었는데, 유독 몸을 간지럽게 하는 집에만 가게 되었더란다. 피터가 좋아했던 일 중 하나는 브로드웨이에서 바텐더를 한 것이었다. 덕분에 작품을 무료로 관람할 수 있었고 에런 소킨이라는 무명의 신예 작가와 함께 일할 수 있었다고 했다(지금쯤 그 에런이란 사람은 뭘 하고 있나 참 궁금하다).

어느 여름, 피터는 고향인 미네소타주에서 이동식 인형극 무대의 인형사로 일했다. 그는 차에 인형극 마차를 묶어놓고 여러 공원을 돌아다니며 아이들을 즐겁게 해주곤 했다. 그런데 어느 날 그 매듭이 헐거워지는 바람에 마차가 무너지면서 인형들이 시골길 곳곳으로 흩어지는 일이 있었다. 경찰이 도착해서 현장을 확인했는데, 그중 한 명은 "서류 작업에 시간이 좀 걸리겠는데요."라고 했다. 피터는 다음 공연에 늦을까봐 걱정되는 마음에 그 이유를 물었다. 그러자 경찰은 곳곳에 흩어진 인형들을 향해 고갯짓하며 진지하게 대답했다.

"사상자가 많잖습니까."

고등학교 시절 나는 동네 마구간의 축사를 청소했고, 여름 캠프용 스쿨버스를 운전했다. (그렇다. 이력서에 있던 '수동 변속차 운전 가능'을 '버스 운전 면허증 소지'로 수정했다. 그런데도 연락은 없었다.)

내게 있어 처음으로 안정적이었던 일거리는 대학교 1학년 진학 전 여름방학에 경험했던 미용실에서의 접수 담당자 일이었다. 그해 여름에는 하루종일 사람들이 머리하는 모습을 보는 것에 알레르기라도 생긴 것 같았다. 처음 그 일을 시작했을 때 내 머리는 등 중간까지 내려오는 길이었는데, 학교로 돌아갈 때쯤에는 거의 삭발한 수준으로 짧아져 있었다. 독자에게는 유감스러운 일이지만, 그 시절의 머리 스타일을 한 내 사진은 진작 없애버린 지 오래다. 하지만 상황의 이해를 돕기 위해, 내 미용사에게 보여준 스타일 참고용 사진을 공개하겠다.

수십 년 후 미래에도 역사학자들은 여전히 그해 내가 연애를 할 수 없었던 이유가 새내기 시절을 즐기느라 찐 살 때문인지 면

도기로 깎은 듯한 짧은 구레나룻 때문인지 토론하고 있을 것이다.

대학 시절 나는 오프 브로드웨이 극장에서 웨이트리스 일과 좌석 안내원 일을 했고, 매주 토요일 저녁에는 옷장 안의 접이식 의자에 앉아 외투를 보관해주는 일을 했다. 유치원에서 보조 일을 한 적도 있는데, 그건 내 능력 밖의 일임이 자명했다. 그야 그럴 것이, 기억하겠지만 나는 월반 덕에 유치원을 건너뛰었고 여전히 유치원이 어떤 역할을 하는지 몰랐기 때문이었다. 또 남자를 낚아보려고 컬럼비아대학교의 법학과 도서관에서 책 재고 관리 일을 하기도 했는데, 내 시도는 완전한 실패로 돌아갔다. 다른 학과 도서관과는 달리 그곳에서는 사람들이 진짜로 공부를 했기 때문이었다.

대학 진학 후, 나는 뉴욕의 바니스 백화점에서 일했다. 기업 법률 사무소 출근룩으로 완벽하다는 내 말에 혹해 옷을 사들인 고객에게 뒤늦게 사과의 말을 전한다. 지금까지도 나는 법률 사무소에 가본 적이 몇 번 없다. 그 시절의 나는 아마도 형광 핑크색 후드티를 입고 술이 잔뜩 달린 웨지힐을 신으면 일도 잘하고 '놀 줄도 아는' 변호사처럼 보일 수 있다고 생각했을 거다. 그리고 내게는 후자가 가장 중요했다. 나는 '46번가의 즉흥극'이라는 이름의 코미디 클럽에서 칵테일 웨이트리스로 일하기도 했다. 당시 훌륭한 희극인 데이브 앳텔이 문지기를 했고, 나는 칵테일 서빙 중간중간 암실 뒤쪽에서 젊은 레이 로마노의 스탠드업 공연을 감상했다. 이때를 함께 회상할 때면, 레이는 내게 이미 물어봤다는 사실을 잊고는 언제나 같은 질문을 한다. "내가 당신한테 작업을 걸었던가요?" 그럴 리가 있나요, 레이. 안 걸었어요. 그때쯤엔 내 구레나룻이 완전히 자랐는데도요.

대학원에 다니던 시절 어느 여름, 나는 시카고에서 지냈다. 내 친구 마리아와 나는 매일 아침 새벽 다섯시부터 유명한 식당인 앤 새더의 시나몬 롤 카운터 뒤에서 일했다. 시나몬 롤과 커피, 딱 두 가지만 판매하는 곳이었기에 일과는 대체로 무난하게 지나갔다. 그러다 어느 날 바쁜 아침 시간이 지나간 후 누군가 카운터에 핸드백을 열어놓은 채로 두고 간 것을 발견했는데, 그 안에는 코카인처럼 생긴 무언가가 담긴 커다란 봉지가 있었다. 우리는 슬쩍 안을 들여다보며 가방 주인을 알아낼 수 있을 만한 단서를 찾아봤다. 안에서 마약이 발견된 가방을 뒤졌다니 이상하겠지만, 처음에는 그게 정말 마약인지 확신할 수 없었다. 우리 둘 다 코카인 같은 건 영화에서밖에 본 적이 없었기 때문이었다. 하지만 결국 확실히 코카인이 맞는다는 결론을 내렸다. 이 얼마나 스릴 있나! 우리는 봉지를 크게 열어젖혔다. 캐그니와 레이시[26]가 이런 기분이었겠군! 바로 그때, 땀에 흥건히 젖은 여자가 창백한 얼굴을 하고서 카운터로 다가왔다.

"저기, 죄송한데 혹시, 분실물 찾으신 게…."

여자는 초조하게 눈알을 굴리며 말을 더듬었다. 우리는 고개를 끄덕이고는 그녀에게 핸드백을 건넸다. 그녀는 팁 통에 50달러 지폐 한 장을 쑤셔넣고는 재빠르게 그곳을 나갔다. 나중에 가서야

26 1980년대의 유명 수사 드라마인 〈캐그니 & 레이시〉의 주연 캐릭터

우리는 경찰을 부르지 않고 마약을 주인에게 돌려주는 행위는 말 그대로 방조죄에 해당한다는 사실을 깨달았다. 그렇게 많은 양의 마약을 살 수 있다면 팁 통에 쿨하게 백 달러쯤은 넣어줘야지, 그 정도도 못하면 부끄러워해야 한다는 것도.

나는 졸업 후 뉴욕에서 진행한 연기 학교 공개 공연을 통해 마침내 소속사에 들어갈 수 있었다. 하지만 그후 오래도록 오디션을 몇 번 보지 못했고, 그마저도 결실로 이어지지는 않았다. 그래서 나는 파 로커웨이나 스태튼 아일랜드까지 내 구닥다리 초록색 혼다 어코드를 이끌고 가서 SAT 준비반 학생들을 가르쳤다. 케이터링 회사에서도 일했고, 매년 진행되는 장난감 박람회에서 '우노'라는 보드게임의 게임 방법을 시연했으며, 월드컵 축구 컨벤션에서 위아래로 거대한 강아지 마스코트 복장을 한 채 아주 축축하고 긴 하루를 보내기도 했다. 그날 나는 반나절이 지나서야 참여자들과 사진을 찍을 때 미소를 지을 필요가 없다는 사실을 깨달았다. 내가 쓰고 있는 거대한 인형 탈 덕에 얼굴이 보일 일도 없었을 뿐더러, 미소는 이미 털로 뒤덮인 인형 탈의 구레나룻에 걸쳐 그려져 있었으니 말이다. 그리고 독자가 궁금해할까 싶어 첨언하는데, 누군가가 장난스럽게 내 강아지 인형 탈의 옆을 두드리며 '그 안이 덥지는 않은지' 물으면 당연히 기분이 나쁘다. 어떻게 안 더울 수가 있겠나. 그리고 말인데, 아무리 재미있을 것 같다고 해도 내 귓등을 긁는 건 멈춰줬으면 좋겠다.

삼 년의 광고 출연과 산발적인 드라마 엑스트라 역할만의 반복 끝에, 나는 마침내 뉴저지의 조지 스트리트 플레이하우스에서 진행되는 연극의 조연으로 발탁되었다. 휴양지 공연물에 '눈물마른 눈안깜짝 씨'로 출연한 후 첫번째로 맡은 노동조합의 배역이었다. 나는 재빨리 브루클린 파크 슬로프에 있는 멕시칸 레스토랑의 앞치마를 반납했다. 내 상사인 조의 반응은 아주 다정했다. 언제든 다시 돌아와서 일해도 좋다고 했기 때문이다. 그의 태도가 시원시원했던 것도 있지만, 보아하니 내가 친구들에게 공짜 마가리타를 얼마나 퍼줬는지도 모르는 듯했다. 과연 내가 이곳으로 다시 돌아와 일하게 될지, 아니면 낮에 부업을 해야 하는 시절을 청산하게 될지 궁금해졌다.

나는 살아남기 위해, 그리고 진정으로 하고 싶었던 일에 티끌만큼이라도 가까워지기 위해 반드시 해야만 했던 일을 하느라 보냈던 그 오랜 시간 덕분에 평생 유용하게 써먹을 수 있을 만한 기술을 터득할 수 있었다고 말하고 싶다. 처음으로 제대로 된 일자리를 얻은 계기로 우스꽝스러운 헤어스타일을 하게 된 덕에 스티븐 스필버그가 지나가던 나를 불러 세우고는 그렇게 짧은 구레나룻과 훌륭한 연기력은 어떻게 얻게 된 거냐고 물은 적이 있다고 말하고 싶기도 하다. 그런 일은 일어나지 않았다. 그렇게 많은 직업을 거치며 그나마 얻은 건 다음과 같은 깨달음뿐이다.

1. 언젠가 직접 쓴 책에 유용하게 쓰일지도 모르니 못 나온 사진도 삭제하지 말아야 한다.
2. 낯선 사람에게 마약을 돌려줄 때는 더 많은 돈을 요구해야 한다.
3. 강아지 인형 코스튬을 입으면 무지하게 덥다.

4. 어느 여름 베네통에서 일한 덕분에 오늘날까지도 스웨터를 깔끔하게 잘 갠다. 열댓 개의 직장을 거치면서 얻은 진짜 기술은 이거 하나라니!

노동절 파티에서 우리는 '해봤던 일 중 가장 끔찍했던 것'에 관한 이야기를 나누며 서로와 어울렸다. 꼭 모든 이야기가 다 직장에서 일어난 끔찍한 일에 관한 것은 아니었지만, 최고로 꼽을 만한 이야기는 전부 끔찍한 일화였다. 토크쇼에서 '사회생활 초반에 얻은 재미있기도 했고 돈도 많이 됐던 일거리'에 관한 이야기로 진행자를 즐겁게 해주는 배우를 좀처럼 볼 수 없는 것은 아마 그래서일 것이다. 개그는 성공담보다는 실패담에 더 많이 녹아 있기 마련이고, 실패담이야말로 더욱 많은 공감을 살 수 있는 법이다. 파티에서 사람들이 최악으로 꼽은 직장 일화는 가장 자랑스러운 무용담이기도 했다. 뭔가를 잘해내는 것도 성취이기는 하지만, 정말 하고 싶지 않았던 일을 잘해내는 것이 훨씬 더 큰 업적일지도 모른다.

몇 년 전, 예전에 살던 브루클린의 동네로 돌아갔을 때, 모퉁이를 돌던 나는 옛 상사인 조를 마주친 적이 있다. 마치 시간이 전혀 흐르지 않은 것처럼, 그는 멕시칸 레스토랑 앞에 서 있었다.

"안녕하세요! 저 여기서 일한 적 있는데!"

내 말에 조는 마치 어제 내가 서빙하는 모습을 봤다는 것처럼 대답했다.

"나도 알아."

"여기가 배우 일을 시작하기 전에 마지막으로 일했던 제대로 된 직장이었어요."

"나도 알아."

조가 대답했다.

"저 사실 공짜 마가리타 엄청 나눠줬어요."

무심결에 내뱉은 고백에 조는 눈알을 굴리더니 다시 "나도 알아."라고 대답했다. 하지만 입가에는 미소가 어려 있었다. 레스토랑 안을 들여다보니 바뀐 게 거의 없었다. 이상하게 안심이 됐다. 덕분에 1995년 그곳에서 일하던 내 모습을 쉽사리 상상할 수 있었다. 초록색 뎁 헤어젤과 곱창 머리끈, 고리 레깅스 차림의 허접한 스타일로 점철되었던 그 시절의 모습 말이다. 그 레스토랑이 꿈의 직장은 아니었을지 몰라도, 나는 그곳에서 일하는 것을 정말 좋아했다. 연기로 먹고 살 수 있게 될 때까지 안정적인 주간 부업을 하겠다는 규칙을 세운 건 잘한 결정이었다. 강아지 코스튬을 입는 건 하나도 재미없는 일이었지만 보통 하루에 벌 수 있는 것보다 더 많은 일당을 받을 수 있었고, 내게는 까다롭게 굴 만큼의 자존심이 없었다.

애초에 오웬 교수가 우리에게 해본 일의 목록을 적게 만든 것도 그래서였는지 모른다. 우리의 시작이 어땠는지 기억하고, 여기까지 오기 위해 얼마나 노력했는지 서로 이야기를 공유하게끔 말이다. 각자의 브루클린 시절을 회상하고 멕시칸 레스토랑의 창문을 들여다보며 젊고 굶주렸던 시절을 되새길 수 있도록 말이다.

그러니 모두 칠리스에 온 것을 환영한다. 진심으로 하는 말이든 그저 배역을 따기 위한 말이든 간에, 목소리를 높여 자랑스럽게 말하도록 하자.

심판하지 말지어다, 〈프로젝트 런웨이〉 심사위원이 아닌 이상에야: 패션에서의 내 삶

아마 독자도 알고 있겠지만, 나는 베스트 드레서로 언급되고는 한다. 레드카펫 위에서 '자신감 넘친다'든지 '죽여준다'는 말과 함께, 당장 잭 포즌[27]한테 알려야 한다는 칭찬을 덧붙여서 말이다. 아차, 아니다. 그건 내가 아니라 케이트 블란쳇이다. 하지만 당연히 대체로 나는 옷을 잘 입는 것으로 알려져 있으며, 매일같이 뉴욕 패션위크의 가장 인기 있는 런웨이 쇼 맨 앞줄에서 안나 윈투어 옆에 앉아 디자이너가 공짜로 보낸 옷을 자랑스럽게 입고서 쇼를 감상한 뒤 일곱 명의 카다시안들과 파티를 즐긴다. 아차, 그건 내가 아니라 지지 하디드다. 아니, 잠깐. 지지 하디드도 아니다. 그녀

27 미국의 패션 디자이너로, 〈프로젝트 런웨이〉의 심사를 여러 번 맡음

는 런웨이 쇼에서 워킹을 선보일 가능성이 큰 성공적인 톱 모델이니까. 뭐, 맨 앞줄에서 안나 윈투어 옆에 앉는 게 누구든 그런 영광스러운 자리에 앉는 건 제법 설레는 일이겠지. 배도 제법 고프고 신발도 너무 꽉 끼겠지만 말이다. 어쨌든 그게 누구든 나는 아니다. 그런데도 왠지 모르게 나는 항상 내가 패셔니스타가 아니라는 사실을 잊고 만다. 그리고 아니라는 것을 알면서도 가끔은 패셔니스타가 되려고 한다. 나는 누구일까? 패션에 관해서라면 확실한 대답을 할 수가 없다.

아빠는 192센티미터로 키가 크며, 말랐고, 운동선수 같은 몸을 지녔다. 그래서 크게 노력하지 않아도 어떤 옷이든 잘 어울렸다. 아빠는 고등학교 시절 베스트 드레서로 선정되었다. 모두가 같은 교복을 입는 가톨릭 학교에 다녔는데도 말이다. 그래서 아빠가 눈에 띌 수 있었던 방법이 뭐였는지도, 애초에 학교에서 똑같은 남색 재킷을 입은 수백 명의 학생 중 최고를 가려내는 짓 따위를 왜 했는지도 모르겠다. 하지만 그로 인해 내가 배운 사실이 있다면 우리 아빠는 똑같은 옷을 입은 동급생 사이에서조차 옷을 더 잘 입는 것처럼 보였던 천성적인 패셔니스타라는 거다.

그래서 아빠는 아마 내 첫 패션 아이돌이었을 거다. 하지만 그래서 발생한 문제가 한 가지 있다면, 사춘기를 맞이하기도 전에 처음으로 배운 패션 상식이 삼십대의 키 크고 소탈한 변호사로부터 배운 것이었다는 사실이다. 때는 1980년대였으며 우리는 워싱턴 D.C.에서 살았다. 이는 즉 내가 주로 통이 넓은 코듀로이 바지와 엘엘빈의 보트용 신발에 명랑한 목깃이 달린 셔츠를 한 겹에

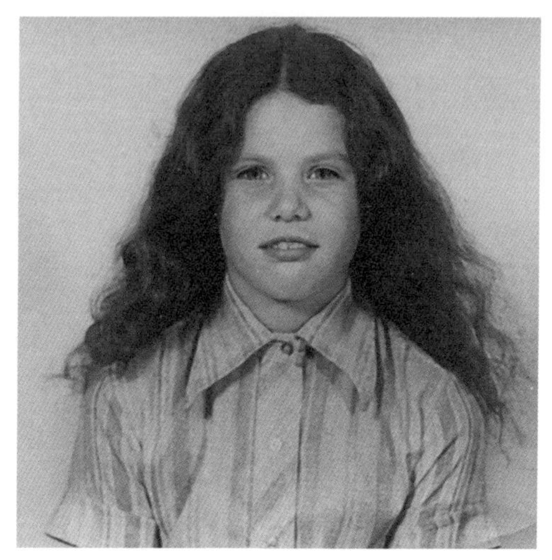

서 마흔일곱 겹까지 겹쳐 입은 차림새였다는 뜻이다. 내가 입은 터틀넥은 잔뜩 구겨져 있거나 때때로 깔끔하게 접혀 있었다. 아이조드[28] 셔츠의 목깃은 때때로 접어 입거나 펼쳐 입었다. 덕분에 다양하고 재미있는 스타일링이 가능했는데, 어떻게 갖춰 입든 무지하게 따뜻하고 두툼한 코디가 완성됐다. 솔직히 실패할 일이 없는 구성이었다.

얼마 후, 단순히 아빠의 변호사 사무실용 패션의 영향을 받는 단계를 지나 그것을 재해석하기 시작한 십대 소녀로서, 나는 중간 단계를 건너뛰고 아빠 옷을 훔쳐 입기 시작했다. 당시의 나는 치마를 그다지 좋아하지 않았다. 중학교 2학년 때 밴드 공연에서 치

28 미국의 세미정장 의류 브랜드

마를 입어야 했는데 한 벌도 없어서 결국 사야 했던 기억이 있다. 인정한다. 나는 선머슴이었다. 풀을 먹인 아빠의 하얀색 와이셔츠를 입기도 했다. 아빠가 일하러 갈 때 정장 속에 입었던 셔츠 말이다. 그러니 아마도 남성용 와이셔츠의 길고 풍성한 밑단은 (아마도 남자용이었을) 리바이스 코듀로이 바지 속에 구겨넣었겠지. 그래서 그 아래에서 꿈틀거리던 여성스러움이 전부 가려졌을 것이다.

1970년대 후반에서 1980년대 초반까지 내가 아빠 스타일의 옷을 사기 위해 가장 즐겨 찾았던 갭은 아직 오늘날처럼 패션을 선도하는 흔한 쇼핑몰 브랜드가 아니었고, 건설 노동자가 기본적인 옷을 구하는 곳에 가까웠다. 옷가지에 브랜드 이름을 박아서 팔기도 전이었다. 갭의 대표 상품은 무명 디자이너가 만든 격자무늬 플란넬 셔츠와 너무 뻣뻣해서 적어도 스무 번에서 서른 번은 빨아야 입을 수 있을 정도로 부드러워졌던 리바이스의 뻣뻣한 청바지에 특화되어 있었다. 〈길모어 걸스〉의 루크가 입을 만한 옷 말이다. 아직 스키니 진이 없었던 시기였지만, 사람들은 스트레이트 청바지가 생각만큼 예쁘지 않다는 것을 알았다. 그래서 나와 함께 학교에 다녔던 친구 몇 명은 안쪽 솔기를 박음질해서 바지를 줄였다. 나는 그런 재주를 부리기에는 지나치게 영혼이 자유로운 사람이었기에(엉터리였다는 뜻이다) 안쪽 솔기를 꿰매 줄이는 대신, 청바지의 안쪽 솔기를 접은 다음 스테이플러로 고정했다. 내 스타일은 다부진 십대 소년과 사무용품점의 만남이었다.

하지만 나는 언제나 패션이라는 개념 자체를 좋아했고, 패셔너블해 보이는 것을 좋아했다. 그리고 나이가 들수록 시도라도 해봐야 한다는 책임감을 느꼈다. 아마 배우가 단순한 배우를 넘어 일종의 브랜드로 거듭나는 트렌드가 생겼던 것도 한몫했을 것이다. 요즘은 단순히 연기를 잘하는 배우에 안주하면 안 되는 모양이다. 배우는 패션 아이콘, 장 청소 홍보대사, 그리고 플러스 사이즈 강아지의 의상 디자이너 역할까지 해내야 한다. 세인트버나드를 더는 과소평가하지 말지어다!

우리 가족 중에는 옷을 잘 입는 여자들이 몇 있다. 우리 엄마는 할인 판매대에서 이상한 옷을 가져다가 고상한 패션 아이템으로 탈바꿈했다. 새엄마 캐런과 내 여동생 매기의 경우 재미있는 패턴과 액세서리를 볼 줄 아는 눈썰미가 있다. 내 여동생 셰이드는 뉴욕이 사랑하는 컬러인 검은색과 검은색의 조합에서 시크함을 찾아내곤 한다. 내 남동생인 크리스는 아빠처럼 고전적인 동부 스타일을 고수한다. 그건 내 피에도 흐르고 있는 스타일이다. 적어도 그렇게 믿으려고 노력해왔다. 아빠의 셔츠와 스탠 스미스 운동화를 갖춰 입은 내 인생의 첫 스무 해는 동면기와도 같았지만, 어딘가에 숨어 있는 유행의 선구자 로런이 빛을 발할 거라고 굳게 믿었다.

그래서 어느 초여름 내가 좋아하는 프로그램 중 하나인 〈프로젝트 런웨이〉의 심사위원이 되어달라는 전화를 받았을 때, 나는 내 패션 전성기가 마침내 도래했다고 생각했다. 마침 나는 피터와 이스트햄프턴에서 시간을 보내고 있었다. 연락을 받은 것 자체도 설렜는데, 해변가의 낸시 마이어스 영화 같은 금빛 석양을 보고 있을 때 전화가 울렸다. 세상에, 나 좀 보게! 메인 스트리트의 칼립소에서 구백만 달러를 주고 산 밀짚모자를 쓴 채 맨발로 바닷가를 걷고 있다니! 거기다 사가포낙의 원스 어폰 어 베이글에서 산 아이스 커피도 있어! 햄프턴에서 휴가를 보내고 있고! 게다가 〈프로젝트 런웨이〉의 심사위원까지 맡다니! 내가 베서니 프랭클이라도 된 건가? 검고 두꺼운 리복 하이탑을 입고서 무거운 걸음으로 맨해튼 전역을 돌아다닌 게 벌써 몇 년째인데, 드디어 제대로 뉴요커가 되어보는구나!

내가 출연 요청을 받은 에피소드는 시즌 10의 프리미어였다. 〈섹스 앤 더 시티〉의 훌륭한 스타일리스트 팻 필드 또한 초대 심사위원이 될 예정이었으며, 고정 심사위원인 마이클 코어스와 니나 가르시아는 물론 진행자 겸 슈퍼모델인 하이디 클룸도 함께할 예정이라고 했다. 함께 있을 사람들을 생각하기만 해도 벌써 내 스타일이 더 나아진 것만 같았다. 촬영을 위해 마이클 코어스의 드레스를 빌려야겠다 싶었고, 헤어스타일링과 메이크업을 위한 전문가도 불렀다. 당시의 나로서는 자주 하는 일이 아니었지만, 더 패셔너블한 나에게는 매일같이 하는 평범한 일과가 되기를 꿈꿨다.

한 시즌의 첫 에피소드가 될 예정이었던데다 시즌 10을 맞은 만큼 타임스스퀘어 중앙에 특별한 런웨이가 세팅되었다. 덕분에 팬들은 방송 일부를 직접 방청할 수 있었다. 나는 하이디와 함께 리무진을 타고 촬영장으로 향했는데, 하이디는 아주 친절하고 따뜻하게 나를 맞아줬다. 그녀는 창문을 열고 손을 흔들었으며, 타임스스퀘어 중앙에서 사진을 찍는 카메라를 향해 미소를 지었다. 사람들은 하이디를 보고 좋아서 어쩔 줄을 몰랐다. 백스테이지에서 나는 팀 건을 만났는데, 그는 아주 친절하고 품위 있는 사람이었다.

"시즌의 시작이 참 훌륭하네요."

그를 만나자마자 들은 칭찬에 나는 머리부터 발끝까지 붉어졌다.

심사위원들은 런웨이 근처에 일렬로 세워진 의자에 착석했고, 심사평을 작성할 색인 카드를 건네받았다. 하이디와 팀은 청중에게 환영 인사를 건네고 시즌의 시작을 알렸다. 환호성이 일었고, 야외 스피커에서는 음악이 엄청난 소리로 쿵쾅거렸다. 그렇게 쇼가 시작했다.

런웨이 쇼에서 가장 기억에 남는 걸 뽑자면…. 세상에, 아무것도 기억이 안 난다. 대체 무슨 일이 일어난 거지? 쇼는 눈 깜짝할 사이에 끝나버렸다. 그날 밤이 오기 전 나는 '쇼'라고 하면 팝콘이나 인터미션, 아니면 '2막에서 그 장면 쓸데없이 너무 길지 않았어?'라며 불평하는 것만 떠올렸다. 그런데 이 쇼는 내가 접이식 의자의 불편함을 느낄 틈도 없이 끝나버렸다. 게다가 (이 사실에 충격받을 사람은 단 한 명도 없겠지만) 모델들은 어떤 옷이든 예뻐 보이게 만들었다. 세상에서 가장 아름다운 젊은 여성 한 무리가 내 앞을 걸어갔는데, 그들이 뭘 입었든 누가 상관한단 말인가? 맞다, 내가 상관해야 했다.

내가 당황해서 얼어붙은 채 정신을 차리려 애쓰며 방금 경험한 찰나에서 뭐든 기억해내려 최선을 다하는 동안, 다른 심사위원들은 자리에서 일어나 쇼에 관한 짧은 토론을 나눴다. 좋아, 잘 생각해보자. 생각해내야 해. 모델 한 명이 아마…. 바지를 입고 있었나? 진짜 바지가 맞긴 했나? 아니면 일종의 치마였나? 아니, 바지였을걸? 패션에 대한 내 세세한 인상은 그 정도에 그쳤다. 그때 누군가가 우리에게 나눠줬던 심사평용 카드를 가지러 왔다. 나는 손에 쥔 카드를 내려다봤다. 거의 아무 내용도 적지 못한 걸 알아차리자 심장이 뛰었다.

"잠깐만요, 이거…. 모델들 평가 점수예요? 지금 점수를 제출해야 하는 거예요?"

나는 멍한 표정으로 니나에게 물었다.

"네."

니나는 아주 친절하게 대답했다.

"쇼는 어땠나요?"

나는 우아한 고급 여성복을 볼 때면 흔히 그러듯 멍청하게 웃으며 웅얼거렸다.

"와, 옷도 그렇고…. 멋지네요!"

나는 재빨리 한 줄도 적지 못한 카드에 집중하며 기억할 수 있는 모든 것을 다급히 휘갈긴 후 무작위로 점수를 매겼다. 나는 지금까지도 점수가 어떻게 매겨지는지, 심지어는 점수의 범위가 어떻게 되는지조차도 모른다. 1에서 10 사이인지, 1에서 100 사이인지, 〈아메리카 갓 탤런트〉에서처럼 커다란 'X' 모양 전광판인지 말이다. 정말 손톱만큼도 모르겠다.

촬영장에 돌아오자 약간 진정이 됐다. 〈프로젝트 런웨이〉의 모든 에피소드를 시청한 덕에 아주 익숙한 세트장에 있으니 설렜다. 심사위원들은 몇 년을 함께 일한 사이였기에 대기 시간 동안 웃으며 수다를 나눴다. 그러다가 참가자들이 하나둘씩 무대로 나와 각자 디자인한 옷을 입고 있는 모델 옆에 섰다.

가장 먼저 느껴진 참가자와 심사위원 사이의 거리였다. 우리는 서로 불편할 정도로 가까운 거리에 있었다. TV에서 보던 것보다 가까운 거리였다. 하지만 그렇다고 서로 잡담을 나누기에는 너무 먼 거리였다. 그 둘이 동시에 가능한 거리는 생전 처음 겪어봤다. 그렇게 애매한 거리감 때문에 참가자와 심사위원은 평가 코멘트 사이사이에 말은 한마디도 하지 않은 채 서로를 응시하기만 했다. 게다가 빗자루처럼 쓰는 듯한 카메라 효과 때문에 카메라는 기계 팔 위에 설치되어 있었는데, 그렇게 쓰는 효과를 찍는 게 꽤 오래 걸린다고 했다. 그래서 평가 코멘트 사이사이에 카메라를 매단 기계 팔은 술에 취한 헬리콥터처럼 날아다니며 참가자 각각의 반응과 심사위원의 표정을 담았다. 우리는 카메라가 우리를 비출 때까지 최대한 반응을 유지해달라는 주문을 받았다. 카메라를 다룰 줄 모르는 사진작가 앞에서 웃어본 적이 있는가? 그보다 스무 배는 길게 느껴지는 순간이었다. 미소를 유지하고 있으려니 입술이 경련하기 시작했다. 어색한 포즈를 유지하는 중에, 참가자 중 한 명이 나를 향해 활짝 웃더니 입 모양으로 '사랑해요'라고 말해줬다. 나는 여전히 마네킹처럼 미소 지으며 고마움을 전하려 최선을 다했다.

불행하게도, 심사위원의 평가 시간이 되자, 내게 사랑한다고 한 바로 그 참가자가 꼴찌에서 세번째 안에 들게 됐다. 기억이 살짝 희미하기는 하지만, 몇 년을 〈프로젝트 런웨이〉의 시청자였던 경험으로 미루어 봤을 때 아마 니나는 그녀의 의상이 '70년대의 디올'을 떠올리게 한다고 했을 테고, 마이클은 '남자 기숙사 방의 욕실용 매트'로 만든 옷 같아 보인다고 말했을 테고, 하이디는 원피스 중 하나가 '지나치게 슬퍼 보인다'라고 했을 것이다. 나는 대충 '티셔츠가 지나치게…. 티셔츠 같아 보이는데요?'라는 식으로 얘기했던 것 같다. 하지만 내게 사랑한다고 했던 그 참가자는 내게 주먹으로 얻어맞은 것 같은 표정을 했고, 그제야 나는 그날 밤의 진정한 문제는 내가 심사위원의 위치를 싫어한다는 것이라는 사실을 깨달았다. 나는 살면서 뭔가를 그렇게 평가해본 적이 없었다. 그리고 내가 대체로 괜찮은 심사위원이라고 해도, 그리고 내 의견을 다른 사람에게 이야기하는 걸 즐기는 성격이라고 해도 사실 내게는 패션을 평가할 자격이 없었다. 쇼의 누구라도 우리집에 운동복 바지가 몇 벌이나 있는지 봤다면 날 쫓아냈을 것이다. 내가 가장 좋아하는 옷은 점프수트다. 얼마나 많이 샀는지 모른다. 결제를 하는 시점에는 분명히 좋다고 생각해서 산다. 내가 그토록 점프수트에 끌리는 건 내가 어렸을 때 좋아했던 잠옷이 떠올라서인 것 같다. 발에 끼울 수 있는 고리가 없는 것만 제외하면. 피터는 내가 가지고 있는 점프수트 중 하나를 '주유소에서 일하는 친절한 여직원 패션'이라고 부른다. 패션에 있어서라면 나는 항상 선두 주자라기보다 쫓아가는 사람이다.

아래 사진 속의 나는 내 사촌인 헤더의 옷뿐 아니라, 금방 자고 일어난 듯 시크한 헤어스타일은 물론 멋진 눈웃음까지 따라 하고 있다. 눈웃음이라는 게 원래 저런 거 아닌가?

사실 나는 아주 화려하고 거대한 규모의 과장된 행사를 준비하는 걸 좋아한다. 내게 있어 패션 디자이너가 하는 일은 예술가가 하는 일과 진배없으며, 나는 가끔 화려하게 옷을 갖춰 입을 기회가 있을 때면 쾌감을 느낀다. 하지만 화려한 외출이 있는 삶이 반드시 일상에 잘 녹아드는 건 아니다. 수플레를 만드는 법을 이제 막 배웠는데, 월요일 밤 십대 남자애 다섯 명에게 저녁상을 차려달라는 부탁을 받는 것과 비슷하다.

"방금 농구 연습을 끝내고 온 건 알지만, 간에 기별도 안 가는 폭신폭신하고 계란 같은 디저트를 내올 테니 사십오 분에서 한 시간 정도 기다려줄 수 있겠니?"

내가 〈프로젝트 런웨이〉의 시청자로서 가장 좋아하는 부분은 사람들이 창의적인 일을 하는 모습을 지켜보는 것이고, 그다음으로 가장 좋아하는 부분은 참가자 각자가 옷을 완성하기 위해 어떤 결정을 내렸는지 듣는 것이었다. 너무나도 많은 면에서 배우의 일과 닮아 있는 부분이기에, 그렇게 공감이 갈 수가 없었다. 가장 재미없는 부분은 심사평이었다. 나는 친구가 조언을 부탁한다면 마다하지 않겠지만, 그 조언을 받아들이지 않는다고 해서 작업실을 치우고 집으로 가라고 하지도 않을 것이다. 창피하기도 했다. 아마존에서 산 감자 칼에 관한 후기를 올리는 것조차도 못 견디면서 이거라고 얼마나 다르리라 생각했던 걸까?

〈프로젝트 런웨이〉가 끝난 후 나는 몇 주 동안이나 친구들에게 내가 얼마나 멍을 때렸는지, 어떻게든 착해 보이고 싶다는 마음에 얼마나 전전긍긍했는지, '지나치게 티셔츠 같다'고 내린 심사평, 그리고 심사위원으로서 평가한다는 것이 내 기대와 너무나 달랐던 바람에 내 반응이 어땠는지에 관한 이야기를 멈출 줄 몰랐다. 나는 친구들에게 누가 탈락했으며 그 이유는 무엇이었는지, 무대 뒤에서 사실은 무슨 일이 있었는지, 저녁 식사로는 뭘 먹었는지 (모델들이 뭘 먹는지 안 궁금해하는 사람이 없었다) 전부 말해줬다. 어느 날은 내 변호사인 아담에게 〈프로젝트 런웨이〉에서의 일화를 털어놓고 있는데, 아담이 중간에 내 말을 끊더니 내게 물었다.

"잠깐만요, 이 얘기 전부 저한테만 하시는 거죠? 다른 사람들한테는 말씀하신 적 없죠?"

나는 아니라고, 다른 사람들한테도 전부 말했다고, 쇼의 심사위원이었던 게 얼마나 트라우마였으면 그랬겠냐고 대답했다. 그러자 아담은 다시 내 말을 끊었다.

"로런."

그의 목소리에는 진심어린 걱정이 묻어났다.

"그런 얘기는 절대 하시면 안 돼요. 기밀 유지 서약서에 서명하셨잖아요."

"어, 그거야 그렇죠."

나는 웃어넘기려 했다.

"그런데 제대로 꼼꼼하게 읽지는 않았죠. 제가 왜 변호사를 고용했겠어요?"

아담은 내게 그 모든 것들을 말하고 다닌 것이 계약서를 위반한 행동이라고 답했다. 끝내주는군. 끔찍하게 심사를 못 본 죄로 심판받게 될지도 모른단 말인가? 나는 슬픈 얼굴로 내게 불리한 진술을 하는 팀 건을 상상했다.

"그게, 그땐 시즌의 시작이 참 훌륭하다고 생각했는데, 지금은 말이죠…."

수년에 걸쳐 나는 꽤 설레는 일을 몇 가지 할 수 있었다. 한번은 피터와 함께 메이시 백화점의 추수 감사절 퍼레이드에 모습을 드러낸 적도 있는데, 안내를 따라 엄청난 인파와 거대한 풍선 사이를 지나가며 사람들과 가까이에서 만날 수 있었다. 절대 잊지 못할 추억이다. 또 〈길모어 걸스〉를 홍보하기 위해 암스테르담에서 한 주간 머무른 적도 있다. 그곳에서 나는 미국 영화 편집자상(에디상[29])의 진행을 맡았고, 그곳에서 천재적인 농담을 던지는

---

29 Eddies. 매년 영화 및 드라마의 최우수 편집자에게 시상하는 상

평생의 꿈을 이뤘다.

"이 장면 대체 누가 자른 거예요?"

한번은 ABC의 드라마를 촬영할 때 디즈니의 제트기를 타본 적도 있다. 당시 나는 친구인 젠을 함께 데려갈 수 있었는데, 활주로에서는 행진 음악대가 우리의 도착을 기다리고 있었다. 일터에서 보기 드문 환영식이었다!

정말 전혀 예상치 못했던 일을 부탁받은 적도 있다. 두루마리 휴지 박람회에서 연설을 해달라는 초대를 받았다. 또 한번은 아침 토크쇼에서 칼슘 보조제에 관한 이야기를 해달라는 부탁을 받은 적도 있다. 배우 경력을 쌓아오면서, 나는 고양이 사료를 홍보하는 것부터(난 고양이를 키우지 않는다) 골프 잡지의 표지 모델이 되는 것(골프도 치지 않는다), 〈세서미 스트리트〉에 출연하는 것까지(이건 수락했다! 그로버가 이미 유명한 건 알지만, 실제로도 정말 견실한 캐릭터라는 걸 꼭 말하고 싶다) 이상하고 다양한 요청을 받았다. 나는 파티에 초대받는 건 언제나 기분좋은 일이지만, 파티가 어떻게 흘러갈지는 절대 미리 알 수 없다는 사실을 배웠다.

패션이란 어느 날 거기 속했던 사람이 더는 그렇지 않게 되는 것이다. 나는 정말 딱 하루 패션계 사람이었다. 하지만 패션의 세계 바깥에서, 집에서 운동복 바지를 입은 채 소파에 편안히 앉은 팬으로서 그 세계를 구경하는 편이 훨씬 더 행복하다는 걸 깨달았다.

아, 그리고 혹시나 궁금해할까봐 덧붙이는데, 우리는 미드타운의 세련된 일식집에서 저녁을 먹었고, 하이디는 검은콩 소스를 곁들인 두부를 주문했다. 내가 감옥에서 이 정보를 누설하고 있는 만큼 독자들이 부디 이 정보를 만끽하기를 바란다. 죄수복은 우리집 옷장에 있는 점프수트 중 몇 벌보다는 못하지만, 그래도 괜찮다.

어떻게든 소화해낼 수밖에.

아마도 언젠가는 내 소설이 전부 자전적인 것만은 아니라는 사실을 믿게 될 것이다

애틀랜타에서 머물던 시절, 제임스 패터슨과 크리스 테벳의 책을 원작으로 한 영화 〈미들 스쿨〉의 촬영을 시작하기 전날 밤이었다. 출연진과 함께하는 저녁 식사 자리에서, 나는 제임스 패터슨의 옆에 앉아 있었는데, 그래서 설레기도 했고 겁나기도 했다. 제임스 패터슨은 할리우드 블록버스터의 모티브가 된 수많은 스릴러 소설과 놀라울 정도로 많은 아동용 도서를 배출한 작가였다. 그래서 나는 아마도 그가 수백 번은 들었을 질문을 하지 않을 수 없었다.

"대체 어떻게 하는 거예요?"

그는 나를 돌아보더니 말했다.

"그냥 쉬지 않고 계속 나아가는 거죠."

우와. 그 한마디가 모든 것을 설명해준 것 같았다.

2011년의 어느 날, 〈페어런트 후드〉 촬영을 마치고 트레일러에 앉아 쉬고 있을 때였다. 그날 아침 장면 몇 개를 촬영하기는 했지만 제법 빠르게 끝낸 참이었다. 이미 운동도 했고, 아빠와의 연락도 마쳤고, 이메일에 답장도 했으며, 점심도 먹었다. 저녁을 요리하기에는 아직 너무 이른 시간이었고, 아직 집에 들어가기는 싫었다. 생각해보니 몇 년 만에 처음으로 생긴 여유 시간이었다. 고등학교와 대학교에 다닐 때는 항상 기한이 임박한 숙제와 작업할 것이 남은 프로젝트, 그리고 연극과 뮤지컬 리허설을 수백 개는 앞두고 있었다. 학교를 졸업한 후 사회로 나간 후에도 언제나 걱정거리가 한가득이었다. 집세를 내기 위해 돈을 충분히 버는 것, 뉴욕의 거리 곳곳을 쏘다니는 것, 로스앤젤레스 전역을 운전해 다니는 것, 일거리를 찾는 것, 아침 일찍 굶주린 상태로 눈을 뜨며 다음에 받을 급여는 어디에서 들어올지 궁금해하지 않아도 되도록 조금 더 안정적인 일거리를 찾는 것처럼 말이다. 마침내 뭔가 안정적인 일을, 그러니까 〈길모어 걸스〉에서 일을 찾았을 때, 여유 시간은 손톱만큼도 찾기가 힘들었다. 〈길모어 걸스〉를 촬영하면서 보낸 시간은 꽉꽉 채워져 있었다. 외워야 할 대사의 분량도 많았고, 촬영 시간도 길었으며, 드라마 홍보도 해야 했다. 각 시즌 사이의 여름 휴가 기간에도 나는 쉬고 싶어하지 않았다. 뒤처지고 싶지 않다는 생각에 기회가 있을 때마다 영화와 연극에 출연했다. 제임스 패터슨의 조언처럼 쉬지 않고 계속 나아간 거다.

그래서 그날 〈페어런트 후드〉 촬영장 트레일러에 앉아 있던 내게 갑작스레 존재감을 드러낸 여유 시간은 이상하고 어색하게 느껴졌다. 그리고 다른 것도 있었는데, 정확히 표현할 수는 없었다. 마치 다른 누군가가 같은 공간에 함께 있는 것만 같았다. 마침내 그 존재가 나한테 도달한 것이다. 마치… 목소리처럼? 마침내 그 목소리가 들렸을 때, 그건 내게 예상치 못한 질문을 던졌다.

그래서, 성공했어?

목소리는 놀란 듯 속삭였다.

전업 배우는 항상 마침내 '성공했다'는 걸 알아차렸을 때가 언제냐는 질문을 받는다. 나를 포함해 내가 아는 배우들은 대체로 '그런 적 없다'는 투의 대답을 한다. 배우란 너무나도 불안정한 직업이기에 대부분은 절대 쉬지 않고, 언제나 뒤통수를 조심하며, 진정으로 안정적인 경력을 갖고 있다고 느끼는 법이 없다. 필요하다면 당장 내일이라도 쟁반을 집어들고 당신의 주문을 받을지도 모른다. 마치 시간이 전혀 흐르지 않은 듯 그 시절의 기억은 아직도 생생하다. 나는 절대로 내 커리어를 당연시하지 않는다. 수십 년 동안 배우의 자리를 지킨 사람보다 한동안 일했다가 사라져버린 배우가 훨씬 더 많다.

그래서 내 귓가의 속삭임이 물은 '성공했느냐'는 질문은 레드카펫 위에서 인터뷰할 때 받을 만한 것과는 다른 질문이었다. 버스에 랩핑되어 있는 내 얼굴을 보거나, 상을 받거나, 페라리를 네 대째 사는 것과는 달랐다. 그래서 그때 나는 성공했다는 것을 깨달았다. 더 미묘한 의미에서 말이다. 내게 들려온 속삭임은 굶주림을 어떻게 해결해야 하나 싶어 위궤양을 앓을 것 같을 정도의 두려움으로 매일 아침을 맞이할 필요가 없다는 사실을 받아들일 때가 왔을지도 모른다고 알려주었다. 때는 2011년이었고, 나는 1996년부터 꾸준히 배우로서 먹고살고 있었는데, 이제야 처음으로 결국 다 잘될 거라고 느낀 거다. 심리 치료사가 먹고사는 건 다 배우 덕분이다!

배우의 길을 걸어가기로 마음먹었을 때 난 대체 무슨 생각이었던 걸까? 정말 내가 뭐라고? 쇼 비즈니스? 누가 그런 걸 해? 처음 시작할 때 그 미지의 세계와 관련해서는 뜬구름 같은 연출조차 없던 나였다.

고등학교 3학년 시절, 나는 뮤지컬에서 주연을 맡았다(〈헬로, 돌리!〉가 그것이다). 하지만 4학년 시절에는 주연을 맡지 못했다. 그래서 이미 정점을 찍었다고, 다 끝났다고 생각했던 기억이 있다. 그래서 어떻게 그후로도 포기하지 않을 수 있었는지 궁금하다. 수천 번의 거절을 겪은데다, 유니버셜 스튜디오의 트레일러에 앉아 대기하고 제때 생활비를 내는 이십 년 후의 미래를 본 것도 아닌데 말이다.

나는 대학원을 졸업한 후 대학 시절 친구인 캐시와 함께 살았던 브루클린의 적갈색 집을 떠올렸다. 그리고 먹고살기 위해 했던 일들을 떠올렸다. 케이터링, 웨이터, 과외 선생, 콜센터, 전화로 CPR 강습 권유하기 등등. 나는 모든 일정을 필로팩스 플래너에 적어뒀고, 삐삐는 기상천외한 신기술이었으며, 타임스스퀘어의 전광판은 여전히 19금 영화로 가득했다. 그후 많은 것이 바뀌었지만, 그중에도 내가 정말 많이 변했다. 생각해보니 '성공했느냐'는 질문을 넘어서, 그 당시 자주 등장한 질문은 '당신의 그 웃긴 몽상은 언제쯤 포기할 생각인가요?'의 일종이었다. 그건 당시 내가 스스로에게 지나치게 자주 물었던 질문이기도 하다. 이력서에 이력이 없으면 어떻게든 증명할 방법이 없기 마련이다. 지금 시간을 투자하고 있는 일이 결국 가치 있는 일이 될지 멍청한 일이 될지 알 길은 없다.

딱히 나 자신에 관한 글을 쓰려는 건 아니었지만, 거대한 꿈을 꾸고, 성장하고, 커리어를 가꿔나가는 내용이 어느 정도 공감을 사는 이야기일지 궁금했다. 나는 내 배우로서의 커리어에 유효기간을 붙이진 않았지만, 내가 아는 다른 배우는 유효기간을 염두에 두고 있었다. 그래서 제한된 시간이라는 설정이 이야기의 구조를 짜는 데 도움이 될 수도 있겠다는 생각이 들었다. 그렇게 워드 프로그램을 실행하기는 했는데…. 뭘 써야 하나? 아직은 정확히 뭘 쓰려고 하는 건지조차 몰랐다.

나는 결국 소설을 쓰게 되었다. 『언젠가는 아마도』는 프래니 뱅크스라는 이름의 젊은 아가씨에 관한 내용으로, 프래니는 배우가 되는 꿈을 이루려고 뉴욕으로 오게 된다. 독자는 프래니의 필로팩스 플래너를 통해 그녀의 일 년을 따라간다. (마치 〈길모어 걸스: 한 해의 스케치〉처럼!) 그러다 소설의 거의 마지막에서 프래니는 성공하지 못한다면 포기하고 고향으로 돌아가기로 결심한다. 내 소설은 지금과는 많이 달랐던 1990년대의 뉴욕을 배경으로 시작한다. 내가 가장 먼저 쓰기 시작한 부분은 프래니가 오디션 전날 밤 꾸는 악몽에 관한 내용이었다. 하지만 그건 결국 내가 처음으로 잘라낸 부분 중 하나가 됐다. 그후 몇 주 동안 나는 계속해서 멈추지 않고 나아갔다. 새로운 작업은 스릴 넘쳤다. 나 혼자만의 노력으로 충분했다. 세트장도, 대본도, 다른 배우도 필요하지 않았다. 물론 주인공인 프래니도 좋았지만, 다른 캐릭터를 만드는 것도 재미있었다. 제인이라는 캐릭터의 경우 내 친구 캐시를 어느 정도 참고하기는 했지만, 제인은 자기 나름대로의 삶을 살아갔다. 프래니가 반하게 되는 일종의 나쁜 남자 캐릭터인 제임스 프랭클린은 딱히 누구를 본뜨지도 않았다. 그저 그동안 나와 알고 지냈고 내가 호기심을 가졌던 배우다운 배우 몇 명에게서 영감을 받았을 뿐이다. '극도로 깊은 예술성'이 없는 캐릭터는 연기하지 않는 그런 배우 말이다. 프래니의 첫 매니저인 바니 스파크스는 내가 거쳤던 그 어떤 매니저와도 닮은 점이 없다. 틀에 박혔을지언정 진심에서 우러나오는 말만 하는, 쇼 비즈니스에 오래 몸담고 있던 누군가가 프래니의 시작을 함께해주기를 바랐을 뿐이다. 그래서 『언젠가는 아마도』는 기본적으로 내 개인사에서 영감을 받기는 했어도 꼭 내 삶에 관한 이야기라고 할 수는 없다. 나는 일기를 쓰지도 않았을뿐더러 그렇게 기억력이 좋지도 않다. 그리고 소설을 쓰기 시작했을 때, 특별히 목표가 있었던 것도 아니다. 내 숨겨진 이야기로 돈을 벌어보려는 계산적인 행동도 아니었다. 그저 뭔가 새롭고 창의적인 활동을 해보고 싶었다. 나를 다른 시공간으로 연결해줄 무언가를 말이다.

나는 오히려 소설 속 캐릭터가 내 진짜 삶의 누구와도 닮지 않게 하려고 노력했다. 나와 함께 일하는, 실제로 살아 숨쉬는 사람들이 웃음거리가 되거나 이용당했다고 느끼지 않기를 바랐다. 그래서 두번째로 쓴 소설의 집필 속도는 현저하게 느려졌다. (더 자세한 이유는 더 나중에 쓰겠다) 나는 어떻게든 프래니를 '눈에 띄게 하기 위해' 온갖 D급 행사에 보내는 거침없는 홍보 담당자 캐릭터가 있으면 재미있을 것 같다고 생각했다. 하지만 나와 함께 일했던 홍보 담당자를 패러디하는 것처럼 보이기는 싫었기 때문에, 그 사람은 남자니까 소설 속 홍보 담당자 캐릭터의 성별을 여자로 바꿀까 싶었다. 그런데 그렇게 하면 또 여성 홍보 담당자가 웃음거리가 될 수도 있었다. 내 고민이 이해되는가?

첫 백 페이지는 쏟아져 나오다시피 했다. 작업은 즐거웠고 가벼웠으며, 지금까지도 그렇게 글 쓰는 게 그토록 쉬웠던 적이 없다. 어느 날 나는 내 매니저에게 재미삼아 작업중인 게 있다고 말했다. 그러자 그는 한번 보내보라고 말했고, 나는 미안하다는 말과 함께 작업한 내용을 보냈다. 오탈자도 손보지 않은 완전 날것의 상태라는 사실을 덧붙이는 것도 잊지 않았다. 하지만 매니저는 내 허접한 글을 읽고는 내게 언질도 없이 ICM[30] 최고이자 우주 최고의 출판 에이전트로 손꼽히는 에스더 뉴버그에게 원고를 보냈다.

나는 수년 전 딱 한 번 에스더를 만나봤는데, 그때부터 에스더는 내게 훌륭한 저녁 식사 상대이자 재미있는 이야기꾼이었다. 에스더는 똑똑하고, 스타일리시하며, 레드삭스의 광팬이다. 하지만

---

30 뉴욕, 로스앤젤레스, 런던에서 운영되고 있는 세계에서 가장 큰 규모의 출판 에이전트 회사 중 한 곳

그 당시 내가 그녀에 관해 알았던 정보라곤 초진지 프로페셔널 에이전트 학교의 우등생이었다는 것뿐이다. (진짜 이런 학교가 있어야 한다고 본다. 〈샤크 탱크〉에 전화해줄 사람 없나?) 출판 에이전트 대다수는 자매 캠퍼스인 훌륭하고도 훌륭함 분교에 다녔는데, 관계는 있지만 매우 다른 성격의 교육 기관으로, 금요일 밤 시트콤에 등장한 단 석 줄의 대사만으로도 에미상 후보에 오르는 인재를 키우는 곳이었다. 이런 에이전트와 일하는 건 즐겁기는 하지만, 그들의 코멘트는 어느 정도의 해석이 필요하다. 시간이 흐를수록 '대단하시네요'라는 말은 사실 그냥 괜찮다는 뜻이며, '평점이 좋아요'라는 말은 작품 제작이 취소될 거라는 뜻이고, '멋져 보여요'라는 말은 살이 쪘다는 뜻이라는 걸 알게 될 거다. 다른 유용한 표를 또 만들어서 전부 설명하도록 하겠다! 참고로 헛소리 금지는 단연코 내가 가장 좋아하는 학교다.

나와 에스더는 항상 이런 식으로 대화를 나눴다.

에스더 쓰신 거 읽어봤어요.

나 와, 정말요? 아직….

에스더 누구한테 팔면 돈이 잘 벌릴지 알겠어요.

나 말도 안 돼, 너무 잘됐네요! 사실 돈은….

에스더 그런데 그런 사람들한테 팔고 싶지는 않아요.

나 그래요? 어…. 알겠어요.

에스더 그런 사람들은 당신이 만든 거라면 그게 소설이 아닌 다른 거라도 살 테니까요. 그게 뭐게요?

나 글쎄요, 잘….

에스더 원숭이 낙서요.

나 원숭이…?

에스더 네. 당신한테서라면 원숭이가 크레파스로 그린 낙서로 만든 책이라도 살 사람들이죠. 견과류와 관련된 내용만 가득한 요리책도 살걸요. 머리카락 끝이 갈라졌다는 고백이 담긴 책이라도 살 거예요. 왠지 아세요?

나 어, 아니요….

에스더 〈투데이 쇼〉 때문이죠. (반가워요, 탬린!)

나 〈투데이 쇼〉라고요? (반가워요, 윌리!)

에스더 그 〈투데이 쇼〉요. (카슨, 안녕하세요! 제나, 또 대타로 나왔나 봐요?) 〈투데이 쇼〉에 초대받을 수 있겠죠. (반가워요, 앨!) 〈엘런 쇼〉에도 출연할 수 있고요. 책이라는 게 원래 팔기가 어려운 법이지만 당신한테는 그런 홍보 방법이 있고, 사람들이 당신 책을 사는 주요한 이유도 그런 홍보 덕분이죠. 하지만 이 책을 그런 사람들에게 팔아먹고 싶지는 않네요.

나 (기분이 상한 목소리로) 그렇군요, 알겠어요. 이해가 되는 것 같네요. 어쨌든 고마워요. 진심….

에스더 (수수께끼처럼) 그런데 다른 사람들도 있죠.

나 다른…?

에스더 정확히는 세 명이 더 있어요.

나 출판업계를 통틀어서요?

에스더 제가 믿을 수 있는 세 사람, 그러니까 세 명의 편집자요. 당신과 당신의 책을 믿기 때문에, 오직 그 이유만으로 일을 수락할 사람들요. 하지만 그중 한 명이라도 수락하지 않는다면 기다려야 한다고 봐요. 원숭이 낙서라도 살 사람들이 당신 책을 사는 것도 상관없다면야 모르겠지만….

나 아뇨, 저는…. 그냥 어느 날 트레일러에 앉아 있는데 갑자기….

에스더 그렇군요, 그럼 그 사람들 답을 기다려보죠.

나 알겠어요! 그럼 우선 페이지 정리부터 하고….

에스더 이미 보냈어요.

나 이미….

에스더 곧 연락드릴게요. (뚝.)

갑자기 나 혼자만의 트레일러 프로젝트는 더 많은 거절이 기다릴지도 모르는 새로운 길로 나 자신을 밀어낸 셈이 된 거다. 갑자기 지금껏 만나보지도 못했던 사람들에게 내 작업을 평가받아야 하는 또다른 피 터지는 경쟁의 세계에서 인정받을 수 있을지 궁금해하며 초조히 기다리는 신세가 된 거다. 왜 뜨개질을 시작하지 않았지? 대신 조정 강습이라도 받을걸. 도예 강습이나. 왜 내가 스스로를 고문하고 있는 거지? 나는 바짝 긴장했고 전전긍긍했다. 과연 내가 인정받을 수 있을까? 원숭이 낙서라도 살 사람들한테 연락해볼걸 그랬나? 재료가 온통 견과류뿐인 요리책도 그리 끔찍한 생각만은 아닌 것 같은데. 혹시 모르지 않나? 대중 앞에서 고백하면 내 갈라진 머리카락을 고칠 희망이 생길지.

심리 치료사가 여름 별장을 살 수 있는 건 다 작가 덕분이다.

에스더가 언급했던 편집자 세 명이 전부 관심을 보였는지는 기억이 나지 않는다. (두 명은 관심이 있었다. 세 명 다였나? 전부 관심 있었다고 치자. 누가 날 막을쏘냐? 내 책인데. 크, 권력에 취한다!) 하지만 현재 내 편집자를 맡고 있는 제니퍼 E. 스미스에게서 온 제안서가 눈에 띄었고, 덕분에 손쉬운 결정을 내릴 수 있었다.

제니퍼는 재능 있는 청소년 소설 작가다. 그녀는 시카고 출신이며, 굉장히 빠른 속도로 말한다. 제니퍼와 처음으로 만난 날, 나는 대학교에서 영어를 전공했을 때 썼던 졸업논문에 관한 이야기를 해줬다. 워드 프로세서에 곧바로 내용을 적은 뒤 나중에 화이트로 오타와 실수를 수정하느라 제출이 늦었다는 사실도 고백했다. 나는 언제나 기한에 간신히 맞추는 사람이었다. 나처럼 영어를 전공한 제니퍼는 내 얘기에 웃었지만 동시에 소름이 돋은 것 같았다. 그녀는 대학 시절 워낙 체계적인 사람이었기에 기한보다 이 주 일찍 졸업논문 작성을 끝냈지만, 기한이 목전에 다다를 때까지 계속 논문을 쓰고 있는 척 거짓말을 했다고 했다. 친구들이 비교당한다고 느끼거나 자기를 지나친 모범생으로 보지 않기를 바랐기 때문이라고 했다.

제니퍼는 내가 기한과 아슬아슬한 줄타기를 한다는 사실에 걱정했을지도 모르지만, 나는 제니퍼와 나의 다른 성격이 완벽한 조화를 이룬다고 생각했다. 주인공도 시한폭탄에다 잘하는 게 없는데 그의 절친도 마찬가지인 영화를 본 적이 있는가? 없다고? 그것 보라. 잘하는 게 없는 시한폭탄 같은 사람 옆에 그 사람이 불법을 저지르지 않게 하도록 애쓰는 모범생 친구나 형제, 또는 동료 경찰이 없다면 무슨 재미가 있단 말인가? 내가 에디 머피라면 제니퍼는 닉 놀테였고, 내가 브루스 윌리스라면 그녀는 사무엘 잭슨이었고, 내가 후치라면 그녀는 터너였다! 미안하다. 생각해보니 1989년 이후로 영화관에 간 적이 없는 것 같다.

다행히 나는 이상적인 파트너와 일하게 됐지만, 책을 팔기로 결정하면서 기한이 있는 숙제와 기다리는 사람들이 생기게 되자 반쯤 얼어붙었다. 가끔은 빈 컴퓨터 화면을 보고 있노라면 심장이 쿵쾅댔고 입에서는 쇠맛이 느껴졌다. 시한폭탄이 째깍거리는 소리가 들리는 것 같은 기분을 내 방식대로 정의하자면 그랬다. 그걸 견디기 위해 나는 구글의 개미지옥에 빠져 야외 파티오 가구나 장인이 만든 한국 고추장 따위를 검색했다. 또 석 줄을 썼다가 넉 줄을 지우고는 느억참을 만들 피시 소스 재료로는 뭐가 좋을까 검색했다. (레드보트 40°N이 좋다. 찾을 수 있다면 50°N이 더 좋다. 느억참은 베트남식 디핑 소스인데, 이걸 만들려면 삼발이라고 하는 인도네시아의 매운 소스가 필요하다. 내 경우에는 가끔 한국의 매운 소스인 고추장을 쓰기도 한다. 거기에다가 생강을 아주 잘게 썰어 넣으면…. 이것 봐라, 이러니까 책 나오는 게 그렇게 오래 걸렸지! 그건 그렇고 파티오 가구를 할인된 가격에 사기 가장 좋은 시기는 늦여름이나 초가을이다. 봄에는 현혹되지 말 것!)

제니퍼는 일에 있어서 내 친구이자 아주 귀한 사람이 되었다. 그녀는 가끔은 내게 특정 부분을 삭제하라고 조언했고, 어떨 때는 더 깊게 파고 들어가야 한다고 말해주기도 했다. 하지만 초반부의 주요한 과제는 더 많은 분량을 쓰는 거였다.

"뭐라도 좀 줘보세요."

제니퍼는 그렇게 말하고는 했다.

"너무 걱정하지는 말고요. 어려운 부분이 있으면 일단 넘어가요. 나중에 다시 돌아가서 완벽하게 만들어도 되니까요. 우선 초안이 필요하잖아요. 아무것도 안 적힌 페이지를 편집할 수는 없어요."

결국 나는 적어도 처음 시작할 때는 완벽해지려고 노력하는 것보다 끝맺음을 짓는 것이 더 낫다는 사실을 배웠다. 내 글이 썩 훌륭하지는 않다는 내 머릿속 목소리가 사라진 건 아니었다. 그저 그런 목소리가 들려도 멈추지 않았을 뿐이다. 자기 의심에 대항할 수 있는 중요한 방법은 무시하는 거다. 그럼에도 불구하고 나아가는 거다. 쉬지 않고 계속해서.

나는 하루에 천 단어씩 쓰는 것을 목표로 잡았다. 목표를 달성할 때도 있었고, 못할 때도 있었다. 정해진 루틴이랄 것은 없었다. 촬영 중간중간에, 부엌 테이블에서, 비행기에서 글을 썼다. 내 과정은 삐뚤빼뚤했고 자주 혼란스러웠다. 안 풀리는 장면이나 자꾸 엉키는 플롯을 마주할 때면 그 부분을 굵은 글씨로 표시해두고 나중에 다시 돌아가 작업했다. 이런 식으로 말이다. **댄의 결혼식 장면.** 때로 어떤 장면이 들어가면 좋을지조차 감이 안 올 때는 이런 식으로 썼다. **프래니가 뭐라고 대사를 친다.** 의학 용어, 의학 용어처럼 말이다.

나는 몇 년 만에 가장 열심히 일했고, 모든 여유 시간을 쏟아부었다. 그래서 놀라웠던 점은 소설을 쓴다고 했을 때 지인들에게서 받은 질문이 대부분 '누구한테 도움을 받느냐'와 '처음부터 끝까지 혼자서 다 하는 거냐'였다는 거다. 남성 작가들이 흔히 듣는 질문 말이다! 회고록의 경우 유령작가를 두는 전통 같은 게 있는 모양이다. (제가 이 부분을 직접 쓴 것처럼 보이게 해주셔야 해요, 척. 꼭이요. 혹시 제가 잊어버리거든 이 메모는 지우라고 해주시고요!) 하지만 문학의 경우, 뭔가 꼬집어 말하기 어려운 편견이 있는 듯했다.

책은 완벽과는 한참 거리가 멀었지만 결국 완성되었다. 책을 놓아주려니 정말 기분이 이상했다. 한 주간은 괜찮게 느껴졌던 단락도 그다음주에 보면 바꾸고 싶은 부분이 생기고는 했다. 나는 책을 쓰는 행위가 오랜 시간에 걸쳐 서서히 나를 더 나은 작가로 만들어주었다는 사실을 깨달았다. 그러다보니 몇 달 전에 쓴 부분을 다시 보고 있노라면 그보다 더 좋게 쓸 수 있었는데 싶었다. 계속해서 수정을 거듭하고 싶었다는 뜻이다. 하지만 수정이란 건 언제 끝나는 걸까? 일단 정해진 출간일이 있기야 했지만, 마감일이 없다고 해도 언젠가는 놓아주어야 했다. 출간하지 않는다면 그저 책상에 쌓인 종이 더미로 남을 테니 말이다. 배우의 일에 비유하자면, 어떤 장면을 촬영한 후 모니터링을 하면서 내가 왜 저런 손짓을 했을까 의아해하거나, 셔츠가 별로 안 예쁘다고 생각하거나, 충분히 캐릭터에 몰입하지 않은 것 같으니 다시 시도해봐야겠다고 느끼는 것과 마찬가지다. 그 한 장면을 계속해서 다시 찍을 수야 있겠지만, 그럼 영화는 절대 완성되지 못할 것이다.

"이만 그 손에서 원고를 빼어야겠어요."

마침내 제니퍼가 말했다.

책 홍보 또한 새로운 경험이었다. 나는 서점에서 사인회를 진행했고, 무대 위에서 내가 가장 좋아하는 작가 중 한 명인 애너 퀸들런과 인터뷰를 하기도 했다. 또 트위터 가입을 요청(강요)받기도 했는데, 처음에는 끔찍하게 두려웠지만, 나중에는 결국 (거의) 즐기게 되었다. 나는 이미 노출에 익숙했던 만큼 인터뷰에서는 그다지 노출되었다고 느낄 일이 없을 거라고 생각했다. 하지만 다시 '누구한테 도움을 받았느냐'는 말을 에둘러 표현한 질문을 받기 시작했다.

대표적인 예는 전국에 발행되는 신문과 진행한 인터뷰였다. 우선 질문자의 인터뷰 방식부터가 거칠었다. 그는 내 작품을 익히 알고 있는 것 같지도 않았고, 이곳에 있게 되어 설레는 기미도 없었다. 점심 식사와 함께 진행되는 인터뷰여서 그랬는지, 그 사람은 뭔가를 주문해야 한다는 사실에 짜증이 난 것 같았다. 나는 내 매력적인 성격으로 그를 사로잡으리라 마음먹었다. 하지만 그건 인터뷰를 시작할 때에 있어 아주 나쁜 태도다. 어린애의 생일파티에 즐거움을 선사하러 온 피에로가 아니지 않나. 아니, 괜찮은 비유일지도 모르겠다. 이 '파티'는 무서워질 수도 있었고, 심지어는 눈물과 함께 끝날지도 몰랐으니까.

인터뷰는 마치 〈로 앤 오더〉의 한 장면처럼 진행되었다. 나는 범죄자고, 그는 날 자백하게 만들려고 함정을 파려는 검사인 것처럼 말이다. 그는 공책을 펼치더니 질문 목록을 꼼꼼하게 훑어내려갔다.

진행자 책의 9페이지를 보면 프래니는 곱슬머리 때문에 힘들어하는

데요, 그게 로런 본인의 경험인 것 같았는데 어떤가요?

나 아, 사실 머리가 엉망인 날이 가끔 있다는 건 많은 여자가 공감할 수….

진행자 11페이지에서 프래니는 웨이트리스 일을 하는데요. 웨이트리스 경험이 있으신지?

나 있어요. 사실 많은 배우가 경력 초반에는….

진행자 39페이지를 보면 프래니는 오디션에서 나쁜 경험을 하는데요. 오디션 실패 경험이 있으신지?

나 있죠. 사실 그 책의 주제는…. 됐어요! 알겠다고요. 제가 범인 맞아요. 빨리 체포하고 끝내시죠?

얼마 지나지 않아, 내가 인터뷰 장소에 도착하기도 전에 그가 기사를 완성해둔 것 같은 기분이 들었다. 물론 정말로 그가 기사를 미리 써놨다는 뜻은 아니지만, 그런 거나 마찬가지다. 그 사람은 이미 색안경을 낀 채 내 소설이 아주 얇은 베일에 가려진 일기에 지나지 않는다고 판단했고, 그렇기에 내 소설은 가치가 없으며, '진짜' 작품이 아니라는 결론을 내렸다. 내가 그냥 잠옷 차림으로 집에 처박혀 있는 게 나았을 거라고 말이다.

그 사람이 내 머리를 쓰다듬어주면서 잘했다고 칭찬해주기를 바란 건 아니었다. 그가 내 글을 꼭 마음에 들어해야만 하는 것도 아니었다. 하지만 그 인터뷰의 목적은 내 책을 평론하는 것이 아니었다. 내가 책을 쓴 과정과 책의 탄생 배경을 다루기 위한 것이었다. 그래서 진행자가 그 부분을 거의 완전히 간과하고 왔다는 사실이 이상하게 느껴졌다.

"인터뷰 감사해요."

나는 일어서는 진행자를 보며 지나치게 밝은 톤으로 거의 노래를 불렀다.

"감사 인사는 기사 읽으신 후에 하세요."

그는 어깨너머로 툴툴거렸다.

그날도 그렇고, 내가 마주했던 몇 번의 경험은 대체 뭐였을까? 내가 뭐 하러 직접 한 것도 아닌 일에 도움을 요청하고 공을 차지하려 들겠는가? 이거…. 성차별인가? 할리우드에서 생활하다보면 성차별이 워낙 만연한지라 금방 눈치챌 수가 있다. 예를 들자면 내가 연기한 장편 극영화는 죄다 감독이 남자였다. 내가 도전한 배역을 더 섹시한 여배우가 맡는 건 늘 있는 일이었다. 어쩌겠는가? 내가 메간 폭스가 아니라는 이유로 연기자 협회를 고소할 수 있는 것도 아니고. 어쩔 수 없는 일이다. 시스템 내에서 변화에 일조할 수 있는 일을 할 수밖에. 하지만 내가 마주한 오만함은 어딘가 달랐고, 왠지 모르게 여자를 대할 때만 드러나는 것 같았다. 흔히 사람들이 여배우를 예쁜 멍청이 정도로 여기는 것과 관련이 있었는지도 모른다. 남성 배우는 같은 편견을 마주하지 않는 것 같았다. 내 옛 상사, 론 하워드라면 세트장에서 거의 자라다시피 했는데도 〈스플래시〉에서 처음 감독을 맡아 톰 행크스를 디렉팅할 때 누구에게 도움을 받았느냐는 질문을 받는 일은 절대 없었을 거다.

책이 출판되고 몇 개월이 지나자 나는 엘런 디제너러스가 경영하는 제작사, AVGP로부터 내 소설을 드라마로 만들고 싶다는 연락을 받았다. 그러면서 시나리오 작가는 누가 되어야 하는지에 관한 논의가 오갔다. 몇 사람은 내게 제안이 오면 열린 마음으로 검토하라고 조언했다. 내 소설이 정말 드라마로 제작될 확률을 높이려면 드라마 대본을 실제로 써본 적이 있는 누군가가 각색하는 게 좋을 거라고 말이다. 충분히 이해가 가는 부분이었다. 하지만 엘런과 그녀의 제작 파트너인 제프 크리만을 만났을 때, 누가 시나리오를 각색하면 좋겠냐는 내 물음에 두 사람은 나를 이상하게 쳐다봤다. "로런이요." 그들은 당연하다는 듯이 대답했다. 그 한마디가 너무나도 많은 문을 열어주었다.

대본 작업은 즐거웠지만, CW에서는 제작을 하지 않기로 결정했다. 그러니 내가 각색을 맡아야 한다는 의견도, 다른 사람이 각색을 맡아야 한다는 의견도 나름대로 타당했던 거다. 하지만 그 경험 덕분에 나는 이듬해 파일럿 에피소드의 대본을 쓸 수 있었고, 소속사 내 방송 관리 부서의 관심을 받게 되어 내 제작 파트너인 메이 휘트먼[31]과 함께 『더 로열 위』라는 책을 각색할 기회를 얻었다. 메이와 내가 CBS 영화사의 수장 테리 프레스에게 제안을 발표하러 갔을 때, 테리는 나를 보더니 물었다.

"누가 쓸 건데요? 로런이요?"

내가 고개를 끄덕이자, 테리는 "좋아요."라고 말했다. 지금껏 해

31 〈페어런트 후드〉에서 로런 그레이엄과 함께 모녀 관계로 연기 호흡을 맞춘 인연이 있음

본 적 없는 새로운 무언가를 할 기회를 또 얻게 된 거다.

내가 말하고 싶은 건 서로에게 힘이 될 수 있는 관계를 구축하자는 것이다. 다음 단계로 나아가기 위해 직면해야 했던 두 개의 가장 큰 기회 중 하나가 권력이 있고 성공한 다른 여성의 손을 통해 주어졌다는 사실을 나는 잊지 않았다. 나 또한 만약 테리와 같은 위치에 있게 된다면 '누가 할까요'라는 질문을 받았을 때 '당신이요'라고 대답할 수 있도록 최선을 다할 것이다. 하지만 그렇게 되기 위해서는 나를 붙잡아두고 있는 벽을 먼저 깨부숴야 한다. 의심은 무시하도록 하자. 의심은 내 편이 아니다. 그저 계속해서 나아가야 한다.

그리고 혹시 궁금할까봐 덧붙이는데, 지금 독자가 읽고 있는 이 책도 애초에 『언젠가는 아마도』 덕분이다. 다음 소설의 출판이 이토록 오래 걸리는 것은 내가 직면한 온갖 글쓰기 과제와 〈길모어 걸스: 한 해의 스케치〉 촬영 덕분이고 말이다. 하지만 걱정하지 않아도 된다. 그동안 곧 전국의 서점에서 만나볼 수 있을 내 다음 작품, 『원숭이 낙서』를 선주문하면 되니까!

주방 타이머

이 책의 뒷부분에 후속편 제작을 위해 〈길모어 걸스〉의 세계에 다시 돌아오게 되면서 경험한 아주 놀라운 일들에 관해 더 자세히 쓰기는 하겠지만, 후속편을 촬영하면서 가끔 경험했던 신비롭고도 마법 같은 일 중 한 가지를 여기에 적어보고자 한다.

작년 이맘때 나는 막 드라마 촬영에 종지부를 찍었기에 일거리가 없는 상태였다. 시리즈가 끝나고 나면 언제나 혼란스러운 변화가 있기 마련이다. 특히 〈페어런트 후드〉처럼 즐거운 시리즈의 경우 더더욱 그렇다. 오래 이어진 일이라면 특히 그렇겠지만, 어떤 일이든 그게 끝나는 순간이 오면 머릿속에 안개가 드리워지는 것 같만 같다. 나는 운동을 먼저 할지 아니면 세탁소에 옷을 먼저 맡길지 따위의 단순한 결정조차 내리지 못했다. 세탁소에 먼저 가는 게 낫겠지? 그래, 보통 사람들이라면 우선 그것부터…. 아니, 운동 먼저 하나? 처음부터 끝까지 엄격한 일정으로 짜인 하루를 살다가 모든 것을 스스로 알아서 결정해야 하는 하루를 마주하게 되면 일상은 삐걱거린다. 일할 때는 고민할 틈이 없었던 생각이 꼬리에 꼬리를 물기 시작했다. 엄지와 검지를 어떻게 맞대야 하트를 만들 수 있는 걸까 따위의 생각 말이다. 광고에서도 (사라 데슨처럼) 잡지 표지에서도 다들 하는 그 손가락 하트 말이다. 다들 아는 상식 아니던가? 나 어릴 적에는 아무도 안 하던 건데 말이다. 전에는 그런 걸 하는 사람을 본 적이 없었다. 적어도 지난 십 년간은 말이다. 내가 사는 곳에서는 유행이 아니었는지도 모르겠다. 적어도 내 지인 중 그걸 아는 사람은 없었을 거다. 인류가 지구상에 산 지가 몇십억 년인데 인제 와서야 이런 걸 생각해냈단 말인가? 만약 그렇다면 왜 그리도 오랜 시간이 걸린 걸까? 정말 획기적인 궁금증 아닌가? 다른 이들과의 저녁 식사 자리에서 꺼내기 딱 좋은 주제이니 독자가 참고했으면 한다.

문제는 이런 근본 없는 기간이 그다지 좋지만은 않다는 거다. 특히 글을 써야 한다면 더욱. 목표를 향해 한 발씩, 아니 1킬로미터씩 전진해도 모자랄 판에 1밀리미터 앞으로 나아가는 것조차 내게는 버거웠다. 나는 뉴욕 사람들은 항상 거의 뛰듯이 걷는데 로스앤젤레스 사람들은 항상 느린 속도로 길을 걷는 이유가 뭘지 따위를 생각했다. 하지만 인생이란 게 잊을 만하면 TV에서 재방송되는 시트콤 〈사인펠드〉처럼 끝없이 반복될 수 없는 법. 준비가 되었든 안 되었든 마감일은 맞춰야 하기에, 또는 다시 일을 시작해야 하기에, 아니면 적어도 목표 없는 방황은 배우에게 흔히 찾아오는 '다 끝이야, 완전 좆났다고, 다시는 일 안 해' 시기로 대체되기 마련이기에 그런 어중간한 상태는 결국 끝이 난다.

하지만 〈길모어 걸스: 한 해의 스케치〉 촬영이 시작되자, 갑자기 지금까지 경험해보지 못한 일이 생겼다. 온갖 기한이 임박한 것이었다. 우선 촬영은 별다른 고지를 받지 못한 상태에서 시작됐고, 일정도 〈페어런트 후드〉처럼 수월하지가 않았다. 레오나르도 디카프리오처럼 촬영장에서 죽은 들소를 베고 잠을 자야 할 정도까진 아니었지만, 갑자기 업무량이 엄청나게 늘었다. 당연히 이 책의 마감을 쳐야 하기도 했지만, 그 전에 마감을 끝내야 하는 다른 책도 있었다. 게다가 메이 휘트먼과 함께 쓰기로 한 〈더 로열 위〉 시나리오 마감도 다가오고 있었다. 고급 가구 판매 사이트에서 빈티지 타일 테이블을 구경하며 시간을 보내고 하루 중 언제 세탁물을 맡기는 것이 가장 좋은지 고민하던 때로 돌아가고 싶었다. 그때는 남아도는 게 시간이었는데, 이제는 시간이 모자랐다.

어느 날 아침, 메이크업 트레일러에서 나는 〈한 해의 스케치〉에서 GQ 편집장 캐릭터를 연기한 댄 부카틴스키와 이야기를 나눌 기회가 있었다. 그 또한 시나리오 작가를 겸하고 있었으며, 게이 아빠로서 아이를 입양한 일화를 다룬 아주 재미있고 감동적인 회고록인 『아기가 있으니까 이성애자처럼 보이나요?』를 쓴 작가이기도 했다. 한동안 우리는 작가로서의 고민을 나눴고 그것에 관한 이야기만 했다. 나는 내게 주어진 다양한 프로젝트에 관해, 그리고 기한을 맞추지 못할 것 같다는 염려에 관해 이야기했다. 그러고는 한 번도 소리 내 말해본 적 없는 말을 내뱉었다.

"어떻게든 끝낼 거라는 건 알아요. 그런데 그 과정이 제발 덜 고통스러웠으면 좋겠어요."

댄은 고개를 아래로 기울이며 안경 너머로 나를 응시했다.

"로런."

그는 '뭘 그런 걸 다 걱정하니'라는 듯한 어투로 입을 열었다.

"돈한테 전화해요."

내가 처음 〈길모어 걸스〉를 촬영하게 되기 전 출연했던 〈M. Y. O. B.〉와 돈 루스를 기억하는가? 〈웹 테라피〉의 공동 제작자이자, 〈말리와 나〉, 〈해피 엔딩〉, 〈보이즈 온 더 사이드〉의 시나리오 작가 말이다. 사실, 돈과 댄은 부부의 연을 맺었다. 돈은 재미있고 똑똑하며, 나는 그의 작품을 동경한다. 게다가 그는 오랫동안 성공적인 시나리오 작가로 자리매김해왔다. 분명 뭔가 비결이 있겠지. 그래서 나는 그에게 전화했다. 내 만성적인 미루기를 개선하는 데 도움을 받지 못하더라도 그와 함께 점심 식사를 즐길 수는 있겠지 싶었다.

몇 달이고 몇 년이고 텅 빈 페이지를 노려볼 수도 있었고, 완성된 페이지를 계속해서 고쳐 쓰느라 밤을 새우다가 결국 더 많은 빈티지 타일 테이블을 구경하는 생활을 할 수도 있었다. 하지만 〈길모어 걸스〉 제작에 다시 참여하는 동안, 조각을 내려놓을 때마다 아주 신기하게 퍼즐에 꼭 들어맞았고, 이번에도 나는 한 번의 시도만으로 내 질문에 대한 답을 찾을 수 있었다.

돈과의 점심 식사 자리에서 그는 내게 자기가 일하는 방식을 설명해줬다. 효과가 너무 좋아서 그의 멘토링을 받는 다른 많은 작가를 위해 적어두기까지 한 방법이라고 했다. 바로 포모도로 기법을 돈 나름대로 해석한 방법으로, 그는 이것을 '주방 타이머'라고 불렀다. 주방 타이머는 내 작업 방식을 바꿨으며, 덕분에 내 생산성은 높아지고 작업 시간은 줄어들었다. 이전에는 전혀 없었던 습관을 들일 수도 있었다. 주방 타이머가 작가로서의 내 인생을 바꿨듯, 독자의 인생도 바꾸기를 바란다. 얼마나 좋은 방법인지 겨우 십 년 전쯤이나 될까 말까한 과거에 발명된 손가락 하트를 만들어 보이고 싶어질 정도다. (정말이지 인류가 손가락을 맞대 하트를 그리는 걸 생각해 낼 때까지 왜 그리도 오래 걸린 건지 의문이다.)

주방 타이머

주방 타이머의 원칙은 어떤 작가에게든 매일 성공적인 기분을 느낄 수 있는 뚜렷하고 실행 가능한 작업 방식을 배울 권리가 있다는 것이다.

이를 위해서는 내용보다 행동을 기준으로 스스로를 판단하는 방법을 배워야 한다. 우리는 작가로서 쉽고, 정량적 평가가 가능하며, 불안이 없고, 무엇보다도 실패를 방지할 수 있는 목표를 세워야 한다. 누구나 책상 앞에 앉을 수 있고, 시간은 누구에게나 공평하게 흐르기 때문이다.

주방 타이머 기법의 활용 절차는 다음과 같다.

1. 60분 타이머 설정이 가능한 주방 타이머를 산다. 타이머 앱을 활용해도 좋다. 시리에게 60분 타이머를 시작해달라고 해도 된다.
2. 다음 날 몇 시간 동안 글을 쓸 것인지 계획한다. 월요일에는 화요일에 대한 계획을 미리 짜둔다. 계획을 정하기 힘든 경우, 또는 압박이나 자기혐오가 느껴질 경우, 시간을 늘리는 게 더 낫다. 하루에 한 시간으로 시작하면 좋으나 하루에 30분, 또는 20분도 괜찮다. 어떤 작가는 점심 미팅이나 업무 전화 일정을 적듯 달력에 이 시간을 적어두기도 한다.
3. 주방 타이머가 돌아가는 동안의 규칙:
   - 전화도, 문자도 하지 말 것. 알림은 무음으로 설정해두고, 휴대폰은 거꾸로 덮어둔다. 아무리 사랑하는 사람한테서 오는 연락이라고 해도, 인생에서 한 시간 정도는 방해받지 않을 권리가 있다. 그들에게 양해를 구하자. '집중 시간이었어'라는 말을 그들도 결국 이해하게 될 거다. 하지만 우리가 먼저 시작하지 않으면 그들의 존중도 없을 것이다.
   - 가사가 있는 음악은 듣지 않는다. 이해하지 못하는 언어로 된 가사라면 상관없다. 헤드폰으로 백색 소음을 듣는 것도 유용한 방법이다.
   - 절대로 인터넷을 사용하지 말 것. 컴퓨터의 와이파이도 꺼둔다.
   - 독서도 하지 않는다.
   - 연필을 깎거나, 책상을 치우거나, 물건을 정리하지 않는다.
4. 타이머가 돌아가기 시작하는 순간, 일기와 현재 작업중인 프로젝트를 연다. 현재 작업중인 글이 없다면, 일기만 열어놓자.

5. 한 시간 동안은 글쓰기에만 집중한다. 그거면 된다. 아예 한 줄도 쓰지 않고 빈 페이지를 노려보고 있기만 해도 좋다. 현재 작업중인 프로젝트에 한 단어조차 보태지 못해도 좋고, 일기 쓰는 데만 집중해도 좋다. 일기에는 뭐든 써도 좋다. 향후 작업하고 싶은 프로젝트에 대한 아이디어도 좋고, 사랑하는 사람에 대한 불만, 저녁에 뭘 먹었는지도 좋다. '글쓰기 겁나 싫어'를 몇백 번이고 반복해서 써도 상관없다.
   원한다면 현재 작업중인 프로젝트를 열고 원하는 만큼 오랫동안 글을 써보자. 지치거나 휴식이 필요하다고 느껴진다면 다시 일기로 돌아가면 된다.
   중요한 것은 현재 작업중인 프로젝트가 지겹거나 피곤하게 느껴지더라도 절대 책상에서 일어나 휴식을 가져서는 안 된다는 것이다. 쉬고 싶을 때는 마음을 조금 더 편안하게 해줄 일기로 돌아간다. 일기가 지겨워지면 그때 다시 프로젝트로 넘어오면 된다. 지루함은 그런 방식으로 해소해야 한다.
   그냥 일기만 써도 상관없다. 아주 가끔 일어나는 일이기는 하지만, 한 시간을 내리 일기만 쓸 때도 있다. 하지만 그래도 괜찮고, 잘못된 게 아니다. 한 시간 내내 프로젝트에 집중한 것과 마찬가지로, 글쓰기에 한 시간을 오롯이 투자한 셈이니 말이다.
6. 하루에 몇 시간을 내리 글을 쓰고 다음 날 한 시간도 글을 쓰지 않는 것보다는 하루에 한 시간이라도 매일 글을 쓰는 것이 훨씬 낫다. 유독 바쁜 주말이라고 해도 30분이나 15분이라도 글쓰기에 투자한 다음 할일을 하는 것이 좋다. 글쓰기에 대한 저항을 최

소화하는 것이 우리의 목표이고, 이틀을 쉰 다음 월요일에 다시 한 시간 동안 글을 쓰려면 그만큼 고역인 게 없을 테니까.

7. 한 시간이 지나면 문장을 끝맺지 못했다고 하더라도 글쓰기를 멈춘다. 두 시간을 투자하기로 했다면, 타이머를 다시 시작하기 전에 독서, 식사, 집안일 등을 하며 휴식 시간을 가진다. 집중을 위한 한 시간이 끝난 후에도 자기만의 감옥을 만들어서는 안 된다. ('미안한데, 급한 마감이 있어서 아무도 못 만나. 집에서 나가지도 못해.' 같은 고리타분한 방식 말이다) 오히려 타이머가 돌아가고 있는 한 시간을 더 존중해야 한다.

8. 그날 투자하기로 한 시간을 다 채우지 못했다면, 계획이 과했던 것이다. 예를 들어, 하루에 네 시간씩 글을 쓰는 건 엄청난 시간 투자다. 수요일에 두 시간 동안 글을 쓰기로 했는데 그러지 못했다면, 다음 날 잡힌 약속을 줄이도록 하자. 진도를 맞추려고 억지로 한 시간을 더하지 않는다. 그냥 시간이 흘러간 대로 두고 넘어가자.

9. 계획대로 원하는 시간 동안 글쓰기에 집중했다면, 스스로에게 보상해준다. 나 자신과의 약속을 지켰으니 남은 하루는 하고 싶은 것을 하면서 보내자.

10. 주방 타이머 기법에 관해 한 가지 첨언하겠다. 앞서 나열한 모든 내용이 형식에 지나지 않는 것처럼 보일 수도 있다. 하지만, 스스로에게 한 약속을 지켰다는 것을 인지하고, 걱정이나 저항으로부터 자유로워지고, 충분히 글을 쓰고 있지 않다고 속삭이며 우리를 괴롭히던 내면의 목소리를 멈추면, 창의력을 더욱 발휘

할 수 있을 것이다.

그럼 행운을 빈다!

돈 루스로부터

가족 같았던 〈페어런트 후드〉 사람들

친구가 멋진 사람과 사귀기 시작하거나, 멋진 새 직장을 얻거나, 기대하지 않았는데 승진을 할 때면 기분이 참 별로지 않은가? 특히 그들이 너무 신나고 행복한 나머지 자기가 얼마나 행복한 사람이며 인생이 얼마나 즐거운지 거듭 떠벌리면서 입을 다물 생각을 하지 않는다면 미안하지만 〈페어런트 후드〉에서의 경험에 관해 이야기하는 내 태도가 딱 그럴 거다.

로런, 그럴 리가요. 당신이 그렇게까지 짜증 나는 사람일 리가 없잖아요.

라고? 한번 도전해보겠다.

〈페어런트 후드〉에서 나와 아주 특별한 관계를 맺은 사람이 생겼다는 건 이미 독자도 알고 있을 것이다. 그것만으로도 운좋은 일이라고 생각하겠지만, 나의 행운은 거기서 끝나지 않는다. 나는 〈페어런트 후드〉에 캐스팅된 모든 배우와 사랑에 빠졌다. 드라마에서 형제 관계로 출연한 우리는 서로 닮은 점이 전혀 없었다. 그래도 나는 그들과 보내는 시간은 물론 피터와 댁스 셰퍼드, 에리카 크리스틴슨과 만끽했던 세트장에서의 댄스파티를 진심으로 즐겼다. 드라마에서 내 시부모 역할을 맡았던 모니카 포터와 조이 브라이언트, 그리고 샘 지거는 인간적으로도 배우로서도 재미있고 인상적인 사람들이었다. 〈페어런트 후드〉에서 자녀로 출연한 배우들 또한 모두가 우아하고 다정하고 똑똑했다. 크레이그 T. 넬슨과 보니 베델리아는 우리의 거침없는 리더 역할로 제격이었다. 어린 시절 우상이었던 배우들과 함께 일하는 건 정말이지 끝내줬다. 드라마에서 내 아이들로 출연한 메이 휘트먼과 마일즈 헤이저와는 아주 특별한 관계를 쌓았다. 아직도 우리는 함께 식사할 일이 있으면 '가족끼리 오붓한 저녁을 먹는다'고 말한다.

〈페어런트 후드〉의 작가와 감독은 말할 것도 없거니와 내 상사인 제이슨 카팀스 또한 아주 좋은 사람이었다. 제임스는 〈페어런트 후드〉의 세계관을 세운 장본인이었다. 조감독은 제작 일정을 유연하게 잘 관리해주었고, 친절하고 재미있었으며, 내가 콜 타임[32]에 늦어도 눈치채지 못한 척했다. 제작 책임자 중 한 명이었던 로런스 트릴링은 대학 시절에 만났는데, 함께 일할 때 더 좋은 친구였다. 제작 환경 전체가 정말 가족 같은 느낌이었다.

---

32 배우들이 언제 카메라 앞에 설 준비가 되어 있어야 하는지를 알려주는 것

우리의 카메라 팀도 〈페어런트 후드〉의 성공을 견인하는 데 아주 중요한 역할을 했다. 그들은 카메라 앵글에 들어오는 흥미로운 행동에 집중했다. 예를 들어, 테이블을 초조하게 두드리는 손이라든지, 부부간에 오가는 미묘한 눈짓이라든지, 지크가 즐거운 듯 시가 연기를 내뿜는 모습 같은 것들 말이다. 〈페어런트 후드〉의 장면 대부분은 프로시니엄 방식으로 촬영했는데, 촬영 한 번에 두 대에서 세 대의 카메라가 우리를 마주보고 촬영하는 방식이다. 마치 우리가 무대 위에 있는 것처럼 말이다. 이 방식으로 촬영하면 배우에게는 일반적인 TV 드라마에서보다 훨씬 더 많은 자유가 주어진다. 그래서 배우들이 손발을 잘 맞출 수 있었다.

〈액세스 할리우드〉를 보면 60분짜리 에피소드 하나를 완성하기 위해 얼마나 오랜 시간을 일해야 하는지 다 나오던데, 아무리 사람들이 좋았어도 힘들지 않았냐고?

기대를 저버려서 미안하지만 아니다. 〈페어런트 후드〉 촬영은 내가 겪어본 중에 가장 좋았다. 대본에서 주어진 훌륭한 프레임에서 벗어나지만 않는다면 자유로운 애드립 구사도 가능했다. 즉 대본의 대사에서 토씨 하나라도 틀리지 않기 위해 셀 수 없는 테이크를 거듭해야 하는 상황은 없었다는 뜻이다. 그 덕에 온 가족이 모인 저녁 식사 장면이 아주 자연스러웠고, 시끄러운 대화 속에 실감나는 방식으로 서로와 소통하는 대가족의 모습이 잘 담겼다. 우리의 훌륭한 음향 팀이 이를 도왔다. 나는 육 년에 걸쳐 후시 녹음을 세 번 정도밖에 하지 않았다. 거의 있을 수 없는 일이었다. 사실 모든 것이 너무나도 원활하게 진행된 나머지 촬영은 계획보다 며칠 더 일찍 끝났고, 마지막 두 시즌에서는 심지어 한 에피소드마다 필요한 촬영일을 하루씩 줄였는데도 늦은 시간까지 촬영이 계속되는 일이 없었다. 여유 시간마다 트레일러에서 글을 쓴 나는 책 한 권을 완성할 수 있었다. 모니카 포터는 멋진 가정용품 라인을 출시했다. 댁스 셰퍼드는 영화 시나리오를 쓰고 직접 감독까지 했다. 조이 브라이언트는 패션 라인을 런칭했다. 에리카 크리스틴슨은 자전거를 타고 도시를 가로질러 11,265킬로미터를 달렸다. 우리 모두 각자 성장하고, 여행하고, 인생을 즐길 여유가 있는 만족스러운 커리어를 경험한 거다.

제작진은 우리의 건강을 아주 세심하게 챙겼다. 케이터링은 훌륭했다. 어느 날은 비건 셰프가 있었고, 다른 날은 하와이안 포케 바가 열렸다. 매일 점심에는 스무디 스테이션과 갓 구운 쿠키가 있었다. 가끔은 특식을 제공하기 위한 인앤아웃 트럭이(버거가 끝내줬다), 또 어떨 때는 코기 트럭이(로이 최의 맛있는 한식 퓨전 타코가 있었다), 다른 때는 반리우엔 아이스크림 카트가 우리를 반겼다. 할로윈에는 코스튬 퍼레이드가, 크리스마스에는 캐롤 합창단이 있었고, 매년 마지막날 점심에는 마리아치 밴드와 함께 한 해에 대한 작별을 고했다.

흥. 좀 짜증나네. 우리 회사에서는 그런 거 안 하는데.

잠깐, 더 있다! 시즌 5 피날레에서 우리 중 몇 명은 하와이로 날아가 마우이의 포시즌스 호텔에서 지낼 수 있었다. 내가 수영장 근처에서 마이타이를 홀짝이는 동안 피터와 모니카는 몇 시간 더 촬영을 했다.

당신 말이 맞았네요, 로런. 이제 좀 지겨워지기 시작했어요.

아직 안 끝났다! 거기에 더해 꼭 해야 하는 멋진 이야기가 있다. 〈페어런트 후드〉는 가족과 연인 관계에 관한 이야기였다. 시카고에 사는 문신이 가득한 연쇄 살인범 좀비 가족을 주제로 한 게 아닌 이상 언제든 법적으로 방영이 금지돼도 이상하지 않은 그런 이야기 말이다. 게다가 멋진 동료 배우들은 물론 빌리 볼드윈, 제이슨 리터, 레이 로마노와 같은 재미있는 특별 출연진과도 함께할 기회가 있어 더더욱 좋았다. 그러니까 생각났는데, 나는 할리우드의 웬만한 키 큰 배우들은 다 겪어봤기에 더이상 내 상대역을 맡을 만한 배우가 없을지도 모른다는 두려움이 있다. 키가 아주 큰 배우를 찾는 건 상당히 어려운 일이다. 키가 큰 배우 중 상당수는 사실 잘생겼지만 키가 작기 때문에 아무도 모르게 몰래 사과 상자 위에 서서 연기하는 사람들이다. 그러니 키가 179.8센티미터인 내게는 이것이 커리어에 있어 아주 중요한 요소다. 게다가 나는 말 그대로 우러러볼 수 있는 배우와는 이미 대부분 함께 일해봤다. 〈페어런트 후드〉의 댁스, 피터, 크레이그, 샘은 모두 이례적으로 키가 큰데다, 〈길모어 걸스〉의 스콧 패터슨과 데이비드 서클리프, 스콧 코헨도 농구 선수를 해도 될 만큼 키가 크고, 〈메리 프리진 크리스마스〉에서 내 상대역이었던 조엘 맥헤일도 아주 재미있고 우락부락한 거구로, 다리로 써도 될 만큼 굵은 팔뚝을 뽐내는 사람이다. 이런 행운의 연속이 과연 얼마나 더 오래 계속될 수 있을까? 키를 고려하면 상대역으로 쓸 만한 배우로는 이제 리암 니슨밖에 남지 않은 것 같다. 입장을 한 번 바꿔보시죠, 니슨 씨. 이

PHOTO: © SHAWN BRACKBILL

제는 제가 당신을 지구 끝까지 쫓아가겠어요!

로런, 주제에서 좀 벗어난 것 같은데요….

아차. 다시 자랑으로 돌아가보겠다. 〈길모어 걸스〉처럼 〈페어런트 후드〉 또한 나를 '공항에서 마주치고 싶은 사람'으로 만들어준 드라마였다. 우연히 나를 마주친 사람이 활짝 웃으며 내가 출연한 드라마의 어떤 장면에서 자기가 겪었던 좋은 일을 떠올렸다고 말해주면 배우로서 그보다 보람찬 일도 없다. 나야 모르겠지만 그들이 "마약! 마약이라니! 그렇게 오랫동안이나 마약을!"이라고 소리 지르며 당신에게서 재빠르게 도망가는 것보다야 낫지 않을까?

이만하면 된 거 같아요. 제발 부정적인 경험 하나만 얘기해주면 안 돼요?

흠… 글쎄다… 생각을 좀 해봐야…. 아, 하나 있다! 유니버셜 픽

처스 주차장은 랭커셤 대로에 있는데, 〈길모어 걸스〉를 촬영한 워너 브라더스의 주차장보다 101 프리웨이에 위치한 우리집에서 더 멀다. 그래서 촬영장까지 가려면 삼 분이나 더 걸렸다. 정말이지, 이 사람들과 일하는 게 얼마나 고생이었는지 말로는 다 못한다!

위를 보라! 당신의 친구,
잭슨 할머니가 전하는 메모

잭슨 할머니는 내가 곧잘 다른 사람에게 조언을 한다는 사실을 깨달은 후 만들어낸 캐릭터다. 시작은 〈페어런트 후드〉 촬영장에서 메이와 마일즈를 상대로 한 것이었는데, 내 조언은 마치 하루종일 흔들의자에 앉아 뜨개질을 하는 호호 할머니가 해주는 이야기처럼 들렸다. 크리스마스 선물로 직접 뜬 간지러운 양말을 주시면 좋아하는 척해야 하는 그런 할머니 말이다. 실제의 나와는 정말, 아주 거리가 먼 잭슨 할머니라는 캐릭터를 통해 나는 누구보다도 메이와 마일즈를 착각하게 만들고 싶었다. 가끔은 내가 어떻게 보면 '구닥다리'라고 느껴질 수 있는 제안을 하는 것처럼 느껴질 수도 있겠지만, 사실 그 조언은 내가 아니라 잭슨 할머니라는 다른 이상한 자아가 하는 말이라고 말이다. 나는 잭슨 할머니와는 전혀 다른, 여전히 힙하고 쿨한 사람이며, 촌스러운 부츠 마니아를 놀리고 싶어서 좋아하지도 않는 엘엘빈 덕 부츠를 신으며, 당연한 얘기지만(마일즈가 내게 CD를 구워준 덕분에) 티건 앤 사라[33]가 누군지도 알고 있다고 말이다.

어느 날 동료 배우나 십대에서 이십대 초반의 젊은 친구들보다 나이가 들었다는 느낌을 받기 시작한 건 내가 예상했던 것처럼 평범한 이유 때문은 아니었다. 자리에서 일어나면서 무심결에 '아이고, 허리야'라고 한 건 아니었다는 뜻이다. 내 경우에는 드라마 〈해피 데이스〉 이야기를 했는데 사람들이 텅 빈 눈으로 쳐다봤을 때, 그리고 삐삐가 유행했었다는 사실을 아무리 얘기해도 누구도 믿지 못했을 때 시작했다. 나는 할리우드에 살고 있었던데다 절대 늙어서는 안 된다는 계약을 한 상태였다. 그래서 '젊은것들이 뭘 알아!'라고 소리치고 쿵쾅대며 자동응답기를 확인하러 가는 대신, 나는 눈알을 굴리며 '잭슨 할머니처럼 참견하려는 건 아닌데, 진짜 속옷 바람으로 찍은 그 셀카 인스타그램에 올릴 거야?'라고 말하곤 했다. 물론 나에게 묻는다면 사생활 보호 따위는 지난 세기말에나 유행하던 구닥다리 관념이라고 하겠지만, 슈퍼마켓에서 직접 장을 보는, 쿨하지 못하고 고리타분한 사람이라면 사생활을 지나치게 노출하는 것 아니냐며 참견할 거라는 듯 말이다.

잭슨 할머니는 함부로 사람을 판단하는 성격이 아니다. 단지 당신을 걱정할 뿐이다. 단지 당신의 코걸이가 염려될 뿐이고(아프지

---

33 인디 팝 듀오 쌍둥이 자매

않니? 대체 소독은 어떻게 하는 거니?), 여섯번째로 한 문신이 궁금할 뿐이다(다섯 개로도 충분하지 않았니?). 하지만 나는 절대 그렇지 않다. 스스로를 자유롭게 표현하는 모습이 얼마나 보기 좋은데!

〈길모어 걸스〉를 찍던 시절, 어느 날 아침 메이크업 트레일러에서 나는 알렉시스에게 문신을 할지 말지, 직접 디자인한다면 얼마나 재미있을지 이야기했다. 왜냐하면 진짜 재미는 바로 진짜 예술성에서 오니까. 나는 새로운 문신을 한 삶을 상상할 수 있었다. 멋진 클럽이나 바에서 놀 수도 있을 테고(문신을 하기 전에는 멋진 클럽이나 바에 가본 적이 없는 모양이다), 내 눈을 사로잡은 라이더 재킷 차림의 섹시한 남자가 나를 은근히 훑어볼 수도 있겠지. 그리고 "문신 죽이는데. 직접 디자인한 거야?"보다 더 나은 대화 주제가 어디 있겠는가? 그렇게 시작하는 대화보다 더 확실하게 평생의 행복과 진실한 행운을 가져다주는 건 없을 것이다.

문신을 한 후 달라질 내 삶에 관한 일장 연설을 끝내니 알렉시스는 부드럽게 미소 지으며 말했다.

"그래서 어떤 디자인으로 문신할 건데요? 클로버요?"

엥? 아니지. 뭐라는 거야. 그게 말이 돼? 클로버라니. 무슨 웃기지도 않는 소리야! 내가 클로버처럼 흔해 빠진 문신을 할 것 같…. 세상에, 부끄럽지만 네 말이 맞네. 내게는 전형적인 아일랜드 사람 같은 면이 있지. 그래도 그렇지, 발목 같은 데 문신할 것도 아닌데…. 그래, 인정해! 정확히 발목에다 할 거였어.

창피함이 가시고 나니 문신을 하고 싶다는 마음은 싹 사라져 있었다. 왜냐고? 알렉시스의 (보다 성숙한) 시선으로 보니 그게 얼마나 허무한지 깨달을 수 있었기 때문이다. 몸에 문신을 새겨보고, 그로 인한 찰나의 스릴을 경험하고, 수년을 문신한 몸으로 살아가다가 어느 날 문득 잠에서 깼는데 내가 왜 문신을 한 걸까 스스로를 이해할 수 없게 되기까지의 그 모든 과정을 한꺼번에 거친 것 같았다.

가끔은 무언가를 해보는 상상 자체가 가장 재미있다. 하지만 막상 정말로 하고 나면 기분이 상할 때가 있다. 또다시 다른 스릴을 찾아 헤매게 될 것이기 때문이다. 때로는 기다리는 것이 진실을 깨닫는 데 도움이 될 때가 있다. 충동적인 생각이 들어도 가끔은 행동에 옮기지 않아야 다음 날 아침 잠에서 깨 '왜 새벽 두시에 그 남자한테 SNL에서 봤던 웃긴 얘기를 문자로 보냈어야만 했나' 하고 후회하는 고통을 피할 수 있다. 그 남자와 사귀고 싶은 것도 아니고, 와인도 겨우 한 잔밖에 안 마셨는데 말이다. 아니 두 잔이었나? 이러나 저러나 그 남자도 어차피 아직 안 자고 있었을 거다! 잭슨 할머니 가라사대, 전송 버튼을 누르기 전 한 번 더 고민해보도록 하자.

나는 깨달았다. 문신 이야기는 인생이 목표가 아니라 여정 그 자체라는 사실을 알려준 대표적인 사례였다는 것 말이다. 그리고 나중에 후회할 게 뻔한 타투를 엉덩이에 잔뜩 새기고 목표에만 집착하는 사람으로 전락하지 않아서 마음이 놓였다.

잭슨 할머니의 가장 큰 장점은 할머니의 조언을 받아들이지 않는다고 해도 (마일즈와 메이는 적어도 칠천 개의 피어싱을 했고 정확히 152개씩의 문신을 했다) 내 기분을 상하게 할 일은 없다는 사실이다. 잭슨 할머니는 재미없는 사람이지만 나는 그녀와 다르니까 말이다!

잭슨 할머니는 당신에 대한 걱정거리가 많지만, 나는 당신이 잘하고 있다고 생각한다! 잭슨 할머니는 위치가 실시간으로 공유되는 소개팅 앱이나(그런 게 안전할 리가 있니?) 어제 종일 먹은 거라곤 길모퉁이의 주스 가게에서 산 병음료 뿐이라는 사실 (정말 제대로 된 음식을 전혀 먹지 않았다고?) 따위를 (당연하게도 지나치다 싶을 정도로) 걱정한다. 잭슨 할머니는 일주일 내내 연락 한 번 없다가 금요일 밤 열한시에 '같이 놀 생각 있냐'며 시간이 되는지 묻는 그 남자를 마음에 들어하지 않는다. 할머니는 당신이 응당 받아야 하는 대접을 제대로 받지 못하고 있을까봐 걱정한다. 물론 '요즘 세상은 다르다'는 사실을 할머니도 이해하기야 하지만, 그래도 이 넓은 세상에 하루나 이틀 전쯤 당신과 시간을 보낼 계획을 짤 정도의 더 나은 매너를 갖춘 사람이 한 명쯤은 있지 않겠는가?

잭슨 할머니는 학교나 직장에서의 집중력을 높일 목적으로 ADHD 치료제를 처방받는 젊은이들이 놀라울 정도로 많다는 사실 또한 걱정한다. 할머니가 젊었을 적에는 몇 시간이고 도서관에 앉아 있고 싶지 않은 기분을 그저 '몇 시간이고 도서관에 앉아 있고 싶지 않은 기분'일 뿐이라고 치부했기 때문이다. 직장에서 지루함을 느끼거나 집중하지 못하는 건 그저 직장생활의 일부였을 뿐, 정신병적 증상으로 고려되지 않았으니까.

얼마 전 공항에서 젊은 가족을 본 적이 있다. 유아차에 편안히 앉아 있는 아기를 데리고 있는 부부였다. 부부와 아기 모두 흐리

멍텅한 눈으로 고개를 숙이고 휴대폰 화면에 집중한 채 서로 대화를 한마디도 나누지 않고 있었다. 물론 흔히 볼 수 있는 광경이기는 하지만, 내가 자라온 시대와 비교해 지금이 얼마나 달라졌는지를 처음으로 깨닫는 순간이었다. 나는 이십대 후반에야 첫 휴대폰을 샀는데, 열네 살인 내 대자는 얼마 전 첫 휴대폰을 샀다. 그 다음 세대는 내가 공항에서 마주친 그 아기처럼 휴대폰 없는 인생을 상상조차 할 수 없을 테지. 그런 생각을 하니 궁금해졌다. 이 아기의 미래는 어떨까? 그 어린 나이에도 벌써 나보다 캔디 크러쉬를 잘하는 거 아닐까?

물론 공항이라는 공간이 최악이라는 건 누구나 다 동의하는 사실일 테고, 칭얼대는 아기를 달래기 힘든 곳이라는 것도 안다. 물론 내가 마주쳤던 그 부부가 아주 중요한 일을 하던 중이었고 곧 다시 아기에게 집중할 예정이었는지도 모른다. 휴대폰을 쥐고 있던 그 아기가 중국어를 배우는 중이었거나 주식 투자 현황을 확인하던 중이었을 수도 있다. 그렇다고 하더라도 휴대폰 화면을 응시하는 사람들의 표정은 책을 읽을 때나 심지어는 그저 멍하니 허공을 바라볼 때의 표정과도 사뭇 다르다. 내 표정도 그런데, 문득 휴대폰 화면을 바라보던 내 얼굴이 거울에 비칠 때면 소름이 돋곤 한다. 마치 골룸이 절대 반지를 물에 빠뜨리기 직전의 표정 같아서 말이다.

내 지인들은 근황을 확인하거나, 연락을 취하거나, 데이트 상대를 물색하거나, 사랑에 빠져 함께 가족을 이룰 누군가를 찾기 위해 SNS나 소개팅 앱을 사용한다. 내가 공항에서 마주친 가족도 어쩌면 기술의 발전 덕에 만들어진 것일지도 모른다. 우리 모두 손쉽게 접속할 수 있는 놀라운 연결망 덕분에 짝을 찾는 꿈을 마침내 이룬 것일지도 모른다. 그런데도 그들은 공항에 앉아 열심히 휴대폰 화면을 손으로 훑고 있기만 할 뿐이었다. 그리고 그건 시작에 불과하다. 그러니 앞으로는 어떻게 되겠는가?

내 여동생은 세련된 뉴욕 직장인 동료들과 함께 저녁 식사를 할 때면 재미있는 내기를 한단다. 전부 휴대폰을 꺼내 테이블 중앙에 올려놓은 다음, 참지 못하고 가장 먼저 휴대폰을 집어드는 사람이 계산을 해야 한다. 나는 운전을 할 일이 있으면 빨간불 앞에 정차중일 때 휴대폰을 확인하지 않기 위해 가방을 트렁크에 넣는 습관을 들이기 시작했다. 우리가 '꼭 사람처럼 생긴 고양이 열 마리 발견!' 따위의 헤드라인을 뽐내는 속보의 유혹을 뿌리치는 다른 방법을 찾을 때까진 그런 게임이 필요한 것 같다.

아니지, 나는 이 모든 게 전부 상관없다고 본다. 기껏 누군가와 데이트를 하러 나온 자리에서마저도 사진 한 장을 찾으려고 이십 분 동안 휴대폰 화면을 열심히 스크롤하며 시간을 허비한들 어떠랴! 애피타이저를 먹을 동안 구글에 검색해보면 금방 해결될 문제를 천천히 고민해볼 필요 따위는 없지 않나? '혹시 급한 연락이 올지 모르니' 테이블 위에 휴대폰을 올려놓고 급하지 않은 연락까지 전부 답장하는 것도 괜찮다. 다들 그러지 않나? 정신 나간 잭슨 할머니나 그걸 이상하게 여기지, 나는 그래도 괜찮다! 사실 잭슨 할머니가 이에 관한 의견을 피력하기 위해 진짜 종이에 직접 쓴 편지가 있다.

아가들아, 잘 들어라.

나는 자동차 열쇠가 그립단다. 열쇠고리에 잘 들어맞지 않는 장신구도, 내 옆의 신사분이 언제나 주차원에게 열쇠 맡기는 걸 잊어버리는 것도 말이다. 뭐야? 이 늙은이한테는 가끔 저녁으로 초밥을 사주는 데이트 상대도 없을 것 같냐?

자, 얼른 앉으렴. 아니, 거긴 말고. 거긴 다른 사람 자리거든. 쿠키 좀 먹어라. 너무 말랐구나. 춥진 않니? 뭐라고? 얘야, 크게 좀 말하렴. 오래 붙잡아두진 않으마. 바쁜 거 다 안다. 이야기 하나만 듣고 가렴. 어느 날 이웃집에 사는 그 끔찍한 마리온이 나를 무슨 온라인 그룹에 초대를 했는데 말이다, 그 왜 있지 않니? 몇 걸음이나 걸었는지 확인하면서 누가 가장 많이 걸었는지 비교하는…. 뭔지 안다고? 하긴 당연히 알겠지. 어쨌든 몇 주 동안 해봤는데 말이다, 아주 훌륭하더구나. 하루를 마무리할 때 제대로 된 성취감을 느낄 방법 아니겠니! 그래서 뭐든 전부 다 세어보고, 온갖 앱을 다 다운받기 시작했단다. 몇 걸음을 걸었는지는 물론, 몇 시간을 잤는지, 몇 칼로리를 먹었는지, 페이스북 팔로워가 몇 명인지, 하와이의 날씨는 어떤지, 퇴직금으로 산 주식은 올랐는지 전부 확인했지. 조카 생일선물을 사야 할 때까지 며칠이나 남았나 계산해주는 카운트다운 앱도, 별자리를 찾아주는 앱도, 스타벅스에서 얼마나 많은 돈을 썼는지 기록해주는 앱도, 언제 화분에 물을 줘야 하는지 알려주는 앱도, 콘택트렌즈를 더 살 때가 됐다는 사실을 알려주는 앱도, 이번 주에만 도리스 데이의 〈케 세라 세라〉를 얼마나 많이 들었는지 알려주는 앱도 깔았단다. 기술 발전이라는 건 정말 멋지지 않니? 레스토랑에 대한 다른 사람들의 후기를 전부 읽을 수 있는 앱도 있어. 좀 헷갈리는 앱이기는 하더구나. 미국에 있는 레스토랑은 죄다 빠짐없이 끔찍한 것 같아 보여서 말이다. 어쨌든 걸음 수를 세어주는 앱이 제일 좋더구나. 숫자 표시기에서 마리온이 나보다 앞서 있는 게 보이면 의자를 박차고 일어나 팔을 마구 흔들어서 걸음 수를 늘리는 습관이 생겼거든. 며칠이나 연속으로 이기고 나니, 마리온이 내 쓰레기통을 숨기고 내 일요 신문을 훔쳐가도 다 잊을 수 있겠더구나. 그런 축복도 없지.

어느 날은 내 신사분과 집에서 프룬 주스와 보드카를 섞어 마시며 〈월튼네 사람들〉을 정주행하는데 그 드라마에서 사람들이 '잘 자요, 짐밥'[34]이라고 말하는 것보다 더 자주 자리에서 일어나 휴대폰을 확인하는 내 모습을 발견했지. 마침내 내 신사분은 조니 보이의 얼굴이 나오는 장면에서 비디오를 멈추더니 뭐에 그렇게 정신이 팔린 건지 묻더구나. 난 정신이 팔린 게 절대 아니라고 했지. 그저 너무나도 신기한 새로운 정보가 너무 많아 흥미로울 뿐이라고 말이야. 그러고는 그 사람도 혹시 하와이 날씨가 어떤지 확인하거나 우리와 함께 걸음 수 경쟁을 하는 데 관심이 있는지 물었어. 그랬더니 아니라고 대답하고는 내게 물었어. "왜죠?"라고 말이야. 그 많은 정보를 어디에다 써먹을 거냐는 거지. 왜 그렇게 많은 걸 확인해야 하는지, 왜 계속 거실을 누비면서 머리 위로 팔을 흔드는 건지

34 〈월튼네 사람들〉은 대체로 '잘 자요, 짐밥'이라는 인사와 함께 한 회를 마무리함

물었어. 하루가 다 지나면, 또는 죽을 때가 되면, 그게 다 무슨 소용이냐고 말이지. (우리 나이가 되면 종종 그런 생각을 한단다, 아가. 넌 아직 그런 걱정을 할 필요가 없으니 걱정 말거라. 넌 아직 생각보다 어리단다.)

어쨌든 갑자기 세상이 뒤집히는 것 같은 기분이 들었고, 난 침대 겸용 소파에 도로 앉아야만 했지. 식기 전에 쿠키 하나 더 먹지 그러니? 곧 끝나니까 조금만 참으렴. 내가 도로 앉은 이유는 지금껏 해온 게 얼마나 큰 시간 낭비였는지를 깨달았기 때문이란다. 난 비가 오든 눈이 오든 매일 아침 산책을 하는데, 마리온이 나보다 몇 걸음 더 걷든 말든 누가 상관한단 말이니? 화분에 물 주는 거야 흙이 말라 보일 때 하면 되는 일이고, 조카의 생일은 한 번도 잊은 적이 없는데 말이야. 그렇게 시도 때도 없이 휴대폰을 들어 인스타카트인지 뭔지에서 '좋아요'를 얼마나 받았나 확인하는 조카의 모습을 생각하기 시작했단다. 가끔은 차 안에서 지루히 넋 놓고 있는 것도 좋다고 말해줬지. 온전히 혼자만의 시간을 보내면서 아무것도 안 하는 것도 괜찮다고 말이야. 그러지 않고서야 스스로를 이해할 방법이 어디 있겠니?

자세가 불량하구나, 얘야. 자꾸 아래만 내려다보고 있으니 그런 거 아니겠니. 휴대폰이며 엑스박스며 택시에 달린 작은 TV며 네 손목에 채워진 음악 틀어주는 기계며 귀에 도넛처럼 매달린 이어폰은 죄다 삶의 세계를 더 좁히기만 하지 않겠니? 이 세상이 얼마나 압도적으로 거대하고 놀라운데 말이야. 네가 너무 많은 걸 놓치고 있다고 생각한다고? 지금은 상상 못하겠지만, 언젠가 너도 나처럼 늙게 된단다. 그리고 나이가 들어도 여전히 무언가를 놓치고 있다는 기분이 들 거야. 그럼 어느 날 거울 속에 비친 네 모습을 보고는 시간이 정말 빨리 흘렀다는 걸 체감하며 TV를 통해 스타 가족의 일상을 지켜보거나, 혀를 내민 강아지와 함께 있는 네 모습을 만화로 만들거나, 쓸모없는 포켓몬을 잡으러 다니던 그 모든 행동이 그 많은 시간을 들일 만큼 가치 있는 일이었나 생각하게 되겠지. 묘비에 적을 만한 문구로 '다른 노인보다 더 많이 걸은 잭슨 할머니, 여기에 잠들다'가 정말 최선이겠어? 그 모든 건 사실 우리가 계속 아래만 내려다보게 만들거나, 혼란스러운 우리의 인생에 대한 통제권이 스스로에게 있다고 믿게 만들려는 수작 아닐까?

아가들아, 사소한 부탁 하나만 들어주련? 위를 좀 보려무나. 뉴욕이나 런던이나 다른 대도시에 사는, 인파와 차로 가득한 도로를 건너는 아가들은 특히 새겨듣도록 하렴. 위를 보지 않고서야 그 자리에 수백 년을 넘도록 있었던 아름다운 건물을 어떻게 감상하겠니? 위를 보지 않고서야 우연히 마주친 지인과 친구나 연인이 될 기회를 어떻게 얻겠니? 위를 보지 않고서야 그놈의 앱에서 아직 그 누구에게도 나쁜 평가를 받지 않은 레스토랑을 어떻게 추천할 수 있겠어? 지하철 차창 밖을 내다보지 않고서야 어떻게 강물을 미끄러지는 여객선을 감상하거나 너만이 생각해낼 수 있는 번뜩이는 아이디어를 떠올리겠니? 그럴 이유가 없더라도 눈을 들어 위를 보려무나. 이따금이라도 좋단다. 가끔은 온종일 그래도 괜찮고 말이야. '좋아요' 수나 잠을 몇 시간 잤는지에 집착하지 말거라. 케 세라 세라, 인생은 어찌 됐든 흘러가기 마련이란다. 우리가 지도 앱으로 그날의 동선을 일일이 따라가며 확인하지 않아도 말이야.

위를 보렴! 위를! 무언가가 널 놀라게 할지도 모르니 말이다.

사랑을 담아,

잭슨 할머니 씀

〈길모어 걸스〉, 2부

스포일러를 주의하라! 다음 내용은 플롯과 캐스팅에 관련된 내용은 물론 후속편을 다 볼 때까지 알고 싶지 않을 수도 있는 일반적인 정보를 포함하고 있다. 〈길모어 걸스: 한 해의 스케치〉를 보기 전이라면, 시청을 마칠 때까지 이 장을 건너뛰는 것을 추천한다.

지금으로부터 수년 후, 〈다운튼 애비〉 후속편(참고로 매튜는 살아남는다)과 〈식스 핏 언더〉 후속편(말 그대로 〈워킹 데드〉가 따로 없다)이 제작되고, 〈풀러 하우스〉 후속편(또다시 유행어 '무례하게 굴지 말고 그만 좀 하지?'가 반복된다)이 나오고 한참이 지나고 나서도 아마 나는 〈길모어 걸스〉의 후속편 촬영이 어땠는지 설명하려 들고 있을 것이다. 내 기분이 어땠는지는 〈길모어 걸스〉의 후속편 제작 계획이 발표됐을 때 처음으로 들은 질문이었고, 그 이후로 가장 자주 받은 질문이기도 하다. 하지만 한 번도 만족스럽게 대답한 적이 없다. 그저 지금껏 말을 더듬으며 비유 대상을 찾아 헤매기만 했을 뿐이다.

"마치 다시 대학교에 들어갈 기회가 생긴 것 같아요. 이미 어떤 수업을 들어야 할지도 알고, 당연하게 받아들이지 않게 되는 것 같달까요. 그, 뭐냐, 수업이랑, 그, 사람들이랑, 그리고, 음…."

아니, 꼭 그렇지만은 않다.

"옛 남자친구와 재회했는데, 이번에는 장점만 있고, 거슬렸던 모습은 다 없어진 느낌이랄까요? 그래서 다시 사랑에 빠졌는데 예전과 같은 실수를 하지는 않게 되고, 어…."

이것도 아니다.

"어떤 병을 진단받았는데 나중에 가서 오진이었다는 사실을 알게 된 기분이랄까요? 그래서 매일매일 즐겁게 보내는 거죠. 하루하루가 얼마나 소중한지를 갑자기 깨달았으니까요. 그래서 더 감사한 마음이 생기고, 그 시간이 얼마나 소중한지 진심으로 깨닫고, 아프기 전에는 당연하게 생각했는데, 아픈 줄 알았지만 아니었으니까, 그리고…."

흠, 아니다.

2014년 12월, 나는 에이미에게서 이메일을 받았다. 스트리밍 플랫폼에 뭔가 제안을 할 수도 있겠다는 내용으로 미루어보아 로스앤젤레스에 있는 그리스 음식점에서 만나 점심을 먹은 이후에 보낸 것 같다. 에이미는 그때 몇 가지 아이디어를 내게 말해주었고, 대략적인 줄거리를 구상하던 참이었다. BBC에서 제작한 드라마 〈셜록〉처럼, 에이미는 시즌별로 에피소드 개수를 정해놓는 대신 90분 정도 길이의 단편영화 네 편으로 구성된 시리즈를 생각하고 있었다.

그날 점심 식사 자리에서 에이미는 내게 곤도 마리에의 『정리의 기술』을 읽어본 적 있는지 물었다. 나는 읽어봤다고 대답했다. 에이미는 내게 계속해서 『와일드』를 읽어봤거나 그 소설을 원작으로 한 동명의 영화를 본 적 있는지 물었다. 나는 책도 영화도 봤다고 대답하며 왜냐고 물었다. 서로를 워낙 오랜만에 만나기도 했고, 후속편을 찍을 가능성은 아직 너무 멀어 보였고, 그랬기에 각자의 일에 집중하느라 연락이 이어졌다 끊어지기를 반복했다. 그리고 에이미는 식사 자리에서 언급한 두 작품 중 어떤 것에 대한 대답도 내어주지 않았다. 에이미에게 있어 그날 점심 식사의 목적은 『정리의 기술』과 『와일드』를 버무려놓은 스토리가 있다면 참여할 의사가 있냐고 묻는 것이었다.

당연하지 않은가. 재미있을 것 같았다.

수개월 뒤인 2015년 봄, 에이미와 댄은 넷플릭스와의 후속편 제작에 성큼 가까워졌다고 느꼈지만, 공식적인 발표를 하기에는 아직 너무 일렀다. 워너 브라더스와 넷플릭스가 먼저 합의를 봐야 했고, 에이미와 댄이 스토리에 관한 제안을 발표해야 했다. 아니면 그 반대였던가? 먼저 아이디어를 발표한 후 서로 간에 합의가 가능할지 보는 게 맞던가? 내게는 완전히 새로운 영역이었다.

워너 브라더스와 넷플릭스가 제작비를 댈 터였으니, 양측이 원만한 협의를 거쳐야 했는데, 그 절차는 복잡했다. 스트리밍이라는 것의 존재도, 새로운 방송사를 통한 후속편 공개도, 중간 광고가 있었던 한 시간짜리 드라마를 90분짜리 영화로 만드는 것도 전부 새로웠다. 아직 배우 이야기는 나오지도 않았다. 제법 오랜 시간이 걸릴 터였다. 에이미는 "『녹색 달걀과 햄』도 계약에만 일 년 반이 걸렸어요."라고 했다. 일 년 반이나 걸렸다고? 그것도 그렇지만 『녹색 달걀과 햄』을 영화로 만든다고? 어쨌든 우리에게 시간이 많지 않다는 사실은 알고 있었다. 어느 정도는 옥외 촬영장 때문이었다.

그놈의 옥외 촬영장.

스타즈 할로우에 관해 들어본 적이 있는가? 이 자리에서 보장하겠다. 그곳은 실제로 존재하는 곳이라고 말이다. 스타즈 할로우는 활기찬 이웃과 패티 선생님의 학원에서 수업을 받는 발레리나로 가득하며, 광장에서는 계절마다 일종의 축제가 열리는 훌륭하고 행복한 마을이다. 커피가 무제한으로 제공되고, 불량식품은 0칼로리이며, 커크는 또다시 기상천외한 새로운 일을 하고 있는 곳 말이다. 테일러 도지가 주관하는 마을 회의가 있고(나는 마을 회의에 대체로 늦는 편이기는 하지만 말이다), 마을 중심에 자리한 정자 근처에서는 밀짚으로 만든 미로가 관광객을 맞이하고 있을지도 모른다. 그곳에서 나는 매년 아주 특별한 날이 되면 눈이 오는 냄새를 맡을 수 있다. 모두가 사랑하는 스타즈 할로우의 인상을 그대로 남겨두고 싶다면 이어지는 문단은 읽지 말고 건너뛰어라.

왜냐하면 스타즈 할로우는 로스앤젤레스의 워너 브라더스 촬영장에 위치한 만큼, 다른 드라마 사람들이 잠깐 방문하거나 길게는 수년을 머물다 가는 곳이기도 하기 때문이다. 놀랍게도 우리의 위풍당당한 복귀를 예상하고 그 공간을 털끝만큼도 건드리지 않은 채 무한정 보존해놓을 생각을 한 사람은 없었다. 우리가 옥외 촬영장을 필요로 했던 날 수많은 다른 드라마도 옥외 촬영장이 필요했고, 우리는 아주 짧은 시간 동안만 옥외 촬영장을 쓸 수 있었다. 당연히 스타즈 할로우로 돌아오려면 진짜 스타즈 할로우가 필요하다. 하지만 현실적으로 2016년 2월에 촬영을 시작하지 못한다면 제작이 아예 불가능했다.

2015년 3월, 여전히 수많은 것이 결정되지 않았던 시기였음에도 우리는 텍사스 오스틴에서 열린 ATX 페스티벌에 초대받아 〈길모어 걸스〉 재결합에 성공할 수 있었다. 그 시절 에이미와 주고받은 내 이메일에는 오스틴의 어디에서 묵어야 하는지(세인트 세실리아였다), 안과는 어디로 가야 할지(색스 박사네 병원이었다), 무슨 연극을 봐야 할지(《신의 손》이었다. 정말 훌륭했다! 그리고 독자의 기대와는 달리 그 시절에도 〈해밀턴〉 티켓 구하기는 하늘의 별 따기였다) 따위의 내용이 담겨 있었다. 또 우리는 주변에서 들은 수많은 소문에 관한 이야기를 나누기도 했다. 나는 계약 체결이 임박했다는 소문도, 완전히 물거품이 될 예정이라는 소문도 들었다. 스콧 패터슨은 팟캐스트에서 '이야기가 오가고 있다'는 말을 넌지시 던졌다. 2007년 〈길모어 걸스〉가 종영한 이래로 이야기야 항상 오가고 있었다. 하지만 팟캐스트에서의 그 짧은 한마디가 불씨를 붙였고, 사람들은 스콧 패터슨이 아는 바를 다 이야기하고 있지 않다고 생각했다. 사실은 그 누구도 아는 바가 없었는데 말이다. ATX 페스티벌이 끝나고 몇 주 후, 나는 마침내 매니저를 통해 넷플릭스에서 여덟 개에서 열 개의 에피소드를 제작하는 데 동의했다는 사실을 들을 수 있었다. 아주 좋은 소식이었다! 하지만 에이미에게 이메일을 보냈을 때, 그녀는 그런 소식을 들은 적이 없다고 답했다.

그러는 와중에도 에이미의 수상한 질문 공세는 계속됐다. 그녀는 나처럼 바너드대학을 졸업한 지니 테소리를 알고 있느냐고 물었다. 나는 알고 지내는 사이는 아니지만 그녀가 출연한 뮤지컬 〈펀 홈〉을 아주 인상 깊게 봤다고 대답했다. 에이미는 또 요즘 허리가 아프다며 나한테는 그런 문제가 없는지 물었다. 그리고 예전에 〈길모어 걸스〉를 촬영할 때 내가 TV 역사상 다시는 없을 정도로 긴 독백을 써달라는 부탁을 했던 기억이 나는지도 물었다. 당시 우리의 대본은 평균 85페이지에 달했다. 평균적으로 한 시간 길이의 드라마 대본 길이는 50페이지가 넘지 않는데 말이다. 그래도 나는 더 많은 대사를 원했다!

어쨌든 수많은 이메일이 오갔다. 우리는 함께 만나서 술을 마시려 했지만, 계속해서 약속을 미뤄야만 했고(내가 연극 〈피시 인 더 다크〉 표를 예매해뒀기 때문이거나 뉴욕 시민이라면 으레 겪는 이런저런 스케줄 문제 때문이었다) 시간이 지날수록 나는 에이미의 질문 중 어디까지가 실제 삶에 관한 것이고 어디까지가 〈길모어 걸스〉 다음 이야기의 플롯에 관한 것인지 구분할 수 없게 되었다. 로렐라이 길모어가 지니 테소리의 노래를 틀어놓고 하이킹 부츠 차림으로 옷장을 정리하며 허리 통증을 불평하는 독백이라도 하는 걸까? 글쎄다.

그러다 어느 날 갑자기 넷플릭스에서 〈길모어 걸스〉의 후속편으로 90분짜리 영화 네 편을 공개할 예정이라는 기사가 떴다. 아주 설레는 소식이기는 했지만, 모두에게 깜짝 놀랄 만한 일이었다. 알렉시스, 켈리, 스콧과 수개월간 가벼운 대화를 나누기도 했고 에이미에게 수상한 질문을 수도 없이 듣기는 했지만, 현실은 갑작스럽게 닥쳐왔다. 더 정확히 표현하자면 워너 브라더스와 넷플릭스 간의 거래가 갑자기 성사되면서 제대로 지은 세트장도 없고 공식적으로 배우 캐스팅도 되지 않은 상태에서 두 달 안에 영화를 만들어야 하는 상황이 된 거다. 신난다! 션 건은 기사를 띄워놓은 컴퓨터 화면 옆에서 찍은 셀카를 트위터에 올렸다. 아주 놀란 표정이었는데, 실제로 놀랐을 테니 당연한 일이었다. 나는 에이미에게 전화를 걸어 그녀에게, 정확히는 우리 모두에게 축하 인사를 전했다. 하지만 후속편 제작에 대한 시청자의 설렘이 들끓어오르고 내가 후속편 촬영에 관한 축하 인사를 받는 와중에도 실질적인 촬영에 관한 연락은 오지 않고 있었다. 게다가 당시 나는 영화 〈미들 스쿨: 꼰대 길들이기〉를 촬영하느라 애틀랜타에 있었는데, 촬영을 마치려면 아직 몇 개월은 더 남은 상황이었다. 그래서 내가 보기에는 촬영 일정이 완전히 겹칠 것 같았다. 이런 걱정은 나만 하는 건가? 이상하게도 그런 걱정을 하는 사람은 없었다.

그러던 어느 날 마침내 전화벨이 울렸다.

할리우드에서의 계약 체결은 참으로 재미있고 전혀 복잡하지 않은 절차로 이루어진다. 모두가 테이블에 카드를 올려놓은 다음 신사 숙녀답게 각 조항을 협의하고 양측에 공평한 금액을 약속하며…. 그럴 리가 없지 않은가. 그런 적은 한 번도 없다.

할리우드에서의 계약 체결이 정확히 어떻게 이루어지는지 내 나름대로 설명해보자면 이렇다.

할리우드에서 협상이란 상대방이 당신의 월급에 관한 결정권을 가지고 있다는 이유만으로 끔찍한 남자와 억지 데이트를 이어가야 하는 연애와도 같다. 그에게서 돈을 받아내려면 마음에 안 드는 일도 견뎌내야 하고, 그걸 즐기는 척해야 한다. 그에게서 돈을 받고 나면 헤어져도 괜찮지만, 그것도 다시 그 남자가 필요해지기 전까지 누릴 수 있는 자유에 불과하다. 다시 그가 필요해지는 순간 당신은 다시 그를 사랑하는 척해야 하고 과거 따윈 까맣게 잊은 척 행동해야 한다. 이 월급 남친은 부재중 전화를 봐도 전화하지 않거나, 당신이 절대로 통화할 짬을 낼 수 없을 만한 타이밍에만 전화를 한다. 그 남자는 예전에 데이트해본 다른 섹시한 여자와 당신을 비교하며 당신의 부족한 점을 찾아내고, 당신이 과거에 거둔 성공을 무시하며, 데이트 신청을 기다리는 여자가 줄을 섰다는 사실을 확실히 인지하게 만든다. 그나마 당신이 이만큼 성공했으니까 이 정도의 대접이라도 받는 거다. 이 얼마나 큰 행운인가? 여기서 문제는 월급 남친이 당신에게 더 나은 대접을 해준다면 당신은 그가 더 많은 돈을 지불하기를 바라게 될 것이라는 거다. 그는 무슨 일이 있어도 절대로 그러고 싶어하지 않는데 말이다. 그건 전적으로 그 월급 남친만의 잘못은 아니다. 그에게도 그보다 훨씬 못한 대접을 해주는 회사 남자친구가 있기 때문이다. 그 회사 남자친구는 방송사를 소유한 회사의 주식 현황 같은 것 이외에는 관심거리가 없을뿐더러, 배우만큼 능력이 출중하면서도 몸매는 더 날씬한 드론이 드라마에 대신 출연할 수 없는 이유를 이해하지 못한다. 그런 회사 남자친구가 즐겨 하는 질문은 '자율주행 구글 자동차가 연기하는 드라마는 왜 못 만들죠?'다.

지금의 내게는 이상하게 느껴지는 일이지만, 사실 〈한 해의 스케치〉 촬영 거의 한 주 전까지도 후속편 제작의 대부분은 여전히 미정이었다. 너무나도 많은 것들을 끼워맞춰야 했고, 너무나도 많은 사람의 일정을 조율해야 했는데 말이다. 몇몇 배우는 촬영이 시작된 후에야 연락을 받았는데, 첫 촬영일이 다가올 때까지 모든 일이 너무 혼란스럽게 흘러간데다 캐스팅된 배우가 수백 명에 달했기 때문이었다. 다른 특이점을 제쳐놓더라도, 그런 상황 때문에 내게는 준비할 시간은커녕 내가 그토록 사랑했던 캐릭터를 다시 연기하게 됐다는 사실을 받아들일 틈조차 없었다. 〈한 해의 스케치〉의 많은 면이 그토록 비현실적으로 다가온 것은 그래서였는지도 모르겠다. 하지만 나는 적어도 더는 협상을 거치지 않아도 된다는 사실에 안심했다. 후속편 제작이 정말로 현실이 되었다는 소식을 전하기 위해, 나는 트위터에 사진 한 장을 올렸다.

사진과 함께 올린 문구는 다음과 같았다.

"이제 확실하게 말할 수 있다. 나도, 2007년에 훔친 이 패딩도 일자리로 돌아갈 때가 됐다."

그건 그렇고, 절도는 절대로 해서는 안 되는 행동이다(나중에 쓸 책에 재미있는 일화로 곁들일 요량이라면 괜찮다)!

몇 년에 걸쳐 계속해서 후속편 영화를 한 편에서 네 편까지 만들 가능성에 관한 질문을 받은 만큼, 그게 현실이 되었을 때 충분한 마음의 준비가 되어 있었을 거라고 생각할지도 모르겠다. 하지만 우리는 진짜 후속편을 만들 수 있을 거라는 기대 없이 칠 년을 보냈다. 그후 일 년이 넘도록 뜬구름 잡는 이야기만 오갔는데, 갑자기 그후 몇 주 만에 모든 중요한 결정을 내리고 하나부터 열까지 다 진행해야만 했다. 물론 이게 현실이라는 걸 알고는 있었지만, 벌어지는 모든 일을 진정 제대로 이해할 수 있었는지는 잘 모르겠다. 후속편을 진짜로 제작했다는 걸 여전히 믿을 수가 없다. 정말 제작된 게 맞나? 솔직히 그런 경험은 전혀 해본 적이 없었다.

우선 무엇보다도 나는 촬영 내내 감동에 젖어 어쩔 줄 몰랐다. 나는 사실 그렇게 쉽게 울지 않는 편인데, 촬영을 진행하는 몇 달 동안 자주 눈물을 글썽였다. 앞서 언급했듯이 처음 〈길모어 걸스〉를 시작할 때 알렉시스는 이제 갓 연기를 시작한 초보였다. 둘이 함께 걸으면서 이야기하는 장면은 길고 복잡해서, 나는 종종 알렉시스에게 팔짱을 낀 채 그녀를 우리가 가야 하는 방향으로 이끌어줘야 했다. 하지만 우리가 로렐라이의 집에 돌아온 첫날, 오히려 팔짱에 기대야 했던 사람은 나였다. 지나치게 압도된 나머지 몸이 조금 떨렸기 때문이다.

그러다 처음으로 길모어가의 대저택으로 걸어가는 장면이 있었다. 그 집을 다시 지었다는 사실에 감정이 북받친 것도 있지만, 그 전해에 에드워드 허먼이 세상을 떠났기에 진심으로 슬펐다. 어떤 사람은 존재감이 너무 커서 그 자리에 있는 것만으로도 공간을 가득 채운다. 에드워드는 그런 사람이었다. 그는 큰 키와 따뜻했던 성격만큼 존재감도 대단한 사람이었다. 그렇기에 에드워드의 부재 또한 커다란 감정의 파도를 일게 했다. 에드워드의 또렷한 목소리와 너털웃음이 없는 길모어 저택은 완전히 다른 느낌이었다. 그곳에서의 첫날, 켈리는 에드워드에게 말했다.

"에드? 여기 있는 거 알아요. 보고 싶어요."

켈리의 말에 모두의 목이 메었다.

그런 순간에 눈물을 흘리는 건 당연한 일이었지만, 정말 이상한 순간에 눈물을 흘릴 때도 있었다. 예를 들어 우리의 친구, 크리스 아이제먼이 카메오 출연차 방문했을 때였다. 우리는 간단한 리허설을 위해 자리에 앉아 대본을 읽으며 서로 대사를 맞춰봤는데, 나는 내 첫 대사를 끝까지 읽지도 못했다.

"제이슨 스타일스! 이렇게 보게 될 줄은 몰랐네."

일반적으로 장면 초반에 누군가에게 인사를 하는 것은 캐릭터에게도 배우에게도 감정의 정점을 찍는 행동은 아니다. 난 그저 그를 다시 봐서 아주 반가웠을 뿐이다. 보통 누군가를 반길 때 눈물을 흘리는 일이 없는 나건만, 〈한 해의 스케치〉를 촬영하는 동안에는 누군가가 내게 티슈를 건네주는 일이 빈번하게 일어났다.

또다른 장면에서는 '제 이름은 로렐라이 길모어고, 코네티컷에 있는 작은 마을에서 왔어요.'라는 단순한 대사를 치는 데조차도 애를 먹었다. 그저 낯선 사람들에게 기본적인 소개를 하는 장면이었을 뿐인데 말이다. 그런데도 왠지 모르게 눈물이 났다. 로렐라이라는 이름을 다시 쓸 수 있게 된 게 그렇게도 행복했던 모양이다.

촬영 세트장은 모두 다시 지어야 했는데, 덕분에 비현실적인 퀄리티에 한몫을 했다. 첫 〈길모어 걸스〉 세트장의 물품을, 심지어 작은 소품이라도 보관해둔 사람이 아무도 없었다. 보관할 이유가 있었겠는가? 〈길모어 걸스〉 종영 당시 넷플릭스는 존재하지 않았고, 길모어네 집이나 루크네 식당, 또는 스타즈 할로우로 다시 돌아오게 될 거라고 기대할 만한 근거가 전혀 없었는데 말이다. 옥외 촬영지에는 스타즈 할로우의 정자도 더이상 존재하지 않았기에 다시 만들어야만 했다. 방의 경우에도 정확한 면적을 잰 기록이 없었기 때문에, 세트장을 최대한 이전과 비슷하게 만들었는데도 치수가 정확하게 들어맞지는 않았다. 그래서 어쩐지 괴상하다 싶은 분위기가 있었다. 로렐라이네 집 현관을 예로 들자면, 모양새는 아주 익숙했지만 기존의 현관보다는 살짝 컸다. 모든 게 똑같으면서도 완전히 새로웠다. 로렐라이의 집은 실제로 몇 년간 내가 살았던 진짜 집처럼 가깝게 느껴졌기에, 사소한 변화마저도 내 눈에는 너무나도 잘 띄었다.

처음 〈길모어 걸스〉를 제작할 때처럼 우리는 다시 워너 브라더스 촬영장으로 돌아왔지만, 우리의 세트장이 마련된 무대는 전부 다른 곳에 위치해 있었다. 특히 로렐라이네 집에서 나오면 〈엘런 쇼〉에서 일하는 친구들을 마주치게 됐는데, 난 그럴 때마다 놀랐다. 예전 촬영장은 〈엘런 쇼〉와는 한참 거리가 멀었기 때문이다. 하지만 한편으로 어떤 세트장은 아주 익숙해서 지금이 몇 년도인지 잊게 할 지경이었다. 하루에도 몇 번씩, 나는 문득 여전히 예전 〈길모어 걸스〉를 촬영하고 있는 것 같은 기분을 느끼고는 했다. 현재의 무언가가 세월이 흘렀다는 사실을 알려줄 때까지 말이다.

그러다 엘니뇨가 왔다. 촬영장을 쓸 수 있는 시간이 짧았기 때문에, 하루도 지체할 여력 따윈 없었다. 하지만 큰 규모의 폭풍이 예보됐다. 엄청난 강우량도 동반될 예정이었다. 스타즈 할로우는 구름 한 점조차 찾아보기 힘든 마을이었기에 걱정이 됐다. 그래서 우리는 기다렸다. 하지만 날씨마저도 〈한 해의 스케치〉 촬영에 캐스팅된 듯 계절별 에피소드에 따라 완벽히 움직여줬다. 〈여름〉 에피소드를 촬영하던 시점의 날씨는 훈훈했고, 〈가을〉 에피소드 촬영중에는 선선한 바람이 불었으며, 〈봄〉 촬영중에는 상쾌한 바람이 산뜻한 분위기를 내주었고, 〈겨울〉 에피소드 촬영중에는 평소답지 않은 추위가 몰아닥쳤다. 예보가 거의 틀리는 법이 없는 남부 캘리포니아에서 이런 경험은 마법 같았다는 말로밖에는 설명할 수 없다. 한편, 예보된 엘니뇨 폭풍은 일어나지 않았다!

〈한 해의 스케치〉를 촬영하는 내내 내가 가장 많이 느꼈던 감정은 감사함이다. 나는 모든 경험을 소중히 여겼고 처음 〈길모어 걸스〉를 촬영할 때와는 다른 방식으로 모든 장면을 충분히 만끽했다. 아마 어느 정도는 배우로서의 삶도, 사적인 삶도 달라졌기 때문이었을 것이다. 나는 더이상 초보 연기자가 아니었고, 그래서 동료 배우와 스태프를 다시 만나는 것이 얼마나 행운인지를 더 잘 이해할 수 있게 됐다. 또 에이미와 댄 팔라디노 부부가 쓴 대본을 다시 연기하는 기회를 소중히 여겼다. 그리고 애초에 이토록 특별한 무언가에 참여하는 것이 얼마나 어려운 일인지를 더 절실히 깨달았다. 처음 〈길모어 걸스〉를 촬영할 때의 조급한 마음으로는 이런 시각으로 내 경험을 바라보기 어려웠지만, 이번에는 매일매일 감사하는 마음으로 촬영에 임했다.

시청자의 열렬한 기대 또한 우리의 열정을 타오르게 했다. 대체로 새로운 드라마나 영화를 시작하게 되면 작품이 성공적일지, 또 사람들이 좋아해줄지 확실히 알 방법은 없다. 그런 만큼 적어도 몇몇 사람들은 이미 기대감을 품고 있는 무언가를 만들어낼 수 있다는 것을 확실히 아는 것만큼 스릴 넘치는 새로운 감정도 없었다. 시청자의 지지는 실로 매일매일을 특별하게 해주었다. 정말 감사하게 생각한다. 〈길모어 걸스〉 후속편과 관련된 시청자의 질문에 (그리고 기자의 질문에도) 대답할 수 없었던 수년의 답답함 끝에 마침내 이야깃거리가 생긴 거다. 제작 책임자들은 항상 조마조마해 보이기 마련인데, 넷플릭스와 워너 브라더스 사람들은 제작 내내 만족스러운 미소를 짓고 다녔다. '굉장한 일이라는 건 알았지만, 이 정도로 굉장할 줄은 몰랐어요'라고 말하면서 말이다. 모두가 들떠 있었고, 모두가 뿌듯해했다.

그래서 〈한 해의 스케치〉 촬영은 어땠느냐고? 한꺼번에 너무나도 많은 일들이 있었기에 짧게 축약해서 설명하기는 어렵다. 내 경험을 효과적으로 전달할 수 있는 표현은 그 어디에도 없다. 하지만 내가 쓴 일기는 있다(첫 촬영 때도 썼으면 좋았을걸 싶다). 그토록 압도적인 경험을 조금이나마 이해하고 싶었고, 촬영을 마친 후 전체적인 경험을 제대로 이해할 수 있도록 회상에 도움이 될 기록을 남기고 싶었기 때문이다.

여기에 〈길모어 걸스: 한 해의 스케치〉를 촬영하며 특히 기억에 남았던 날의 일기를 소개한다.

2016년 2월 2일 화요일

촬영 첫날이다. 앞서 언급했다시피 "정말 하는 거 맞아?"는 눈 깜짝할 사이에 "와, 진짜 하네!"가 되었다. 게다가 〈길모어 걸스〉 촬영이 시작 예정일까지 일주일도 채 안 남은 시점이었는데도 나는 여전히 애틀랜타에서 촬영중이었다. 그래서 원래는 의상 디자이너 브렌다와 함께 옷을 입어보며 적어도 시리즈 초반의 옷차림을 정해둬야 할 시점에 옷을 한 번밖에 입어볼 수 없었고, 고른 의상도 몇 벌 되지 않았다.

아침은 언제나 그렇듯 정신없이 흘러갔다. 우리가 촬영할 첫 장면은 방영 순서상 첫 장면은 아니었지만, 오프닝의 일부였으니 사실상 처음으로 등장하는 장면에 입고 나올 옷을 골라야 했다. 나는 대체 뭘로 해야 할지 몰라 야단법석이었다. 이미 골라놓은 의상도 다시 보니 왠지 어딘가 맞지 않는 느낌이었고, 그래서 나는 다른 의상을 더 보여달라고 했다.

"상의만 왕창 갖다주시면 제가 한번 매치해볼게요."

나는 상주 의상 담당자인 체샤에게 말했다. 체샤는 첫 〈길모어 걸스〉 촬영 당시 칠 년 내내 나와 함께 일한 파트너였기에 내 말을 곧바로 이해했다. 체샤는 옷이 잔뜩 걸린 행거를 가져왔다. 나는 계속해서 옷을 입고 벗기를 반복했지만 그 어떤 것도 딱이다 싶은 게 없었다. 하지만 결국 누군가의 노크 소리가 촬영이 준비됐다는 사실을 알렸고, 나는 파란색 블라우스를 집어들었다. 애매할 때는 파랑이 답이니까! 체샤는 품이 약간 큰 블라우스를 안전핀으로 집어 옷매무새를 정리해줬다. 나는 자전거를 타고 서둘러 세트장으로 향했다.

나는 촬영장에서 제공되는 밴보다는 자전거를 타고 세트장을 오가는 걸 더 좋아한다. 때로는 준비 과정에서의 그 짧은 여유 시간이 긴 하루 중 유일하게 즐길 수 있는 혼자만의 시간인 경우가 있다. 그래서 그 잠깐만이라도 운동을 즐기고 싶었다. 나는 새 자전거를 탔는데, 〈페어런트 후드〉에서 선물로 받은 연두색 자전거였다. 우리의 상사인 제이슨 커팀스가 배우와 스태프 한 명 한 명에게 선물한 자전거였다. 죽이지 않는가! 모든 자전거에는 '브레이버만'[35]이라고 쓰인 번호판이 달려 있었다. 자전거를 받은 날 나는 그 번호판을 떼어버려야 하나 고민했다. 문득 그걸 보고는 행크는 어디 있나 혼란스러워질까 싶었기 때문이다. 하지만 자전거를 타면서 〈페어런트 후드〉의 사라를 어느 정도 느껴보는 것도 좋겠다는 생각이 들었다.

나는 세트장까지 페달을 밟으며 달려가 메이크업을 받았다. 촬영을 시작하려 하니 목뒤가 간지러웠다. 체샤가 셔츠의 매무새를 잡아주려 사용한 옷핀에 쓸리는 건가? 체샤는 내가 서두르느라 옷의 가격표를 떼지 않았다는 사실을 알아차리고, 가위로 잘라냈다. 그렇게 촬영을 시작할 수 있었다.

촬영 첫날에는 모두가 행복해했다. 다시 만나서 특히 반가웠던 사람은 우리의 대사 코치인 조지였다. 대사를 점검한 후, 조지는 지난 밤 시청한 〈아메리칸 아이돌〉을 언급하며 처음 〈길모어 걸스〉를 촬영하던 시절 나와 함께 〈아메리칸 아이돌〉에 관한 가십을 공유했던 추억을 회상했다. 나는 당시 특히 켈리 클락슨에게 감명받았던 추억을 곱씹었다(그리고 운이 좋게도 나중에 그녀와 직접 만날 수도 있었다). 우리는 〈아메리칸 아이돌〉이 마침 마지막 시즌을 방영하고 있다니 이 얼마나 재미있고 완벽한 일인지 이야기했고, 마지막으로 한 번 더 거기 출연했던 경쟁자들에 관해 수다를

---

35 〈페어런트 후드〉에 등장하는 주인공 가족의 성

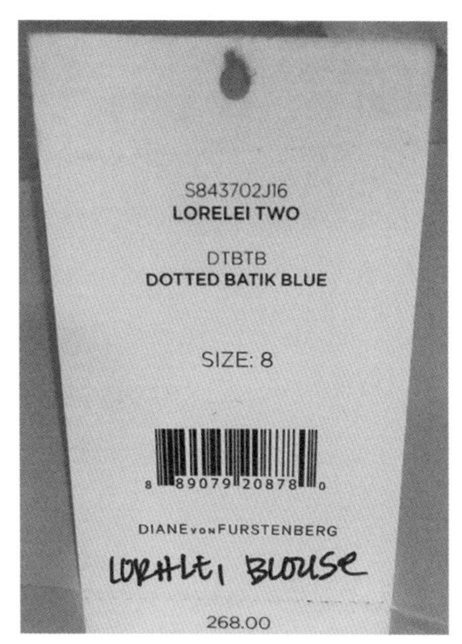

떨 기회가 생겼다며 즐거워했다. 하루가 너무나도 순탄하게 지나갔고, 떠난 곳으로 다시 돌아오기까지 그렇게 오랜 시간이 걸렸는데도 금방 적응할 수 있다는 게 너무나도 신기했다.

촬영 첫날이 끝나갈 무렵, 체사가 내 트레일러 문을 두드렸다. 그녀는 장난기 서린 얼굴을 하고 있었다.

"보여주고 싶은 게 있어요."

그녀가 말했다.

"절대 미리 본 거 아녜요."

그녀는 종잇조각을 건넸고, 나는 대체 무슨 일인가 싶었다.

"이게 뭔데요?"

내가 묻자, 그녀는 이렇게 대답했다.

"오늘 아침에 입은 셔츠에서 뗀 가격표요. 한참 전에 뗐는데 이제야 이걸 봤지 뭐예요."

가격표를 다시 내려다본 나는 '헉'하고 숨을 들이켰다. 나조차도 두 눈으로 직접 보지 않았다면 절대 믿지 않았을 터이기 때문에, 사진으로 증명하겠다.

믿어지는가? 물론 이름 철자가 미묘하게 다르기는 하다. 하지만 셔츠가 사람 이름을 달고 있다니. 그것도 내 캐릭터의 이름을 말이다. 게다가 그냥 '로렐라이'도 아니고 '로렐라이 2'라고 적혀 있다. 이런 우연이 또 있겠는가? 촬영 첫날인데다, 두번째로 로렐라이를 연기하는 날에 말이다! 게다가…. 이 정도면 알아들었으니 그만하라고? 알겠다. 어쨌든 체샤와 나는 눈을 동그랗게 뜬 채 서로를 바라봤다. 요정들이 사는 마법의 땅에라도 떨어졌나 싶었다. 적어도 내가 보기에는 앞으로 좋은 일이 있을 거라는 예감이 들게 하는 일이었다. 나는 트레일러의 세면대 위 벽에 가격표를 붙여놨다. 거기 깃들어 있을지도 모르는 이상하고 아름다운 마법을 매일매일 떠올릴 수 있도록.

2월 10일 수요일

야닉과 나는 A급 배우는 전부 경쟁 호텔에서 묵고 잠자리 여관에는 B급 배우만 묵는다는 사실에 미셸이 짜증을 내는 장면을 찍었다. 이 장면은 미셸의 한탄과 함께 끝이 난다.

"제니퍼 로런스는 절대 여기 안 묵을 거예요. 제니퍼 로런스도 없으면 사는 게 다 무슨 소용이에요?"

야닉이 연기한 미셸은 언제나 훌륭하고 재미있는 캐릭터였지만, 특히 이번 시리즈에서 더욱 빛났다. 우리는 함께 연기하는 장면을 진심으로 즐겼다.

그러다 폴 앵카(강아지 말고 사람)가 로렐라이의 꿈에 등장한다. 폴 앵카(강아지 말고 사람)는 아주 웃기면서도 프로페셔널하고, 정말 잘생겼다. 물론 예전에도 그와 함께 일한 적이 있기는 하지만, 나는 언제나 그의 앞에 서면 수줍어하며 자녀가 몇 명이나 되느냐는 뜬금없는 질문 따위를 던지고는 한다. 자녀에 관한 이야기는 커녕 전혀 관련 없는 주제로 대화를 나누고 있었는데 말이다. 아마 그 사람은 점심으로 먹었던 파스타가 아주 맛있었다는 얘기 같은 걸 했을 텐데, 난 '애가 몇 명이에요?'라고 받아쳤을 것이다. 하여간 나 같은 괴짜가 없다.

2월 11일 목요일

오늘 〈엘런 쇼〉의 손님으로 오바마 대통령이 등장했다. 덕분에 주차장에 경비가 삼엄하다. '휴대폰 전파를 끊어놓을지도 모른다'며 평소보다 더 일찍 와 달라는 주문을 받았다. 그럴 수가… 있나? 로렐라이가 루크에게 『와일드』(영화 말고 책)를 경험하러 떠나겠다고 선언하는 장면을 찍을 차례다. 나는 '알아요'만 열세 번을 반복해서 말하는데, 이상하게도 감상적인 장면이다. 루크와 로렐라이가 경험할 큰 여정의 시작이니 말이다.

2월 12일 금요일

댁스 셰퍼드가 헤어 및 메이크업 트레일러에 앉아 있다! 〈페어런트 후드〉와 〈길모어 걸스〉의 세계가 만났다. 그와도 잘 아는 사이인 〈길모어 걸스〉의 헤어 스타일리스트가 그의 머리를 잘라주는 동안, 댁스는 녹즙을 마시며 직접 쓰고 감독한 〈기동순찰대〉 출연을 준비하고 있다. 댁스는 팽팽 돌아가는 머리로도 모자라서, 이미 0에 수렴하는 체지방률을 에베레스트산만큼이나 낮춘 모습으로 등장했다. 뭐라고? 에베레스트산은 체지방이 없다고? 댁스 셰퍼드도 마찬가지다. 그는 언제나 그렇듯 온몸으로 나를 안아줬다. 하루를 시작하기에 그보다 더 좋은 방법이 있을까?

2월 16일 화요일

일반적인 보안 절차의 일환으로서, 그리고 인터넷의 귀여운 사생팬에게 유출되는 것을 막고자 우리의 대본과 쪽대본(그날 촬영할 부분적인 대본)은 모두 우리의 이름이 워터마크로 찍혀 제공됐다. 그래야 대본이 유출됐을 때 누구 탓인지 바로 알 수 있기 때문이다. 쪽대본에는 숫자도 적혀 있었는데, 사본을 몇 부나 돌렸는지 기록하기 위해서였다. 나는 세트장에서 안경이며 지갑이며 휴대폰 등 온갖 물건을 수도 없이 잃어버렸다. 물건을 쿠션 뒤에 처박아놓은 뒤 어디에 놨는지 잊어버리기가 일쑤였다. 나는 하루에 쪽대본을 열댓 번씩 잃어버렸고, 다른 사람의 쪽대본을 빌리곤 했다. 그래서 그날 처음으로 받아보는 쪽대본에마저도 농담삼아 '로렐라이 길모어 #4' 따위가 적혀 있곤 했다. 마치 시작도 전에 내가 쪽대본을 세 부나 잃어버린 것처럼 말이다. 하하하! 이런 못된 제작진 같으니라고, 잡히면 가만 안 둘 거예요!

내 매니저인 에디가 촬영장을 방문했다. 솔직히 말하면 촬영장에 있는 다른 고객을 챙기기 위해 온 것이었다. 바로 월드 프로 레슬링 챔피언, 엘런 드제너러스 말이다. 적어도 내 책에서만큼은 그게 엘런의 직업이다! 내 책에서까지 공짜로 홍보 효과를 얻게 둘 순 없지! 크, 권력의 맛에 취한다! 에디는 내게 〈한 해의 스케치〉에 대한 기대감이 '중상 정도'라고 말했다. 매니저의 세계를 기준으로 해석하자면…. 그 정도의 평가는 내게 청혼한 것과 진배없었다.

〈페어런트 후드〉에서 내 조카 역할을 맡았던 사라 라모스도 촬영장을 방문했다. 나는 그녀를 배경에 지나가는 인물로 출연시켰다. 혹시 찾은 사람?

항상 내 머리를 구원하는 마술사인 앤 모건이 오늘 부재중이라 남자 미용사 중 내가 가장 좋아하는 축에 속하는 조너선 하누섹이 대타를 뛰기로 했다. 조너선은 언제나 할리우드의 최신 기밀을 알고 있는데, 오늘은 사람의 눈과 입의 움직임을 감지해 얼굴의 다른 부분은 부드럽고 매끈한 덩어리로 날려버리는 카메라 소프트웨어 기술이 개발되고 있다는 사실을 알려줬다. 나이든 배우가 더 젊어 보이게 해주는 기술인 모양이었다. 와, 진짜 이상하다. 그래서 어디서 신청하면 된다고?

2월 22일 월요일

서튼 포스터가 왔다. 다른 누구도 아닌, 서튼 포스터가 납셨단 말이다. 오늘은 의상 착용과 리허설을 위해서 온 거고, 촬영은 몇 주 후일 테지만 말이다.

언젠가 그녀와 자매 역할을 맡을 수도 있을 것 같다.

2월 24일 수요일

이맘때쯤 되니 깨달았다. 시리즈의 마지막 네 단어가 무엇인지 몰랐고, 지금도 모른다는 사실을 말이다. 다들 그게 뭘지 알고 싶어서 난리가 난 상황을 생각하면 참 이상하게 보일지도 모르겠다. 심지어 나는 마지막 네 단어라는 게 애초에 그리 대단한 건지도 몰랐다. 왠지는 모르겠지만 에이미와 이에 관해서는 단 한 번도 이야기를 나눈 적이 없었기 때문이다. 게다가 잭슨 할머니는 인터넷인지 뭐시긴지를 잘 쓰지 못하기 때문에 나는 그 엄청난 야단법석을 완전히 놓쳐버렸는데, 아마 '야단법석' 따위의 구닥다리 표현을 계속 고집해 쓰는 것도 그 이유에 한몫 보탰으리라 본다. 에이미는 고개를 기울이며 지금 농담하냐는 듯 나를 바라봤다.

"내가 말 안 했던가요? 이런."

믿을 수 없다는 듯한 목소리였다.

"지금 말해줄까요? 아니면 촬영하는 날 말해줄까요?"

인정한다. 가슴이 좀 뛰었다. 그 정보를 십오 년이 넘는 세월 동안 모른 채 살아왔고 그 사실을 비록 최근에 깨닫기는 했지만, 나는 여전히 마음의 준비가 되어 있는지 스스로 확신할 수 없었다.

"음…. 글쎄요. 그 네 단어를 말하는 사람이 누군데요?"

나는 주저하며 물었다.

"두 사람 다요."

나와 알렉시스를 의미하는 거였다. 잠깐은 몰랐으면 하는 마음도 있었다. 시간을 더 오래 끌고 싶은 마음 말이다. 한번 맞춰볼까 싶기도 했지만 아무 생각도 떠오르지 않았다. 압박이 너무 심했다! 팬들도 그렇고 기자도 그렇고 그동안 이런 기분을 어떻게 견뎌냈을까?

"좋아요, 말해주세요."

나는 숨을 들이켰다. 어찌나 긴장했는지 웃길 지경이었다. 그러자 에이미가 네 단어를 말해주었다. 그녀는 빠른 속도로 대답했고, 나는 표정 변화 없이 눈을 몇 번 깜빡이기만 했다. 그러다 갑자기 마음이 차분해졌다. 내가 숨을 참고 있었다는 사실을 그제야 알아차릴 수 있었다. 무슨 건강검진 결과라도 기다리는 사람처럼 말이다. 나는 마침내 숨을 내쉬었다. 내 반응은 대충 '흠'에 가까웠다. 그러고 나서는 "진짜예요?"라고 물었던 것 같다.

워낙 마지막 네 단어에 관한 법석이 심해서 편집증이 올 지경이라 여기에 그게 뭔지 적지는 않겠다. 어차피 지금쯤이면 웬만한 사람은 다 그게 뭔지 알고 있을 테지. 물론 훌륭한 대사고, 깔끔한 수미상관이며, 〈길모어 걸스〉의 기존 플롯을 고려하면 완벽하게 납득되는 어구다. 하지만 내가 기대하던 대사는 아니었다. 확실한 결말을 맺는 대사로 보기는 어려웠기 때문이다. 지금껏 알려지지 않았던 어떤 사실이 공개되는 타이밍에 어떻게 이야기가 끝날 수 있겠나? 내 생각에 그건….

"좀 열린 결말 아니에요?"

나는 에이미에게 물었다.

그녀는 아무런 답도 하지 않았다.

그저 미소 지을 뿐이었다.

흐으으으음.

2월 26일 금요일

믿기 어렵지만 예정되어 있던 첫 스케줄이 끝났다. 이는 즉 촬영의 1/3이 완료됐다는 의미였다. 꿀꺽. 시간 참 빠르다. 오늘 우리는 며칠간 연속으로 진행될 패티 선생님의 학원에서의 마을 회의 장면 촬영을 시작할 예정이다. 내 절친 중 한 명인 샘 팬케이크(진짜 이름이다)가 도널드라는 이름의 새 캐릭터를 연기하기 위해 촬영장을 찾았다. 항상 샘이 〈길모어 걸스〉에 출연하기를 바라왔지만, 그에게 딱 맞는 역할이 정말 없었다. 그래도 나는 몇 년에 걸쳐 에이미와 댄에게 거듭해서 샘의 출연을 요청했고, 마침내 정말로 후속편 제작이 진행되자 샘이 출연할 수 있는지 다시 한번 묻지 않을 수 없었다. 나는 에이미에게 물론 〈길모어 걸스〉 후속편을 촬영하게 된 것만으로도 엄청난 행운이지만, 소원 하나만 더 이뤄진다면 정말 좋겠다고 말하기 시작했다.

"알겠어요."

에이미는 내가 말을 끝내기도 전에 대답했다.

"샘한테 어울리는 배역을 찾아볼게요."

하! 마침내 꿈을 이룬 것만으로 충분하다고 생각할지도 모르겠지만, 나는 필요할 때면 언제든 친구와 가족을 끼워 넣으려고 계속 잔재주를 부렸다. 내 친구인 클레어 플랫은 〈가을〉 에피소드에서 마을을 가로질러 걸어가고, 내 대자인 클라이드는 〈겨울〉 에피소드에서 내가 앉아 있는 정자 근처를 지나가며, 메이를 포함한 다른 특별 출연 배우들 또한 주요한 (때로는 그렇게까지 주요하지는 않은) 역할을 연기했다. 촬영장을 찾아온 내 소중한 사람은 전부 출연시키고 싶었다.

2월 29일 월요일

대본 리딩은 언제나 정말 훌륭했지만, 오늘은 마지막 에피소드의 전반부를 찍는 날이었다. 그래서인지 오늘따라 특별한 기류가 흘렀다. 촬영이 한참 진행중이라, 〈가을〉 에피소드 대본 리딩은 두 번에 나눠서 진행하기로 했다. 1부는 오늘, 2부는 내일 대본 리딩이 진행될 예정이었다. 켈리는 그전에 대본 리딩을 진행할 때만 해도 뉴저지의 집에서 전화로 대사를 읽었는데, 이번에는 드디어 촬영장에서 함께할 수 있었다. 켈리를 다시 만나 정말 반가웠지만, 동시에 에드워드가 너무나도 그리워졌다. 이 모든 경험을 정말 좋아했을 텐데 말이다.

〈가을〉 에피소드에 관련해 첨언하자면, 나는 정말 오랜 시간 동안 대본을 읽을 수 없었다. 첫 몇 주간은 〈가을〉 에피소드 장면을 전혀 촬영하지 않아서, 덕분에 대본 읽기를 한동안 피할 수 있었다. 에이미는 계속해서 내게 대본을 읽어봤는지 물었지만, 나는 잔뜩 긴장된 얼굴로 웃기만 했다. 왜 대본 읽기가 그리 어려웠는지 모르겠다. 아마 모든 것이 끝나간다는 사실이 두려웠거나, 그렇게 오랜 시간이 지난 후에 〈길모어 걸스〉의 결말이 마음에 들지 않을까봐 걱정했는지도. 하지만 결국 마침내 부엌에 앉아 대본을 읽었을 때를 나는 아직도 잊지 못한다. 대본을 손에 쥐는 순간부터 마지막 줄을 읽을 때까지 내 눈물은 멈추지 않았다.

3월 1일 화요일

〈가을〉 에피소드의 전반부 대본 리딩이 진행됐다. 데이비드 서클리프는 알렉시스와 함께하는 장면의 촬영을 이미 마쳤는데도 촬영장을 방문했다. 데이비드를 다시 보니 너무 반가웠다. 우리는 언제나 서로를 향해 특별한 애정을 느끼고 있었고, 나는 후속편에서 우리 두 사람이 함께 등장하는 장면이 없어 아쉬웠다. 나는 그에게 〈한 해의 스케치〉 마지막이 꼭 완전한 끝이 아니라 열린 결말 같지 않느냐고 물었다. 나만 그렇게 느끼는 거냐고 말이다. 에이미와 댄에게도 다시 그 의견을 피력했지만, 다들 그저 고개를 끄덕이며 미소 짓기만 했다.

〈가을〉의 후반부에 로렐라이가 리처드에 관해 말하는 독백은 한때 내가 에이미에게 써달라고 부탁했던 것처럼 드라마 역사상 가장 긴 독백인지는 모르겠으나 내가 배우를 하면서 겪어본 가장 긴 독백이었다는 사실은 확실하다. 에이미가 쓴 그 독백은 리처드에게도 에드워드 허먼에게도 아름다운 찬사였다고 생각한다. 〈가을〉 에피소드는 전체적으로 아주 감상적이었고, 대본 리딩이 마무리될 때쯤에는 다들 눈물을 흘리고 있었다.

3월 2일 수요일

우리의 넷플릭스 제작 책임자인 맷 서넬과 브라이언 라이트가 촬영장에 들러 기존 〈길모어 걸스〉의 일곱 개 시즌이 7월부터 세계 각국에서 시청 가능할 예정이라는 소식을 전했다. 알렉시스와 내가 홍보차 먼 외국으로 여행을 가게 될지 궁금해졌다.

야닉은 오늘 잠자리 여관에서 〈사운드 오브 뮤직〉에 관해 이야기하는 장면을 촬영해야 했다. 야닉은 그 영화를 본 적이 없었기 때문에 내게 어떤 영화인지 설명해달라고 부탁했다. 또 내게 '아우프 비더젠'[36]을 발음해달라고 부탁했다. 프랑스식 억양으로 독일어를 발음하니 귀엽게 들렸다. 기존 〈길모어 걸스〉 시절부터 십

년간 내 조수를 맡아온 개리가 촬영장을 방문했다. 개리는 기존 시리즈에 카메오로 등장한 적이 있는데, 이번에는 좀더 비중 있는 역할로 출연하면 좋겠다. 내가 사랑하는 사람의 엑스트라 출연, 여기 한 명 추가요!

3월 3일 목요일

스콧과 내 중요한 장면을 촬영하는 날이다. 휴식 시간에 나는 스콧에게 마지막이 꼭 열린 결말 같지 않냐고 물었다. 그는 어깨를 으쓱해 보였다. 나만큼이나 〈한 해의 스케치〉 결말을 신경쓰는 사람은 없는 것 같다.

〈페어런트 후드〉에 출연한 맥스의 친엄마인 켈리 울프가 부동산 중개인으로 출연해 스콧, 켈리 비숍과 함께 촬영을 진행했다. 두 개의 세계가 또 만났다!

나는 에이미와 바비큐 식당에 가서 마티니와 치즈 브레드를 먹고 싶다는 얘기를 나눴다. 알렉시스와도 저녁 식사 계획을 세웠다. 그때만 해도 촬영이 완전히 끝날 때까지 그럴 짬을 낼 수 없으리라는 사실은 그 누구도 전혀 알지 못했다.

3월 4일 금요일

켈리와 함께하는 첫 장면을 촬영하는 날이자 길모어가 저택에서 켈리와 함께 등장하는 첫날이었다. 스토리상 에밀리는 리처드

---

36 독일어로 '또 만나요'. 〈사운드 오브 뮤직〉 삽입곡 중 하나

의 초상화를 주문하는데, 우리는 거실에 들어가는 순간 얼굴만 삼 미터는 될 듯한 거대한 초상화를 마주했다. 찰나 동안 아무도 입을 떼지 못했다. 그러다 켈리는 에드워드에게 뭔가 크고 요란한 일로 여기에 우리와 함께 있다는 것을 알려달라고 부탁했다. 그후 촬영 도중 주요 조명이 아무 이유도 없이 꺼져버렸다.

"고마워요, 에드." 켈리가 말했다.

울음보가 터졌다.

3월 10일 목요일

댄 팔라디노의 〈여름〉 에피소드에 등장하는 '스타즈 할로우 뮤지컬' 장면의 대본을 처음 읽었을 때, 나는 '흠, 꽤 재밌겠는데' 싶었다. 하지만 현실은 기대를 뛰어넘었다. 나는 서튼 포스터와 크리스천 볼의 공연을 과장 하나 보태지 않고 하루종일 감상할 수 있었다. 댄과 에이미가 가사를 썼고, 음악은 지닌 테소리(《펀 홈》과 〈슈렉〉에 참여한 작곡가다)가 담당했다. 노래는 훌륭했고 아주 웃겼다. 무표정을 유지하기가 너무 힘들었다. 그 미니 뮤지컬은 금세 유명해져서 모든 대학 캠퍼스의 무대에 올라갈 것만 같다.

그날 저녁, 서튼의 캐릭터는 나를 향해 사뭇 더 진지한 노래를 부르는데, 로렐라이는 그 노래에 영향을 받아 여행을 떠나야겠다고 결심하게 된다. 아마 충격적이고 놀랍겠지만, 나는 테이크마다 매번 울음을 터뜨렸다. 서튼 포스터, 크리스천 볼과 같은 장면에 등장한 것은 실로 영광스러운 일이었다.

3월 16일 수요일

오늘은 내 생일이라 아빠와 새엄마 캐런, 여동생 매기, 그리고 매기의 남편인 릭이 세트장을 방문해 파티를 열어줬다. 내 메이크업 아티스트인 모건과 타니아 맥코마스는 헤어 및 메이크업 트레일러를 꾸민 다음 내게 온갖 간식거리를 안겨줬고, 트레일러의 모두가 매그놀리아 베이커리의 거대한 바나나 푸딩을 나눠 먹었다. 모건과 타니아는 촬영 내내 나를 극진히 챙겨줬다. 정말 감사하다.

얼마 전 은퇴한 우리 아빠는 스타즈 할로우의 양로원 앞에서 사진을 찍으면 재미있겠다고 했다. 친구들한테 보내면 아빠가 거기로 이사간다고 착각할 거라면서 말이다. 하!

3월 17일 목요일

패티 선생님의 학원에서 진행되는 '스타즈 할로우 뮤지컬' 장면의 마지막 촬영일이다. 지난 며칠간 기존 시리즈에서처럼 소피 역할을 맡은 캐롤 킹의 마지막날이며, 내 절친 샘의 마지막날이기도 하다. 오래 이어진 촬영 끝에, 모두가 흩어지기 시작했다. 캐롤은 몸집이 작고 조용하며 세심한 관찰자지만, 오늘만큼은 달랐다. 그녀는 자리에서 일어나 굳은 결심을 한 듯 좌중을 헤치고 피아노를 향해 걸어갔다. 그녀는 건반 위에 손을 올리며 그녀 특유의 걸걸한 목소리로 외쳤다.

"노래 한 곡 할까요?"

모두가 얼어붙었다. 몇 명은 휴대폰 카메라를 켰다.

"동영상 찍어도 될까요?"

누군가가 물었다. 캐롤은 미소를 지은 채 잠시 생각하더니 쾌활하게 "안 되는데요!"라고 대답했다. 그러자 사람들은 휴대폰을 내렸다. 소문은 무전을 통해 퍼져나갔다. 스태프들은 이미 북적이는 사람들 사이로 몸을 구겨넣었다. 주변이 고요해지자, 캐롤은 피아노를 치기 시작했다.

그저 믿어지지 않았다는 말로밖에는 표현할 수 없다.

그 누구도 동영상을 촬영하느라 바쁘지 않았기에, 모두가 진정으로 이 친밀한 미니 콘서트를 만끽할 수 있었다. (잭슨 할머니도 이를 자랑스러워할 것이다.) 방 안을 돌아보니 내가 사랑하는 사람들로 가득했다. 다들 활짝 웃는 얼굴이었다. 캐롤은 〈아이 필 디 어스 무브〉[37]를 부르며 우리도 함께 따라부르도록 유도했다. 우리는 리듬에 맞춰 몸을 흔들며 부드럽게 노래를 따라 불렀다. 노래가 끝나자, 박수 소리가 방안을 가득 채웠다. 박수 세례는 끊이지 않았다. 온 건물이 무너질 것 같았다. 그리고 사람들은 방금 경험한 믿을 수 없는 광경에 관해 수다를 떨기 시작했다. 다들 그대로 끝난 줄 알았다. 그런데 그때, 캐롤이 외쳤다.

"한 곡 더!"

그러더니 그녀는 〈유브 갓 어 프렌드〉[38]를 연주하기 시작했다. 다들 얼마나 밝은 얼굴이던지. 샐리, 비프, 로즈, 나의 아주 소중한 친구 샘. 〈페어런트 후드〉에서 인연을 맺은 조감독 에릭, 댄, 에

---

37 원제는 〈I Feel the Earth Move〉로, 캐롤 킹의 대표곡 중 하나

38 원제는 〈You've Got a Friend〉. 캐롤 킹의 또다른 대표곡

이미까지. 오랜 친구부터 새로운 친구까지. 그토록 행복한 표정을 본 적이 없었다. 에이미와 눈이 마주쳤을 때, 나는 내 표정이 어떨지 쉽게 짐작할 수 있었다. 빨갛게 부은 얼굴 위로 눈물이 줄줄 흐르고 있겠지. 우리는 서로를 마주보며 고개를 저었다. '아직도 안 믿어져요. 당신은 믿어져요? 우리가 해냈어요! 여기까지 왔네요! 이토록 이상하고 아름다운 날들이 실제로 일어나고 있다니!' 라는 듯한 표정으로 말이다.

바로 그때 캐롤은 수백 번 들어본 노래임에도 잊고 있었던 다음 가사를 부르기 시작했다.

"겨울, 여름, 봄, 가을, 언제든지 전화 한 통이면 갈게요…."

나는 완전히 무너져서 엉망이 된 모습으로 훌쩍였다.

이후 모두가 줄지어 나가기 시작할 무렵, 에이미와 댄은 나를 찾아와 재미있는 사실을 말해줬다. 캐롤은 전혀 모르고 있는 사실이지만, 사실 〈한 해의 스케치〉의 각 에피소드는 그녀의 노래에서 영감을 받았으며, 에피소드의 순서가 겨울, 여름, 봄, 가을인 것도 가사에서 언급되는 계절의 순서 때문이라고 말이다. 그들은 후속편에 캐롤의 노래를 삽입하고 싶기는 했지만 아직 직접 물어보지는 않은 상태였다. 그런데도 캐롤은 콕 집어 그 노래를 연주했다. 아주 엄청난 우연이 또 일어난 거다.

나는 고개를 끄덕이며 눈물 몇 방울을 더 떨어뜨렸다. 이쯤 되니 그렇게까지 놀랍지도 않았다. 이토록 독특하고 마법 같은 순간을 이제는 받아들일 수 있었다. 마치 주문에 걸린 듯한 하루였고, 또다른 신기한 기적이 벌어진 날이었다.

3월 18일 금요일

〈한 해의 스케치〉 마지막 장면이자 마지막 네 단어가 등장하는 장면을 찍는 날이었다. 촬영장에 오는 모두가 기밀 유지 서약서에 서명해야 했다. 알렉시스와 나는 마지막 장면을 찍었고, 가볍고 투명한 발레복을 입은 댄서들이 빠르게 춤추며 지나가는 멋진 시퀀스가 이어졌다. 스콧은 덩굴로 우거진 터널 사이로 내가 올라탄 카트를 밀어줬고, 나는 마치 이상한 나라에 떨어진 앨리스처럼 날고 있는 것만 같았다.

스콧과 내가 함께 춤추는 장면은 아주 찰나다. 길어봤자 몇 초 정도다. 하지만 안무가인 마거릿은 내게서 천부적인 재능이 보인다고 말했다. 그냥 예의를 차리려 한 말이겠지만, 그 말을 들은 후로 마거릿의 칭찬을 자랑하지 않은 날이 없다.

3월 21일 월요일

커피가 당겨서 한밤중에 잠에서 깼다. 로렐라이는 커피를 충분히 마시고 있나? 이쯤 되니 거의 캐릭터의 모든 면이 이미 내게 동화된 거나 마찬가지였지만, 그래도 로렐라이에게 확실히 충분한 커피를 공급하고 싶었다.

메이는 카메오 출연을 위해 촬영장을 찾았지만 심각하게 아픈 상태였다. 급성 장염이라고 했다. 우리 둘의 짧은 장면이 뭔가 이상하게 느껴진다면, 아마 메이가 또다시 토하기 전에 급하게 촬영을 마치려 최선을 다해서였는지도 모른다. 할리우드는 화려함과 우아함으로만 가득해야 하니 말이다!

마이클 오지엘로 또한 오늘 카메오 촬영이 예정되어 있었다. 촬영을 마친 후 그는 내게 어떤 기분을 느꼈는지 적은 쪽지를 보냈다. 얼마나 감상에 젖었는지 말도 못한다고 쓰여 있었다. 나도 전적으로 공감하는 바였다.

3월 23일 수요일

〈겨울〉 에피소드의 오프닝 장면이자 시리즈 전체의 오프닝 장면을 찍는 날이다. 촬영을 시작한 후 꽤 시간이 흘렀는데도 너무 긴장한 나머지 잠을 거의 자지 못했다. 스타즈 할로우는 밤사이 기적적으로 꾸며져 있었고 눈으로 뒤덮여 있었다. 인공 눈을 어떻게 만드는지는 모르겠지만, 처음 〈길모어 걸스〉를 찍을 당시 신었던 어그 부츠에 아직도 약간 묻어 있을지도 모르겠다. 알렉시스와 나는 수도 없이 그랬던 것처럼 자연스럽게 팔짱을 끼고 마을을 누볐다. 아침에만 해도 괜찮았는데, "눈냄새가 나"라는 대사를 할 때쯤에는 입술을 달싹이는 것조차 힘들었다. 시간이 제법 흘렀는데도 여전히 정신을 차릴 수가 없는 모양이다.

4월 5일 화요일

"그거 저번에 탔던 거랑 같은 자전거예요?"

다른 쇼의 스태프가 페달을 밟으며 지나치는 나를 보더니 뜬금없이 물었다. 나는 "자전거는 새 건데, 캐릭터는 같아요!"라고 대답했다. 나처럼 다른 사람들도 데자뷰를 느끼는 모양이었다.

내 편집자인 젠 스미스가 촬영장을 방문해 마감에 대한 우려를 전했다. 그녀는 그날 하루종일 세트장에 머물며 내가 얼마나 오래 일하는지 지켜봤고, 대기 시간 동안 글을 쓸 틈이 얼마나 없는지도 확인했다.

"마감 지킬 수 있겠어요?"

그렇게 묻는 젠은 아주 초조해 보였다. 마음이 안 좋았다. 과연 젠과 함께 일하면서 몇 개월에 걸쳐 한 번씩 그녀의 혈압을 오르게 하지 않고 프로젝트를 진행할 날이 있기는 할까 싶었다. 솔직히 말하면, 그럴 일은 아마 없을 것이다.

멜리사는 〈엘런 쇼〉에 출연해 〈길모어 걸스〉 후속편에 출연할 정이라는 사실을 발표했고, 그후 촬영장을 방문했다. 정말 오랜만에 멜리사를 보는 거였는데도 꼭 시간이 전혀 흐르지 않은 것 같았다. 그녀는 직접 디자인한 아름다운 꽃무늬 드레스를 입고 있었다. 멜리사는 언제나 인테리어 취향이 훌륭했다. 우리가 처음 장만한 집은 서로 아주 가까운 거리에 있어서, 집에 가구를 들일 때 서로 팁을 공유하고는 했다. 멜리사와 그녀의 남편 벤, 나와 야닉, 그리고 에이미와 댄은 다시 촬영에 들어가기 전까지 동그랗게 서서 수다를 떨었다. 꼭 예전처럼 말이다.

오늘은 에밀리가 『인생이 빛나는 정리의 방법』을 읽은 뒤 집안의 거의 모든 물건을 버리는 장면을 촬영하는 날이다. 곳곳에 길모어가의 골동품이 흩어져 있는 모습이 보인다. 어떻게 보면 웃기기도 하지만, 리처드의 죽음으로부터 벗어나기 힘들어하는 에밀리의 모습을 담고 있는 장면이기도 하다. 그 장면에서 켈리의 연기는 가히 눈부시다.

〈한 해의 스케치〉에 대한 〈엔터테인먼트 위클리〉의 기사는 일주일이 더 지나야 나올 예정이었지만, 온라인에서 먼저 유출되었다는 이야기가 들렸다. 출판 담당자들은 충격을 받았다. 누군가가 출간 전 〈스타워즈〉가 등장한 표지를 입수했을 때를 제외하면 이 정도 수준의 유출은 처음 있는 일이었기 때문이다. 참 좋은 회사다! 인터넷 해커들이여, 고맙다!

4월 9일 토요일

메이는 우리가 가장 좋아하는 가게의 마사지를 예약해 나를 놀라게 했다. 적어도 몇 주 전에는 예약해야 하기 마련이라, 어떻

게 그렇게 갑자기 예약에 성공할 수 있었는지를 물었다. 그러자 메이는 내 조수인 척했다는 사실을 고백했다. 그녀의 말로는 내 조수인 민디는 다정하지만 단호한 사람이란다.

4월 11일 월요일

레이첼 레이가 왔다! 너무 매력적인 그녀는 출연 장면에서의 연기도 아주 잘 소화해줬다.

4월 19일 화요일

로이 최가 왔다! 아주 다정한 사람이었는데, 그만 같이 사진을 찍는 걸 잊고 말았다. 열정적이고 똑똑한 로이는 아주 철저히 준비가 되어 있었다. 테이크 중간에 그는 요리와 연기의 비슷한 점에 관해 이야기했다. 배우도 셰프도 개인의 기량이 중요하지만, 전체적인 그림 또한 함께 생각해야 한다는 거였다. 감탄이 절로 나왔다.

로이를 자를지 말지 토론하는 장면에서, 야닉은 계속해서 '전복'을 '전목'이라고 잘못 발음해서 모두를 웃게 했다. 전복을 먹어본 적도 없는 것이 확실하다.

그건 그렇고, 개리를 위한 배역은 아직도 찾지 못했다.

소품을 담당하는 마이크는 이번주 내내 하루도 빠짐없이, 곧 촬영할 캠핑 장면에 등장하는 바짝 마른 미트볼 대신 뭘 먹고 싶은지 물었다. 혹시 테이크를 많이 촬영할지도 모르니 미리 준비해두기 위해서였다. 초콜릿 머랭 볼? 코코넛 마카롱 볼? 베지 버거

빌딩 커뮤니케이션 동아리원들:
A. 브린스메이드, L. 그레이엄, C. 그레그,
M. 메거니어스, B. 프라이스, M. 셴크

볼? 왠지는 모르겠지만 결정할 수가 없었다. "나중에 말씀드려도 돼요?"라는 말밖에는 할 수 없었다.

4월 20일 수요일

메이와 알렉시스가 함께 등장하는 장면의 대본 리딩을 진행했단다! 세상에나, 〈페어런트 후드〉와 〈길모어 걸스〉의 세상이 이보다 더 정면으로 충돌할 수 있을까? 내게 가장 특별한 두 여자가 무대 위에 함께 선 그 마법적인 순간을 직접 봤다면 좋았을 텐데.

4월 22일 금요일

어제 프린스가 죽었다는 소식을 들었다. 에이미는 프린스의 콘서트에 몇 번이나 다녀온 광팬이었다. 모두가 프린스의 사망 소식에 우울해했다.

나는 고등학교 졸업 앨범을 배송받았다. 고등학생 시절 친구의 아내가 창고에서 발견했다고 했다. 고등학교에서의 마지막날, 앨범에 사인을 해주기로 해놓고 돌려주는 걸 깜빡한 거였다. 그래서 지금껏 한 번도 공개하지 않았던 내 오랜 열정을 마침내 공개할 수 있게 됐다. 바로 '빌딩 커뮤니케이션' 동아리에 바쳤던 젊은 시절의 내 인생 말이다.

무슨 그런 뚱딴지같은 동아리가 다 있냐고? 사진 속 내 왼쪽 어깨 너머에 앉아 있는 사람은 내 남자친구였던 찰리다. 아마 내가 그 동아리에 든 것도 그의 영향이 컸으리라 본다.

하지만 그 외에 동아리와 관련해 기억나는 건 전혀 없다. 어느 날 버지니아 북부로 여행을 갔는데 건물이 서로 잘 어우러져 보이는 느낌이 들었다면, 나와 내 멋진 니트 조끼 덕분이라고 볼 수 있겠다.

소품 담당자가 돌아왔다. 바짝 마른 미트볼 장면에서 뭘 먹을 건지 이제는 진짜 말해줘야 한단다. 그래놀라 클러스터 볼? 칠면조 미트볼 바이트? 진짜 건조된 미트볼? 여전히 결정할 수가 없다! 그래서 또 나중에 말해도 되겠냐고 물었다. 그러자 그는 한숨을 쉬었다.

4월 23일 토요일

〈가을〉 에피소드의 대본 중 로렐라이가 자연 속으로 모험을 떠나는 부분을 처음 읽은 순간부터 나는 반드시 공원 관리인의 역

할은 피터가 맡아야 한다고 생각했다. 실제로 피터는 어느 정도 공원 관리를 맡고 있기도 한데, 아마 배우가 되지 않았다면 지금쯤 야외나 자연과 관련된 활동으로 돈을 벌고 있을지도 모른다. 게다가 〈한 해의 스케치〉 후반부에 얼굴을 비추는 캐릭터인 만큼, 피터가 등장한다면 재미있는 서프라이즈가 될 것 같았다. ABC 드라마 〈더 캐치〉 제작진은 너그러운 마음으로 피터의 특별 출연을 허락해줬다. 하지만 그의 촬영일까지 이틀밖에 남지 않았는데 일이 터졌다. 〈더 캐치〉 제작진이 중요한 장면의 로케이션을 확보하는 데 실패하는 바람에 일정을 바꿔야 한다고 했다. 그 바람에 피터는 하루종일 촬영에 임할 수 없게 됐다. 하지만 공원 관리인은 두 개의 긴 장면에 등장해야 했던데다, 촬영 지역은 말리부였으니 로스앤젤레스 어디에서든 한 시간은 걸릴 터였다. 그래서 두 개의 장면을 각기 다른 사람이 연기하면 어떨까 싶었다. 하지만 이렇게 갑작스러운 일정으로 누굴 부른담? 어떻게 하면 거의 불가능한 일을 가능케 할 수 있을까?

4월 25일 월요일

어떻게든 되더라! 고마워요, 제이슨 리터!

4월 27일 수요일

로렐라이네 집에서 하는 촬영은 이번이 마지막이라는 소식을 들었다. 잠깐, 뭐라고? 그제야 처음으로 촬영이 진짜 끝나가는구나 싶었다. 열흘만 더 촬영하면 끝이었다. 어쩌다 이렇게 된 거지? 기념으로 세트장에서 무언가를 가져가고 싶었다. 수년 간 기자들은 내가 기존 〈길모어 걸스〉 촬영장에서 뭔가 가져온 게 있는지 물었는데, 그때는 가져간 게 없었다. 마지막 촬영일이 정말로 마지막 촬영일이 될 줄은 전혀 몰랐기 때문이다. 그나마 촬영중 입었던 파란 패딩을 갈아입지 않은 채 깜빡하고 집으로 돌아갔고, 후속편 제작을 위해 돌아왔을 때까지 그걸 잊어버리고 산 게 다였다. 애초에 기자들은 작정하고 제대로 무언가를 훔친 스토리를 더 좋아한다. 애초에 세트장에서 물건을 훔쳐가는 게 언제부터 당시의 추억을 기리는 풍습이 된 건지도 모르겠다. 잉그리드 버그만이 〈카사블랑카〉 세트장에서 뭔가를 훔쳐가는 모습 같은 건 상상하기 힘드니 말이다. 나는 알렉시스에게 문자를 보내 뭔가 가져가고 싶은 게 있는지 물었다. 알렉시스는 아직 퇴근 전이니 세트장으로 와서 직접 보겠다고 답했다.

알렉시스와 함께 로렐라이의 집을 누비며 뭘 가져갈지 둘러보고 있으려니 정말 기분이 이상했다.

우리는 거듭해서 서로에게 물었다.

"이거 원래부터 여기 있었나?"

정말 많은 게 다시 지어졌고 로렐라이의 부엌도 달라졌기 때문에 모든 게 익숙하면서도 새로웠다. 알렉시스는 로리의 방에 붙어 있던 예일 배너를 떼어냈다. 나는 부엌 벽에 걸려 있던 주석으로 만든 분홍색 플라밍고 장식을 가져갔다. 딱히 플라밍고에 엄청난 애착이 있는 건 아니지만, 내가 촬영장에서 뭘 가져갔는지 얘기할 때마다 등장할 테니 이제는 인연이 생긴 셈이다. 나는 액자에 담긴 사진과 '사과처럼 예쁜 아이'라는 문구가 적힌 로리 얼굴 자석을 함께 챙겼다. 알렉시스는 아껴두었던 샴페인을 터뜨렸고, 우리는 촬영을 재개하기 전에 에이미와 함께 짧은 건배를 나누었다. 잘 있거라, 로렐라이의 집이여! 작별 인사는 힘들지만, 적어도 이번에는 오늘이 마지막날이라는 걸 안다. 그치만…. 마무리가 너무 열린 결말인데. 정말 나만 그렇게 생각하나?

4월 28일 목요일

지금쯤 한참 각색이 진행중이어야 했을 〈더 로열 위〉의 제작자들이 대본 진행 과정을 물어보러 전화했다. 나는 숨을 깊게 들이마신 후, 가장 프로 같아 보이는 작가의 모자를 쓰고서 그들에게 다시 전화를 걸어 '랄랄랄랄랄라, 잘 안 들리네요' 같은 느낌으로 대답했다. 다행히 그들은 화내지 않았다.

마침내 개리를 위한 배역을 찾았다! 그는 고래 박물관에서 켈리와 함께하는 도슨트 역할을 맡았다. 문제는 촬영일이 월요일인데, 개리는 여전히 뉴욕에 있다는 사실이었다. 월요일까지 로스앤젤레스로 오는 게 가능할까? 개리는 알아보겠다고 했다.

5월 2일 월요일

개리는 세 번의 항공편 지연과 악몽 같은 야간 이동 끝에 무사히 뉴욕에 도착했다. 개리의 촬영이 끝난 후, 나는 그와 함께 내 트레일러에 앉아 그간의 안부를 물었고, 처음 〈길모어 걸스〉의 일곱 개 시즌을 촬영하면서 수없이 겪었던 긴 일정과 밤샘에 관한 수다를 떨었다. 어째서인지는 모르겠지만 개리와 함께 추억을 곱씹고 있으려니, 진짜, 정말로 촬영이 끝나간다는 게 처음으로 실감이 났다.

5월 10일 화요일

이제 오늘을 포함해 이틀만 촬영하면 완전히 끝난다. 멜리사가 촬영장에 돌아오는 것은 마지막 퍼즐 조각이자, 어떤 면에서는 내게 가장 중요한 조각이었다. 다시 로렐라이가 되어 절친인 수키와 함께 부엌으로 돌아오니 이루 말할 수 없이 기뻤다. 멜리사가 몹시 그립기도 했다.

일을 끝마친 뒤, 나는 멜리사와 야닉과 함께 술을 마시러 갔다. 우리는 몇 시간이나 수다를 떨었다. 몇 시간이고 더 이야기꽃을 피우고 싶었지만 나는 잠을 자둬야 했다. 내일은 마지막 촬영일인 만큼 아주 긴 하루가 될 예정이었기 때문이다.

5월 11일 수요일

모두가 기다리던 바로 그날이 마침내 도래했다! 촬영 마지막 날만을 의미하는 건 아니다. 건조된 미트볼 대신 뭘 먹을 것인가라는 아주 깊고 철학적인 질문에 대한 답을 반드시 해야만 하는 날이기도 하다. 독자들이여, 안심하라. 코코넛 초콜릿 볼을 골랐다는 사실을 비로소 밝히노니. 드디어 범지구적이며 정치적인 이 문제에 관한 해답이 이렇게 공개되었으니, 안심하고 일상으로 복귀해도 좋다!

알렉시스와 나는 뉴욕 시내 호텔방을 배경으로 한 장면을 찍는 데 거의 하루종일을 보냈다. 로리가 원나잇을 경험한 후 실수했다는 걱정에 난리를 치는 장면이다. 로렐라이는 로리에게 상담을 해주려 한다. 알렉시스는 당황과 유머를 적절히 섞은 완벽한 연기를 선보였다. 남은 세트는 이미 철수됐고, 남은 건 이 호텔방뿐이다. 촬영을 마치고 나자마자 슬픔이 밀려오기 시작했다. 알렉시스도, 그녀와 나눴던 특별한 교감도 너무나 그리울 것이다.

마지막 촬영일이자 〈한 해의 스케치〉 마지막날로, 로렐라이와 루크, 로리가 지나가는 일종의 인생의 터널을 재연하는 날이다. 몇 주 전 야간에 야외에서 촬영하기 시작한 짧은 장면이지만, 미처 끝마치지 못했다. 〈한 해의 스케치〉를 시청하면 아마 바로 이해가 되겠지만, 아주 마법 같은 시퀀스의 일부다. 배경음악으로 샘 필립스의 〈리플렉팅 라이트〉가 흐르는데[39], 대사는 없다. 수년 간 〈길모어 걸스〉에서 대사가 전혀 없던 장면은 정말 손에 꼽을 정도로 없다. 그래서 더 이상했다. 몇 사람은 모니터 근처로 모여들기 시작했다. 제작 스태프, 조감독들, 그들의 조수들, 그리고 스튜디오 사무실 사람들까지. 특별히 볼 만한 게 있는 건 아니지만, 우리에게 작별인사를 하기 위해, 그리고 마지막을 함께하기 위해 그곳에 모여들고 있다는 사실은 금방 알 수 있었다. 어딘가 전류가 흐르는 듯한 분위기가 느껴졌다. 나와 스콧, 알렉시스는 아무 말 없이 그 터널 사이를 대여섯 번 정도 지나갔다.

그리고 정말로 모든 게 끝났다.

몇 달이고 몇 주고 워낙 눈물을 많이 흘린 후라 그런지 엄청난 감정이 밀려오고 있는데도 마치 충격을 받은 사람처럼 눈물이 거의 나지 않았다. 나는 에이미, 스콧과 포옹을 나눴다. 댄, 알렉시스와도 포옹을 나눴다. 우리는 약간 어색한 분위기로 둘러서서 어쩔 줄 몰라했다. 우선 우리는 함께 사진을 찍었다. 절대 정확하게 기록할 수 없을 그 순간을 어떻게든 남겨보려고. 그들 사이의 내 모습은 망치로 얻어맞은 것 같아 보였다.

나는 촬영을 위해 입었던 잠옷 바지를 벗어 던지지도 않은 채로 (잠옷 상의도 벗지 않았으니 걱정할 건 없다) 근처의 바비큐 식당

39 기존 〈길모어 걸스〉 시리즈 중 루크의 여동생인 리즈의 결혼식 에피소드에서 루크와 로렐라이가 같은 노래에 맞춰 춤추는데, 로렐라이가 루크에 대한 호감을 처음으로 깨닫는 계기가 됨

에서 배우와 스태프 몇 명을 만나 잠깐 수다를 떨며 서로 감사 인사를 나누고 서로의 얼굴을 다시 한번 뜯어봤다. 여전히 멍한 상태였다. 우리 해낸 거 맞지? 그러니까, 정말 다 끝난 거지? 성공적으로 마친 거 맞지? 그 누구도 일어날 줄 몰랐던 일이었기에, 그게 정말 현실이 되었다는 사실을 믿기가 힘들었다.

나는 한두 잔의 술을 마신 뒤 너무 늦기 전에 짐을 싸두기 위해 트레일러로 돌아갔는데, 파란 패딩을 찾을 수 없었다. 평소처럼 세트장에 두고 왔나? 무대 아래 스태프에게 전화를 해봤는데 없다고 했다. 조감독들은 무전기를 사용해 패딩 찾기를 도와줬다. 다들 내 주변에서 패딩을 봤거나 내가 패딩을 입고 있는 걸 봤거나 나와 아주 가까운 곳에서 봤다고는 했으니 다들 내가 무엇을 찾고 있는지 잘 알았다. 게다가 길고 통통하고 시퍼런 색이었으니 그렇게 멀리 갔을 리가 없었다. 그런데 아무도 어디 있는지 찾을 수가 없단다. 마지막으로 패딩을 봤던 게 언제였지? 오늘이던가? 아닌 거 같은데. 오늘은 종일 무더웠으니 말이다. 어제처럼…. 어제였다! 이제 기억났다. 아침에는 추웠던 날씨가 점심때가 되니 더워졌다. 자전거를 끌고 야닉, 멜리사와 함께 무대로 걸어간 기억이 있다. 그곳에서는 작별 점심 파티가 진행되고 있었다. 나는 무대 밖에 자전거를 두고, 촬영중 입었던 초록색 가죽 재킷과 파란 패딩을 자전거 핸들에 걸어뒀다. 오늘도 촬영중 초록색 가죽 재킷을 입어야 했으니, 의상 팀이 그걸 챙기면서 패딩을 함께 챙겨간 게 분명했다. 다행이었다. 아직 짐을 싸는 중이었으니, 아마 브리트니가 패딩을 세탁소로 보냈을지도 몰랐다. 하지만 의상 트레일러에서 만난 브리트니는 어제 내 자전거 핸들에 걸려 있던 초록색 가죽 재킷을 챙긴 건 맞는데, 파란 패딩은 못 봤다고 했다.

그 오랜 시간 〈길모어 걸스〉를 촬영하다보니, 옥외 촬영장이 마치 내 집의 연장선상에 있는 것처럼 느껴지기도 했다. 실제 집에서보다 이곳에서 더 오랜 시간을 보냈으니 그럴 만도 했다. 하지만 지금의 옥외 촬영장은 다르다. 워너 브라더스는 이제 투어를 제공하고 있고, 그러다보니 예전보다 더 붐비고, 지나가는 사람도 더 많아졌다. 그렇지만 신기하게도 촬영 내내 온갖 곳에 마구잡이로 물건을 놓고 다녔는데도 어떤 물건이든 항상 내게 다시 돌아왔다. 그래서 최악의 경우를 고려하고 싶지는 않지만, 아무래도 후속편에 관한 소식을 트위터에 게시하면서 그 파란 패딩의 사진을 함께 올리는 바람에 누군가 수집하기 좋은 물건이다 싶어 가져간 건 아니었을까 싶다. (만약 당신이 범인이라면, 아무 책임도 묻지 않을 테니 로스앤젤레스의 내 매니저인 존 카라비노에게 보내줬으면 한다.) 그리고 스코틀랜드 야드 관계자 중 이 책을 읽고 있는 분이 계실지 모르니 내 파란 패딩이 마지막으로 목격된 사진을 여기 첨부한다.

그저 패딩일 뿐이지만, 정말 오래도록 내 손에 있던 물건이다. 기존 시리즈의 촬영이 끝난 후에는 한 번도 입은 적이 없었다. 마트 같은 곳에 가서 '이것 좀 봐라! 〈길모어 걸스〉라고 적힌 커다랗고 뚱뚱한 파란색 패딩, 내가 입고 있지롱!' 하고 거들먹거리며 돌아다니면 얼마나 꼴보기 싫겠는가. 애초에 그걸 왜 가져갔는지도 잘 모르겠다. 처음으로 다시 그 패딩을 입었을 때, 2008년부터

주머니 속에 들어 있던 마른 설탕 봉지를 발견했다. 2008년 이래로 그걸 건든 적이 없던 거다. 한번은 나방이 우리의 스웨터를 죄다 뜯어먹어 끔찍한 겨울을 나야 했는데, 신기하게도 그 패딩만은 멀쩡했다. 나방마저도 내게 그 패딩이 다시 필요해질 줄 알고 있었던 모양이다. 그 패딩은 〈길모어 걸스: 한 해의 스케치〉 촬영 내내 나와 함께했다. 덕분에 나는 늘 따듯하고 보송보송한 상태를 유지했고, 야간에 옥외 촬영장을 따라 자전거를 타고 달리며 잠시 여유를 즐길 때면 패딩은 내 등뒤에서 부풀어오르곤 했다. 그러니 그게 없어졌다는 사실이 슬프지 않을 리가 있겠나.

하지만 촬영 마지막날이니, 그 패딩은 제 몫을 다했다. 우리의 촬영은 끝이 났고, 로스앤젤레스에는 5월이 왔다. 태양이 작열하고 있다. 몸을 덥히기 위해 그 패딩을 입을 필요도 없어졌다. 물론, 감상적인 이유로 그 패딩이 있다면 더 좋겠지만 말이다. 그래도 나는 실로 대단했던 지난 70일간의 여정을 돌아봤고, 감사한 사람들의 얼굴을 떠올렸으며, 〈한 해의 스케치〉를 만들기 위해 퍼부었던 엄청난 사랑을 생각했다. 곤도 마리에의 책을 읽은 에밀리가 물건을 버리며 과거에 감사하는 새로운 방식을 배우던 장면이 생각난다. 두 팔 벌려 즐거운 마음으로 미래를 맞이하는 것 또한 그만큼 중요하다면서 말이다. 물론 패딩을 잃어버린 나와는 달리 에밀리는 자의로 물건을 버리지만, 곤도 마리에의 책에서 전하는 메시지를 받아들인 나는 패딩을 잃어버린 것에 대한 슬픔보다는 패딩과 함께한 추억에 대한 고마움에 집중하리라고 마음먹었다. 그 수많은 세월 동안 말라붙을 정도로 오래된 설탕 봉지를 주머니 속에 간직한 채 내 옷장에 처박혀 있던 패딩에게 감사하리라고. 다시 쓰임새가 있을 줄 알았다는 듯, 그렇게 꿋꿋히 견뎌내준 것에 고마워하리라고. 〈겨울〉, 〈봄〉, 〈여름〉, 〈가을〉 에피소드를 촬영하는 70일 내내 나와 함께해준 것에도.

나는 패딩이 나와 함께해준 그 모든 시간에 감사한 후 패딩을 놓아주었다.

〈길모어 걸스〉를 마무리할 기회를 그토록 간절히 원했고, 오랜 시간이 걸리기는 했어도 마침내 정말로 매듭을 지을 수 있었으니 말이다.

정말 끝난 게 맞나? 맞겠지?

그렇다. 정말 끝이다.

그런데 한번 진지하게 생각해보라. 그 마지막 부분 말인데, 정말 열린 결말 같지 않았나?

흐으으으음….

다음 기차:
2017년 6월에 추가된 내용

반쪽 얼굴에 대한 해명

우선 먼저 안녕이라는 인사를 전한다. 아마 몇 독자에게는 다시 만나 반갑다고 해야겠지. 오래도록 안부를 전하지 못했으니까 말이다. 책에 사인을 해줬거나 토크쇼의 청중 속에 앉아 있는 당신에게 손을 흔들었거나 공항이나 의학 용어, 의학 용어 근처에서 우연히 마주친 게 마지막이었겠지. 그러니 이번 기회를 통해 〈길모어 걸스: 한 해의 스케치〉 촬영을 마치고, 지난한 이야기를 책에 담고, 촬영과 책 집필이 어땠는지에 대해 말하러 전국을 유랑한 후 어떤 일이 있었는지 말하고자 한다.

이 책의 마지막 장은 〈길모어 걸스: 한 해의 스케치〉 촬영 당시 썼던 일종의 일기다. 책 집필 당시 〈한 해의 스케치〉 촬영이 진행중이었기에, 어떻게 보면 책의 가장 마지막 부분을 가장 먼저 쓴 셈이다. 촬영을 마친 후, 나는 책 작업을 마무리해야 했다. 이미 상당한 원고를 쓰기는 했다. 촬영 사이사이에 한두 개의 단락을 얼른 추가한 덕이었다. 그래도 할일은 많이 남아 있었다. 나는 비행기에서 원고를 썼다. 사촌과 사돈댁 사람들은 잔뜩 탄 피부와 온갖 이야깃거리를 얻어온 가족 하이킹 여행중에도 원고를 썼다. 여행 내내 나는 하이킹 따위는 일절 하지 않았고, 덕분에 창백한 피부와 컴퓨터 화면을 오래 본 탓에 게슴츠레해진 눈빛을 유지할 수 있었다. 원고 작업은 끊임없이 계속됐다. 뉴욕의 온갖 호텔방에 숨어 원고 작업을 했고, 부엌에서 스크램블드에그를 만드는 와중에도 글을 썼다. 엄밀히 말하면 작업을 마쳤다고 볼 수 있었던 때에도 노래 가사의 저작권 문제를 해결하고, 사진작가 이름을 확인하고, 편집 과정을 거쳐야 했다. 나는 기존 〈길모어 걸스〉의 일곱 개 시즌을 서둘러 정주행한 나머지 몇 가지 실수를 저지르고 말았다. 몇 가지 실수는 수정됐지만, 미처 수정하지 못한 실수도 있었다. 본인의 회고록을 쓰고 싶다는 생각이 조금이라도 있는 독자에게 중요한 팁 한 가지를 전한다. 일기를 써라. 몇 단어만 끄적여놓아도 회상에 도움이 될지 모르는 일이다.

마침내, 책 작업이 끝났다.

나는 멋진 사진작가, 앤드루 에클스와 함께 책표지에 실을 사진을 찍었다. 처음에는 에너지와 움직임이 많은 무언가를 상상했다. 앤드루도 그 아이디어를 좋아했고, 내게 위아래로 뛰어보라든가 과한 몸짓을 해 보이라고 주문했다. 의상도 열댓 번은 갈아입었다. 내가 최대한 많은 표정을 담아보겠다고 아무말이나 지껄이는 동안, 앤드루는 스티커 사진처럼 빠른 속도로 연속 촬영된 일련의 사진을 구상했다. 나는 책표지 디자인 아이디어를 대강 그려봤다. 그중 하나는 연속 촬영된 사진 여러 장을 같이 보여주는 거였다. 아래 그림처럼 말이다.

어떤 중심이 될 수 있는 이미지를 온갖 어구들이 둘러싸고 있는 그림도 생각했다. 책에서 인용한 어구일 수도 있고, 냉장고 자석 따위에서 볼 수 있는 별 의미 없는 무작위한 단어일 수도 있고. 아래 그림처럼 말이다.

브레인스토밍은 재미있었다. 배우 생활을 하면서 사진 촬영을 한 뒤 직접 사진을 고르고 심지어는 사진이 어떻게 보이면 좋을지 거의 처음부터 끝까지 다 구상할 수 있었던 적은 한 번도 없었기 때문이다. 방송국 이사진이나 잡지 편집부 위원단이 영향력을 행사하는 경우가 대부분이다. 그런데 난생처음으로 그 위원단이 (주로) 내가 된 것이다. 나는 스스로를 회장 자리에 앉히고, 내게 구석에 자리한 사무실을 배정했으며, 회의를 주관했고, 나 스스로에게 호통을 쳤다. 권력의 맛에 취한 거다. (딱 그 하루 동안만이었지만.)

우리는 다양한 방면에서 내 사진을 온갖 어구가 둘러싸고 있는 표지의 디자인을 시도했다. 하지만 전부 너무 정신없어 보였다. 마치 내가 글자로 된 정신 나간 토네이도 속에 갇혀 있는 것 같은 느낌이었달까. 하지만 디자인 부서는 계속해서 내가 제시한 아이디어를 기준으로 다양한 디자인을 구상했다. 그래서 결국 어떻게든 될 줄 알았다. 그런데 표지 시안 제작 막판에 '미트 앤 포테이토 디자인 주식회사' 출신의 캐머런 셰퍼드란 남자가 그동안 논의된 내용에서 완전히 벗어난 걸 들고 왔다. 반으로 잘린 내 얼굴 사진 말이다. 기이하고 예사롭지 않았지만 그래서 좋았고, 위트가 느껴지는 디자인이었다. 바로 그거였다. 정확히 내가 원하던 거였다. 내가 그렸던 상상 속 표지와 닮은 구석은 전혀 없었지만 말이다.

이렇듯 창의적인 작업은 대체로 올곧지가 않다. 이 이야기를 하는 이유는 나를 만나본 적이 없는 누군가에게 위험을 감수할 만한 가치가 있었던 사례를 말해주고 싶어서다. 나는 원래 생각한 비전을 그대로 실현하려 노력하는 사람이다. 하지만 내 직감은 다른 누군가에게 훨씬 더 나은 콘셉트가 있다고 말해줬고, 내가 그 사실을 알아차리고 그 사실에 감사하는 게 최선이라고 알려줬다. 내가 처음 생각했던 구상만이 최고이자 유일한 해답이라는 생각에 매달리지 않도록 말이다.

금상첨화로, 수개월 후 제이슨 리터가 메이 휘트먼의 집에서 책의 초판본을 집어들고 표지의 반쪽 얼굴을 그의 얼굴에 대어본 덕분에 수많은 독자가 이것을 따라 한 후 내게 트위터로 사진을 보냈다. 미국 전역과 세계 각국의 서로 다른 얼굴들이 이어진 것을 보니 감사 인사처럼 느껴지기도 했고, 가상의 포옹 같기도 했으며, 전혀 예상치 못했던 방식으로, 아무리 다시 봐도 지겹지 않을 지지를 받은 것 같기도 했다. 이 자리에서 반쪽 얼굴 사진을 보낸 전 세계 독자들에게 감사를 전한다.

메건에게 보내는 사과

〈길모어 걸스〉는 추수감사절에 공개될 예정이었고 이 책은 그 다음주 화요일에 출간될 예정이었다. 그래서 나는 〈길모어 걸스〉와 책을 함께 홍보하고 있었다. 토크쇼에도 많이 나갔고, 사인회도 많이 진행했다. 92NY[40]에서 연설할 기회도 있었는데, 바너드 대학교 학생 시절에 자주 들렀던 곳이다(돈에 쪼들리지 않을 때마다 말이다). 그곳의 무대에 올라가는 것이 내 꿈이었어서, 내 소설

40 뉴욕의 대표적인 복합문화공간으로 다양한 예술 공연과 강연이 진행되는 곳

『언젠가는 아마도』의 주인공인 프래니의 꿈도 그렇게 설정하기까지 했다. 그날 밤, 그곳은 발 디딜 틈이 없었고, 청중은 내게 따뜻하고 멋진 환영 인사를 해줬다. 마이크 오지엘로는 언제나 그랬듯 사려 깊고 재미있는 진행자였다. 며칠 후 공개된 〈뉴욕 타임스〉 기사에 따르면 그날의 청중은 여성이 대부분인 〈스타 트렉〉 컨벤션이었고, 나는 커크 선장에 맞먹는 사람이었단다. 그보다 더 멋진 찬사가 있을까?

그날 밤 많은 친구와 가족도 함께했다. 내 책에 등장한 사람도 있었다. 사촌 헤더는 산발머리를 하고 있는 우리 둘의 사진이 실린 페이지에 꽤 여러 번 사인을 해줬다. 평범한 보험업계 종사자인 헤더도 그날만큼은 92NY의 유명 인사였다! 아빠도 여기저기 얼굴을 비추고 다닌 덕에 거의 조지 클루니 급의 유명세를 치렀다. 아빠는 〈엘런 쇼〉에 출연해 청중 속에서 엘런과 수다를 떨기까지 했다. 그래서 아빠도 당연하게 사람들에게 사인을 해주었고, 본인만 전담하는 홍보 담당자까지 생긴 것 같았다.

강연이 끝나고, 우리는 근처의 이탈리안 식당에 들러 삐걱거리는 계단 위에 자리한 안락한 방에서 부라타 치즈와 샐러드와 빵과 와인을 만끽했다. 내 사촌들은 왠지는 모르겠지만 기다란 나무 테이블 주변에서 계속 마네킹 챌린지를 하려 했다. 그 유행을 기억하는가? 동영상을 찍는 동안 누군가 한 명이 실패할 때까지 마네킹처럼 같은 자세를 유지하는 것 말이다. 정말 웃긴 놀이다! 다들 한 번쯤은 해본 적 있지 않나? 어쨌든 그때 사촌 메건이 내가 '고마운 사람들'의 목록에서 그녀의 성을 쏙 빼먹었다는 사실을 지적했다. 그런 걸 잊어버리다니. 나는 무척이나 상심했지만, 왜 그런 일이 일어났는지 대충 짐작할 수 있었다.

메건의 성은 어렐이다. 너무 단순하고 짧은 이름이라 한 글자라도 잘못 쓸까봐 두려웠다. 메건의 성을 적을 때면 항상 철자를 잘못 쓴 건 아닐까 의심부터 하게 된다. 어렐이 맞던가? 그렇게 간단할 리가 없는데. 아렐이나 에럴이나 에리얼인 거 아닌가? 메건이 댄과 결혼한 후 성을 바꾼 게 언젠데 아직도 이렇게 확신이 안 선다는 게 말이 안 되기는 하지만, 메건에게 유감이 있어서 이러는 건 아니다. 이유는 잘 모르겠지만 이렇게 말도 안 되는 이유로 헷갈려하는 이름이 몇 개나 더 있다. 당신의 이름이 데이비드라고 치면, 어느 날 갑자기 내가 당신을 브라이언이라고 부를 수도 있는 거다. 내 뇌는 비슷한 구석이 하나도 없는 이름들을 그냥 비슷하게 받아들인다. 브라이언이라는 이름을 가진 친구와 데이비드라는 이름을 가진 친구와 수년간 알고 지냈으면서도 나는 여전히 그들의 이름을 제대로 부르기 위해 멈칫하곤 한다. 수잔이란 이름은 말할 것도 없다. 당신의 이름이 수잔인 거, 정말 확실한가? 정말 벳시가 아니라고?

어쨌든 그래서 스펠링을 두 번, 세 번 체크하기 위해 스스로에게도 그리고 아마 편집자에게도 메모를 남겨뒀다. 그런데도 어째서인지 무심코 아예 이름 하나를 빠뜨린 거다. 92NY에서의 연설이 끝난 후, 저녁 식사 자리에서 메건은 완벽하게 마네킹 같은 자세를 유지했을 뿐 아니라 내가 자기 이름을 빠뜨렸다는 사실에 화를 내지도 않았다. 하지만 나는 메건과 그녀를 위한 장을 만들고 '메건에게 보내는 사과'라고 이름 붙이겠다고 협의했다. 그 장이 이거다! 메건, 댄, 미안해! 적어도 여기에는 너희 이름을 잘 적어뒀어. 앞으로는 절대 철자가 더 길지 않았었나 긴가민가 하지 않을게. 그리고 너희 애들 이름을 브라이언이나 데이비드라고 짓지 않아서 고마워.

컵게이트 사건

연설 후에는 유니언 스퀘어 반스 앤드 노블에서 진행된 책 사인회와 〈투데이〉 쇼, 〈더 레이첼 레이〉 쇼에 출연하느라 바빴다. 나는 난생처음 〈더 츄〉에 출연하게 됐는데, 그곳에서 마리오 바탈리의 전화번호를 땄다. 혹시 자기 레스토랑에서 식사할 일이 있을지도 모르니 가지고 있으랬다. 혹시라니, 농담인가? 지금도 그의 레스토랑에 앉아 있을지도 모르는 일인데 말이다! 그의 오스테리아 모짜에서 생일파티도 했는데! 바탈리 씨, 제게 전화번호를 알려준 그날을 후회하실지도 몰라요.

그 이후에는 켈리, 알렉시스, 스콧과 한번, 그다음날은 혼자서 한 번 더 SAG 패널을 했다. 단시간에 그렇게 많은 언론 행사를 뛴 건 처음이었다. 이 주 내내 실내 온도가 첨예하게 다른 온갖 건물을 넘나들고 하도 많은 옷과 신발을 (빌린 거기는 하지만) 갈아입다보니 어지러울 지경이었다. 날씨도 영 꽝이었다. 걸치기 딱 좋은 아우터다 싶어도 춥고 비 내리는 밖으로 나가면 「REI 멤버십 카드가 생기기까지」에 소개한 내 배움은 말짱 도루묵이 된 것 같았다. 게다가 많은 사람과 만나고 악수하고 포옹하다보니 아드레날린이 넘쳤던데다가 새벽부터 메이크업과 머리 손질을 받아야 하는 날이 많아 거의 잠을 자지 못했다. 그래서 주말이 되자, 내 마지막 스케줄 중 하나였던 〈더 레이트 쇼 위드 스티븐 콜베어〉에 맞춰 몸살이 났다. 나는 아픈 일이 거의 없는 편인데, 정말 이상하게 아팠다. 모든 아픔이 한꺼번에 몰려온 것처럼 큰 소리로 기침을 해댔고 배탈도 났다.

무대 뒤에서 내 통증은 재주를 넘으며 날 어지럽게 했다. 아무래도 내 홍보 담당자인 셰릴에게 편의점에서 뭘 좀 사 오라고 해야겠는데…. 뭘 사 오라고 해야 하나? 무슨 약을 먹어야 증상이 완화될지 알 수가 없었다. 있는 약은 전부 먹어야 하나? 셰릴은 내가 이동하기 직전 온갖 알약과 형형색색의 물약을 한아름 사 들고 돌아왔다. 나는 핑크색 알약 한 줌을 목에 털어넣었지만, 무대 위로 불려 나가기 직전까지도 고통에 몸을 움츠리고 있었다.

그날 밤의 가장 큰 목표는 스티븐의 책상에 토하지 않는 거였다. 내 머리통이 바다 위를 떠다니는 볼링공처럼 느껴지기는 했지만, 그의 쇼에 출연해서 무척 설레기도 했다. 스티븐이 가장 먼저 던진 질문 중 하나는 〈한 해의 스케치〉 첫 에피소드인 〈겨울〉에서 로렐라이가 커피 컵을 들 때의 포즈를 두고 인터넷에서 일어난 논란에 관한 것이었다. 시청자 중 몇 명에게는 로렐라이의 컵에 든 게 거의 없는 것처럼 보였다는 것이다. 어떤 시청자들은 거기 든 게 있다고 해도 커피는 아니리라 추측했다. 만약 컵에 뜨거운 음료가 들어 있었다면 아래 장면처럼 컵의 바닥을 쥘 수는 없지 않겠느냐고 말이다.

로스앤젤레스를 처음으로 방문했을 때 누군가가 내게 〈매드 어바웃 유〉에 출연한 헬렌 헌트에 관해 해준 이야기가 기억난다(정말 있었던 일인지는 잘 모르겠지만 말이다). 헬렌 헌트는 가능한 한 모든 것을 실제로 하는 데에 집착했다고 한다. 예를 들어, 그녀의 캐릭터가 계란 프라이를 만들고 있는 장면이 있다면, 아무것도 요리되고 있지 않은 차가운 프라이팬 위에서 뒤집개를 움직이는 시늉을 하는 대신 가능하다면 실제로 계란 프라이를 요리하고 싶어 했다고 말이다. 이 얘기를 해준 사람은 그게 별꼴이라는 듯 눈을 굴려 보였다. 하지만 나는 이해할 수 있었다. 물론 배우란 직업이 꾸며내는 거기는 하지만, 계란 프라이를 요리할 줄 안다면 계란 프라이를 요리하는 장면에서 계란 프라이를 요리하지 않을 이유는 없지 않겠는가?

내가 이 이야기를 하는 것은 그날 내 컵에 커피가 실제로 들어 있었다고 말하기 위해서다. 그리고 대체로, 동공이 심하게 떨리는 바람에 머리에서 튀어나올 수준이 된 나를 생각해서도 세트장의 모두를 위해서도 커피를 물로 바꿔야 하는 상황이 아닌 이상, 내 컵에는 언제나 커피가 있었다. 그날 밤 스티븐에게도 정확히 그렇게 대답했다.

쇼를 보지 않은 독자가 있다면 나는 라이브 토크쇼에서 공공연히 씩씩거리는 모습을 보이지는 않았으니 안심해도 좋다. 하지만 여전히 커피 컵게이트에 의심을 품는 독자가 있을 수도 있으니 더 자세히 설명해주겠다.

로렐라이는 로리의 방문에 너무 설렌 나머지 일찍 정자에 도착했다. 그녀는 자기 컵에 든 커피를 거의 다 마셔버리고는 자기 커피가 거의 바닥났다는 사실을 깨닫고 로리를 위해 사둔 커피도 조금 마셨다. 몇 모금 마신다고 로리가 눈치채지는 않을 터였고, 눈치채더라도 기분 나빠하지는 않을 거라는 생각에서였다. 하지만 그때 로렐라이는 로리에게 교통체증 때문에 택시가 움직이지를 못하고 있다는 문자를 받았다. 이쯤 되니 로렐라이는 배가 고파졌지만, 로리가 도착하기 전에 타코를 먹고 싶지는 않았다. 그래서 그녀는 자기 커피와 로리 커피를 번갈아가면서 조금씩 마셨다. 그러면서 커피는 점점 식어갔다. 로렐라이는 타코를 한 입 베어 물었다. (두 입이었던가?) 그랬더니 목이 말라져서 로리의 커피를 한 모

금 더 마셔야 했다. 그제야 로리가 도착했고, 로렐라이의 커피 컵은 완전히 빈 거나 다름없었으며 로리의 커피도 바닥을 드러내고 있었다. 덕분에 로렐라이는 손에 몇 개의 가방을 걸친 상태에서도 손바닥으로 커피 컵 바닥을 잡을 수 있었다. 이제 다들 좀 그만하고 넘어갈 수 없나?

그러자고? 그거 잘됐다.

헬렌 헌트와 함께 감사를 전하는 바이다.

못된 말은 못하는 사람

몇 개월 전, 나는 예상치 못하게 시트콤 〈커브 유어 엔수지애즘〉의 에피소드 세 편에 출연할 의사가 있는지 묻는 전화를 받았다. 내가 아주 좋아하는 쇼이기도 했고, 지인의 포커 행사에서 제작자인 래리 데이비드와 어울린 적도 몇 번 있었다. 참고로 난 포커를 잘하지는 못한다. 수년 전, 나는 지금은 폐지된 〈셀러브리티 포커 쇼다운〉이라는 프로그램에서 이상할 정도로 성공적인 경험을 한 적이 있는데, 덕분에 몇 사람은 내가 포커 실력자라고 착각해버렸다. 하지만 TV에서 보는 대부분의 것이 그렇듯, 그날 시청자가 본 것은 새 차를 사거나 세제를 바꾸도록 하기 위해 고안된 거짓말이었을 뿐이다. 그저 내가 그날 그 게임에서 운이 좋았을 뿐이다. 어쨌든 나는 래리와 (허술하게) 포커를 즐긴 덕에 그를 알고 있었고, 그는 내 매니저를 통해 내게 전화해달라고 했다. 내가 등장하는 장면에 관해 설명해주기 위해서였다.

“야한 얘기를 하는 캐릭터예요.” 래리가 말했다.

"멋지네요! 재밌겠어요! 좋은데요!"

내 반응에 래리는 다시 물었다.

"아주 심각하게 더러울 정도로 야해야 해요. 괜찮겠어요?"

"하하, 네."

내 목소리 톤은 심각하게 위아래로 널뛰고 있었고, 내 손은 축축해졌다.

"제 말은 당연하다고요! 하하! 제가 야한 말을 한다니, 그보다 더 찰떡인 게 어딨어요? 근데 정확히 얼마나 야해야 하는데요?"

"아주 아주 아주 야해야 해요."

(래리가 정확히 그렇게 대답한 건 아니다. 하지만 그의 평소 말투와 시트콤에서의 말투가 똑같다면 재미있지 않겠는가?)

내가 연기한 브리짓이라는 캐릭터는 NBC에서 어떤 언어와 상황을 방송에 송출할 수 있을지 검열하는 일을 책임지는 검수자였다. 브리짓은 래리와 데이트를 하게 되는데, 이때 그에게 직장에서 하는 일을 설명한다. 브리짓은 그날 어떤 것들을 검열했는지 설명하기 위해 온갖 욕을 하면서 선정적인 상황을 묘사하고, 덕분에 래리는 후끈하게 달아오른다. 그렇게 두 사람 관계에 불이 붙는다. 아주 웃긴 장면 아닌가!

〈커브 유어 엔수지애즘〉의 진행 방식은 래리가 전체적인 파일럿의 개요를 구상한 뒤 각 장면의 연기를 배분하는 거였다. 하지만 대사는 대부분 즉흥적으로 이루어졌다. 나는 즉흥 연기를 아주 좋아했고, 대부분의 장면을 즉흥 연기의 달인인 래리와 함께 연기할 수 있게 되어 설렜다. 케이블 방송사에서 송출되는 프로그램인 만큼 금지된 단어는 거의 없었다. 이상하게 야한 얘기가 도통 생각이 안 나지만 않는다면 말이다. 그런데 내가 그랬다. 래리의 집에서 열린 디너 파티 장면에서 나는 헤어진 남자친구와의 성관계가 어땠는지 묘사해야 했다.

"그 사람은 참…. 이상했어요."

이상했다니, 그보다 말문을 열기에 적합한 표현이 있을까!

"그리고 또…. 더러웠는데…. 그게…."

나는 테이블을 둘러보다 테드 댄슨과 눈이 마주쳤다. 그는 나를 격려하듯 고개를 끄덕였다.

"너무 더러웠어요. 쿠키 부스러기를 다 흘려놓고, 또…."

나는 말을 멈췄다. 심장은 두근거렸고, 뇌는 훌륭한 아이디어를 찾아 헤맸다.

"언제는…. 그 사람이 갑자기, 〈대니 보이〉를 부르기 시작하는 거예요…."

나는 말을 흐리며 은유적인 음란함을 전달하겠답시고 눈썹을 위아래로 움직였다.

다들 어리둥절한 표정을 했다.

감독이 컷을 외친 뒤, 테드는 나를 향해 미소 지으며 말했다.

"완전히 놔버려도 돼요. HBO잖아요!"

미안하지만 테드, 그게 완전히 놔버린 거였어요.

어리둥절한 건 나도 마찬가지였다! 〈대니 보이〉라고?

대체 뭔 소리야?

'피프티'와 운이 맞는 건 '니프티'뿐이라 오해의 소지가 있지만

올해 나는 쉰(피프티)이 됐다. 썩 훌륭한(니프티) 일은 아니다. 불공평한 일이고, 정말 그 계산이 맞는지 증명을 바란다! 무기명 투표를 실시하자! (정치 부패 의혹을 보도하는 뉴스의 규모가 그 정도에서 끝나던 시절을 기억하는가? 어휴.) '쉰'이라는 단어는 그다지 재밌게 들리지 않을뿐더러, 얼마나 나이들었는지에 대해 더는 불평할 수 없는 나이인 모양이다. 만약 불평하는 순간, 사람들은 다들 이렇게 반응할 것이기 때문이다.

"죽는 것보다야 낫잖아요?"

내가 사십대였을 때만 해도 그런 식의 이야기를 듣지는 않았는데 말이다. 물론 인정한다. 그래, 죽는 것보다야 쉰 살인 게 낫지. 하지만 정말 선택지가 그 두 가지뿐이란 말인가?

그래도 나는 기념일을 축하해야 한다고 생각한다. 가장 가깝고 가장 사랑하는 사람들을 한 자리에 모을 수 있는 기회라면 놓치지 말아야 한다고 믿는다. 그래서 나는 그리니치 호텔에서 뉴욕 생일파티를 열었다. 그리고 피터, 에이미, 댄과 함께 대학생 시절 온갖 뮤지컬의 안무를 맡아준 친구, 앨리슨을 초대했다. (나는 〈웨스트 사이드 스토리〉의 아니타를 연기했고, 〈그리스〉에서는 프렌치였다!) 내 사촌인 테드는 아주 예쁜 여자친구인 로런을 데려왔고 (나 말고 다른 로런 말이다. 내가 사촌과 사귈 리가 없지 않나?) 조시와 소피, 제스와 스티븐, 젠 E. 스미스도 파티에 와줬다. 파티가 마무리될 때쯤, 내 친구인 케이트 제닝스 그랜트는 즉흥적으로 오페라스러운 생일 축하 노래를 불렀고, 덕분에 다들 눈물을 흘리며 박수를 쳤다.

로스앤젤레스에 돌아온 후 피터는 앞서 언급했다시피 오스테리아 모짜에서 성대한 파티를 열어줬다(잘 지내죠, 마리오?). 전부 나열할 수 없을 정도로 많은 친구와 가족이 참석했다. 그중에는 아빠, 여동생 셰이드, 고등학생 시절 남자친구였던 찰리, 샌프란시스코에서 온 루시와 미셸, 레이, 애나, 트레이시, 앨, 제인, 톰, 재크, 벳시 등등이 있었다. 조엘 맥헤일도 그의 아름다운 아내 새라와 함께 참석했다. 새라는 내게 포장된 선물을 건네며 차에 싣고 다니면 불법인 물건이라고 농담하는 그를 보며 고개를 저었다. 재미있지 않은가! 어쨌거나 그 미지의 선물을 집으로 가져가려면 차에 싣고 가는 것 외에는 방법이 없었다. 그래서 생일선물로 받은 나의 새 잭나이프와 나는 (적어도 내가 알기로는) 난생처음으로 중범죄를 저질렀다. 덕분에 나는 코미디언과 친구가 되면 정말 끝내준다는 걸 (그리고 가끔은 무섭고 불법적이기도 하다는 걸) 다시 한번 깨달았다!

그래서…. 인제 어쩌지?

방송국 사람들은 몇 년마다 한 번씩 저마다 두 손 두 발을 다 들고서 (공작이 날개를 펼친 것 같아 보인달까?) 이렇게 말한다.

됐어. 올해야말로 정신 똑바로 차리고 케이블 방송 같은 프로그램을 좀더 늘리겠어. 사람들이 이렇게나 원하고 있잖아.

그러고는 보다 위험을 감수해야 하는 콘셉트의 프로그램을 시도한다. 올해 내가 연기한 〈인사팀의 린다〉라는 프로그램의 파일럿이 그 일환이었다. 나는 그 프로그램이 어둡고, 케이블 방송의 감수성이 있어서 좋았다. 다른 사람도 다들 그 이유로 〈인사팀의 린다〉를 좋아했다. 하지만 공식 방영 여부를 결정할 시점이 오자, 펼쳤던 공작의 깃털을 내던지며 소리쳤다.

"공식 방영? 이걸 어떻게 공식 방영해요? 우리가 케이블 방송국도 아니고! 너무 음침하고 케이블 방송스럽잖아요!"

그래도 재미있는 경험이었고, 마감이 임박한 글쓰기 작업도 11,428개는 됐던지라 괜찮았다. 지난 소설의 후속편도 써야 했고, 내가 다녔던 고등학교의 학위 수여식에서 발표할 연설문도 써야 했으며, 젠 E. 스미스의 끝내주는 소설, 『윈드폴』을 각색한 대본도 써야 했다. 게다가 전문 배우로서 다음 스케줄이 정해지지 않은 건 날 위한 기차가 분명 오고 있지만, 그저 내가 원하는 때 오는 건 아니라는 사실을 한 번 더 되새길 기회라는 사실도 배웠다.

오늘은 하루종일 〈길모어 걸스: 한 해의 스케치〉 에미상 수상을 위한 언론 행사를 진행했다. 아마 오늘이 마지막일 것이다. 경쟁 부문도 상당히 까다로웠고, 잘해봤자 수상 확률도 아주 낮았지만, 여전히 아주 많은 이유로 비현실적으로 느껴지는 경험을 되살릴 수 있어 기뻤다. 그날 하루는 〈로스앤젤레스 타임스〉에서 시작해 야후 TV로 이어졌고, 그 후에는 한 시간 동안 마이클 오지엘로의 팟캐스트를 녹음했다. 마지막 일정은 케빈 T. 포터와 드미아데쥐이브의 팟캐스트 〈길모어 가이즈〉에 출연하는 것이었다. 〈길모어 가이즈〉는 〈길모어 걸스〉의 모든 에피소드를 논의하고 분석하는 팟캐스트다. 아니, 정확히는 그런 팟캐스트였다고 말해야 옳다. 왜냐면 이미 모든 에피소드를 다룬 만큼 이미 종료된 상태였기 때문이다. 나와 함께하는 진짜 마지막 에피소드를 진행했다. 작년의 불발된 시도가 결국 현실이 된 것이다.

우리는 아주 즐거운 시간을 보냈다. 하지만 정확히 무슨 이야기를 나눴는지는 기억이 잘 안 난다. 한 시간 내내 자꾸만 이게 정말 끝인가 싶은 생각이 들었기 때문이다. 오늘이 정말 〈길모어 걸스〉와 관련된 일을 하는 마지막 날이라고? 친구들을 만나고 축하하느라 그렇게 일처럼 느껴지지도 않았는데 말이다. 마이크 오지엘로도 〈길모어 걸스〉와 함께 커리어를 시작한 거나 마찬가지라 드라마에 관한 이야기를 하는 데 무척이나 열정적이었다. 그는 초반부터 최고의 팬이었고, 나는 항상 우리가 함께 커리어를 쌓아올린 거나 마찬가지라는 생각을 했다. 〈길모어 가이즈〉는 재미로 시작된 팟캐스트였는데도 유명해졌고, 라이브 공연과 〈번헤드〉 스핀오프와 〈한 해의 스케치〉 카메오 출연, 그리고 작은 회의실에서 성사된 오늘의 만남으로 이어졌다. 그렇게 예기치 못했던 마지막 작별 인사의 기회가 생기자 하나의 순환 구조가 완성되고 결말이 지어진 듯 달콤쌉싸름하고 슬펐다. 우울한 마무리처럼 들릴 수도 있겠고, 그 이상을 원하는 독자도 있겠지만, 내가 말해줄 수 있는 건 이날 이 공간에서 내가 느낀 기분뿐이다. 인터뷰 막바지에 케빈은 사뭇 망설이며 팟캐스트의 에피소드를 마무리할 때마다 캐롤 킹의 〈당신이 이끄는 곳이라면〉[41]을 부른다며 내게 함께 부르겠냐고 제안했다. 그는 내가 강요당하는 느낌을 받거나 불편하게 느낄까봐 조심스러워하고 있었다. 그는 녹음을 시작했고, 나는 내 입에서 뭐가 나오기는 할까 확신할 수 없었다. '그냥 미소만 짓거나 따라서 흥얼거려야지'라고 생각했다. 최근 노래를 부를 일이 전혀 없었고, 음치처럼 들릴까봐 걱정이 됐다. 하지만 다른 이유도 있었다.

어린 시절 캐롤 킹의 〈태피스트리〉 앨범은 내가 가장 좋아하는 앨범 중 하나였다. 아빠는 줄곧 그 앨범의 노래를 틀곤 했고, 나는 앨범에 실린 모든 노래의 가사를 처음부터 끝까지 외웠다. 그리고 수년간 〈당신이 이끄는 곳이라면〉을 여러 번 듣기도 했고, 언제나 그 노래가 '우리 노래'라는 자부심을 느끼기는 했지만, 분홍색과 보라색 줄무늬 커튼으로 장식한 내 방에서 전축을 들으며 노래를 따라부르던 십대 시절 이후로 그 노래를 불러본 적이 없는 것 같았다. 길모어 걸로서 이 노래를 부르는 게 처음이자, 세상에, 마지막이 될 거라고?

에이미 셔먼 팔라디노는 캐롤 킹에게 그 노래를 사용해도 되겠냐고 부탁했던 이야기를 해줬다. 새로운 드라마였던데다 아직 이름 붙여지지 않았을 때였기 때문에 에이미는 아마 절대 허락을 받을 수 없으리라 여겼다. 캐롤은 에이미에게 노래의 내용이 남자를 따라다니는 여자에 관한 것이라 구시대적이라는 생각이 들어 그 노래를 더는 콘서트에서 부르지 않는다고 말했다. 하지만 노래의 내용을 엄마와 딸에게 대입하고 딸인 고핀과 함께 듀엣으로

41 원제는 〈Where You Lead〉로, 〈길모어 걸스〉 모든 에피소드의 오프닝 곡이기도 함

노래를 부르니 노래가 새로운 의미로 다가왔다며, 노래를 써도 좋다고 허락했다.

그리고 그 순간 나는 그 노래가 내게도 또 다른 의미로 다가왔다는 것을 깨달았다. 〈당신이 이끄는 곳이라면〉은 처음 〈길모어 걸스〉에 출연했을 때 전혀 예상하지 못했던 기회를 선물한 〈길모어 걸스〉의 일부였다. 정말 모든 게 끝났다고 확신할 수도 없지만, 이게 끝이라고 생각하지 않아도 될 것 같았다. 전에 그랬던 것처럼, 나는 언제라도 기분 좋게 〈길모어 걸스〉가 나를 이끄는 곳으로 따라갈 것이다.

그래서 우리는 다 함께 〈당신이 이끄는 곳이라면〉을 불렀다. 모두의 눈가가 촉촉해졌다. 음치처럼 들려도 좋았다. 내 입술은 저절로 움직였고, 열세 살부터 외우고 있었던 가사를 읊었다. 예전에도 의미 있기는 했지만, 지금은 내게 전부인 그 노래를.

If you're out on the road
Feeling lonely and so cold
All you have to do is call my name
And I'll be there on the next train
Where you lead, I will follow
Anywhere that you tell me to
If you need, you need me to be with you
I will follow where you lead

고마운 사람들

내 출판 에이전트, 에스더 뉴버그는 내게 처음으로 작가로 활동할 기회를 준 사람 중 한 명이다. '원숭이 낙서'와 비슷한 것을 아주 세련되게 피하는 방법을 알려주며 나를 격려해준 에스더에게 깊은 감사를 전한다.

또다시 펭귄 랜덤 하우스와 함께 일하게 되어 감사하다. 지나 센트렐로, 카라 웰시, 제니퍼 허시, 킴 호비, 신디 머레이, 수잔 콜코란, 크리스틴 파슬러, 쇼나 맥카시, 파올로 페페에게 감사하다. 처음으로 사라 바이스와 함께 일하게 된 것도 아주 설레는 일이었다. 이 책을 먼저 읽어준 엘라나 세플로졸리, 앤 스페이어, 줄리아나 맥과이어에게도 감사하다. 세 사람의 피드백은 정말 값을 매길 수가 없을 정도로 소중했고 가장 필요한 순간에 영감을 불어넣어줬다.

에이미 셔먼 팔라디노는 내게 인생 최고의 배역을 선물해줬다. 죽을 때까지도 그녀에게 이를 감사할 것이다. 에이미와 댄이 쓴 대본으로 몇 년이나 연기를 한 덕분에 우연히 작가 수업을 받게 된 것도 감사하다. 배우로서 영화 및 텔레비전에서 함께 일할 기회가 있었던 모든 재능 있는 작가들, 특히 제이슨 카팀과 〈길모어 걸스〉 및 〈페어런트 후드〉의 작가진에게 감사하다.

끊임없이 도전하던 헬렌 배에게도 감사하다.

엘리스 라플란트에게도 오래 지속된 촬영 내내 조수를 맡아준 것과 금요일 밤마다 눈부신 속도로 마가리타 바를 차려준 것에 대한 감사를 표한다.

내 뛰어난 팀원인 에디 야블란, 존 카라비노, 아담 캘러, 셰릴 마이젤에게도 감사하다.

캐시 에벨, 앨리슨 카스티요, 엘리 해니벌, 메이 휘트먼 등 초반부에 다양한 의견을 들려준 친구들도 큰 도움이 됐다.

내 편집자인 제니퍼 E. 스미스에게는 아무리 감사 인사와 칭찬을 해도 모자라다. 우리가 처음 작업한 책의 작업 일정을 마감 열차가 달려오는 것 같았다고 한다면, 이번 책의 작업 일정은 마감 KTX가 달려오는 것 같았다. 그보다 더 심한 게 있을까 싶다. 마감 비행기가 날아오기도 하나? 그런 긴박함 속에서도 제니퍼는 다정했으며, 똑똑했고, 열정적이었으며, 훌륭한 안목을 가지고 있었다. 이에 감사함을 금치 않을 수 없다. 하지만 그래서 제니퍼에게 나쁜 소식을 전해야만 한다. 워낙 솜씨가 훌륭한 덕에 그녀는 이제 영원히 나의 파트너 자리에서 벗어날 수 없을 거라는 사실 말이다.

마지막으로 언급하지만 무엇보다도 중요한 가족에게도 감사하다. 이 책을 쓰는 내내, 여동생 셰이드 그랜트는 멘토이자 친구이자 패션 조언자(점프수트는 그애 잘못이 아니다)가 되어주었다. 그레이엄과 그랜트, 크라우즈와 맥헤일, 그리고 몰랜드 가족에게 감사를 전한다. 특히 아직 태어나지는 않았지만, 조만간 내가 버릇을 단단히 망쳐놓을 아이들에게 말이다. 글쓰기가 우리의 일상을 좀 먹고 들어올 때마다 나를 잘 돌봐줬던 피터에게도 감사 인사를 전한다.

이 모든 이야기를 시작할 수 있게 해준 엄마와 아빠에게도 감사하다.

옮긴이의 말

시작은 고등학교 1학년, 담임을 맡으셨던 권은교 선생님의 한마디 덕분이었다. 워낙 오래전 일이라 정확히 어떤 말씀을 하셨는지는 기억이 희미하지만, 〈길모어 걸스〉라는 드라마에 관한 좋은 평가와 함께 시청을 추천하는 그런 내용이었다. 입시에 찌들어 있었기에 그 당시만 해도 흘려들었던 선생님의 이야기는 이상하게도 내 뇌리에 남아 대학생 시절의 내게 다시 와닿았다. 그렇게 처음으로 접하게 된 거다. 로렐라이가 루크네 식당을 향해 걸어가는 첫 장면과, 배경음악으로 깔리던 〈There She Goes〉와, 커피를 애걸하는 로렐라이와 그런 로렐라이를 중독자라며 놀리는 루크의 첫 대화를. 그 이후로 〈길모어 걸스〉의 일곱 개 시즌을 몇 번이나 반복해서 정주행했던지.

시간이 흘러 대학교 2학년에 진학한 나는 윤지관 교수님의 '영문학과 세계문학'이라는 수업을 수강했다. 덕분에 나는 영어로 번역된 수많은 세계문학을 읽을 수 있었고, 확실한 정답은 없는, 그렇기에 스스로 정답을 찾아내고 만들어낼 수 있는 번역의 매력에 푹 빠졌다. 그때부터 줄곧 나는 언젠가 역서를 출간할 수 있기를 바랐다. 하지만 현실을 살아내야 했던 나는 직장인의 길을 택했다.

그렇게 십 년을 돌아와 마침내, 〈길모어 걸스〉의 자막 작업을 꿈꿨던 초보 번역가가, 로렐라이 길모어라는 전대미문의 역할을 훌륭히 소화해낸 배우의 글을 번역할 수 있게 됐다.

내가 사랑해 마지않는 드라마에 주인공으로 출연한 배우의 글을 내 손으로 직접 선보일 수 있게끔 영감을 불어넣어주신 권은교 선생님과, 번역의 길을 걷겠노라는 확신을 안겨주신 윤지관 교수님께 이 자리를 빌려 감사 인사를 전하고 싶다.

끝으로 영어 교사가 되라는 바람을 따르는 대신 어렵고 힘든 길을 선택한 나를 믿어주고 지지해주신 부모님께, 그리고 본 역서의 시작과 마지막을 함께해준 김윤하 편집자에게도 무한한 감사를 전한다.

Talking
as Fast as
I Can

인생은 짧으니 빨리 말할게

〈길모어 걸스〉 로런 그레이엄의 인생 스케치

초판 1쇄 인쇄 2024년 11월 22일
초판 1쇄 발행 2024년 12월 2일

지은이 로런 그레이엄
옮긴이 장현희

편집 이고호 김윤하 이희연 | **디자인** 백주영 | **마케팅** 김선진 김다정
저작권 박지영 형소진 최은진 오서영
브랜딩 함유지 함근아 박민재 김희숙 이송이 박다솔 조다현 배진성 이서진 김하연
제작 강신은 김동욱 이순호
제작처 한영문화사

펴낸곳 ㈜교유당 | **펴낸이** 신정민
출판등록 2019년 5월 24일 제406-2019-000052호
주소 10881 경기도 파주시 회동길 210
전자우편 gyoyudang@munhak.com
문의전화 031-955-8891(마케팅) | 031-955-2680(편집) | 031-955-8855(팩스)

인스타그램 @thinkgoods | **트위터** @think_paper | **페이스북** @thinkgoods

ISBN 979-11-93710-48-7 03840

• 싱긋은 (주)교유당의 교양 브랜드입니다.